P9-EDT-339

БОРИС
БАБКИН

YOLO COUNTY LIBRARY
226 BUCKEYE STREET
WOODLAND CA 95695

WITHDRAWN

Борис

БАБКИН

УБИТЬ ЛЮДОЕДА

издательство
МОСКВА

YOLO COUNTY LIBRARY
226 BUCKEYE STREET
WOODLAND CA 95695

УДК 821.161.1
ББК 84 (2Рос=Рус)6-44
Б12

Художник *Ю.Д. Федичкин*

Компьютерный дизайн *Н.А. Хафизовой*

Бабкин, Б.Н.

Б12   Убить людоеда : [роман] / Б.Н. Бабкин. — М.: АСТ: АСТ МОСКВА, 2008. — 315, [5] с.

ISBN 978-5-17-043474-9 (ООО «Издательство АСТ»)(С.: с/с Бабкин)
ISBN 978-5-9713-8192-1 (ООО Издательство «АСТ МОСКВА»)
Серийное оформление А.А. Кудрявцева
Художник Ю.Д. Федичкин

ISBN 978-5-17-051482-3 (ООО «Издательство АСТ»)(С.: Рус.хит)
ISBN 978-5-9713-8193-8 (ООО Издательство «АСТ МОСКВА»)
Оформление: дизайн-студия «Графит»

«Тайга — закон, медведь — хозяин...» — говорят на Севере.

С жестоким «законом тайги» предстоит вступить в единоборство чудом уцелевшей во время крушения вертолета москвичке Ирине и сбежавшему из-за колючей проволоки зэку Ивану.

Снова и снова Иван спасает свою случайную спутницу от верной гибели.

Снова и снова приходится Ирине задавать себе вопрос: может ли она доверять человеку, на совести которого — несколько чудовищных преступлений?

А между тем милиция и войска уже прочесывают тайгу в поисках беглеца, и вскоре уже от Ирины будет зависеть — жить или умереть ее спасителю...

УДК 821.161.1
ББК 84 (2Рос=Рус)6-44

© Б.Н. Бабкин, 2008
© ООО Издательство «АСТ МОСКВА», 2008

Якутия

Оставляя в сугробах глубокие борозды, которые почти сразу засыпал снег, по пологому склону с трудом поднимались люди. Первый, опередив спутников, вытянул руки в обледеневших ватных рукавицах, ухватился за ствол дерева и замер. Стараясь не потерять его из виду, мужчина, облепленный снегом, подтягивая еле двигающегося человека, приподнялся и быстро, проваливаясь по пояс в снег, прошел метра два. Тут же вернулся и, подхватив неподвижно лежащего третьего, потащил по протоптанному им следу. Обессиленно осел.

— Снег валит... Наверх поднимемся, удобнее будет, — прошептал он и, ухватив лежащего, с трудом потащил его дальше. Сквозь пелену метели увидел выступающий из снега камень. — Сейчас переждем, — прохрипел он.

Первый, жадно глотая снег, поперхнулся. Его за плечи ухватил второй.

— Там камни, — сказал он, — я нашел углубление, развел костер, давай за мной.

— Есть хочу, — пробормотал первый. — Жрать... Мы умрем... — Он уткнулся лицом в снег.

Медвежий Угол

— Снег будет идти еще по крайней мере сутки! — прокричал на ухо пожилому мужчине в длинной шубе майор милиции. — Ни черта не видно, только людей угробим. Пока погода не установится, нет смысла...

— Но они погибнут! — резко перебил его пожилой.

— Они уже почти наверняка мертвы. Две недели без еды на морозе, к тому же мы видели стаю волков. Я не буду рисковать людьми.

— Майор прав, — согласился плотный подполковник. — Все равно их не найдем, а людей угробим. И так у меня уже трое помороженных.

— Кто там был? — спросил пожилой.

— Неизвестно, — ответил майор. — На вертолете летели восемь человек, пять трупов найдено. Мы искали вашу дочь с ее мужем. Но, оказывается, там был еще один мужчина. Кто он, неизвестно, о нем сообщил проводник, но...

— Узнайте у него, кто такой? — перебил пожилой.

— Он не знает, — ответил милиционер. — Но попытаемся выяснить.

Сопки

Взвизгнув, нож вошел в лохматый бок, и волк рухнул на снег; тут же вскочив, зверь попытался достать рану зубами и снова упал. Человек, левый рукав которого был порван и окровавлен, прыгнул к волку. С лета ударил зверя ножом в шею, но волк ушел от прямого удара. Прыгнув вперед, он упал, но тут же вскочил и бросился в заросли.

— Ты как? — спросил бородач. Лежащий не отвечал. Бородач привстал и увидел расползавшуюся под его головой кровь. Он подошел ближе и, покачав головой, выматерился. Черпанул снег, пропитанный волчьей кровью, подошел к лежащему в пещерке за валуном, в которой горел костер, присел и поднес окровавленный снег к бледным губам человека.

Медвежий Угол

— Мы прочесали весь тот район, — доложил майор милиции, — куда могли уйти за это время люди, но ничего не нашли. Может, где-то под снегом лежат.

— Продолжайте поиск, — попросил пожилой, — ради всего святого. Ведь это дочь моя и зять. Что я внучке скажу? — Он тяжело вздохнул.

— Синоптики говорят, еще пару дней точно снег валить будет, — произнес майор. — И вот что еще, Андрей Васильевич... — Он достал пачку сигарет. Андрей Васильевич увидел, что пальцы его дрожат.

— Не тяни кота за хвост, — вздохнул он. — Кто третий?
— Вероятно, беглый уголовник. Шестнадцать дней назад с «пятерки», то есть из колонии строгого режима, сумел уйти Иван Афанасьевич Денов тридцати пяти лет. Осужден на шесть лет за избиение участкового. Первый раз судим по малолетке, тоже за драку. Потом год получил в четырнадцать лет. И к тому же он из этих, староверов, что ли. Так вот, отец его, Афанасий Денов, тот еще зверюга был. Ну и сына учил тому же, разговоры об этом ходили. Сами знаете, эти места глухие, и население в основном кочевое. Деновы в таежном поселке жили, на перепутье, так сказать, где сходятся границы Красноярского края, Таймырского округа и Якутии. Там и живут старообрядцы. В общем, Денова-старшего Людоедом прозвали. Он сидел и зимой бежал. В этих местах побег зимой — верная смерть. Но не для такого, как Денов. Он с собой взял молодого зэка и, похоже, питался им, пока до своих не дошел. Потом его поймали, но не смогли ему доказать даже убийства подельника. Пони-

маете, к чему я это говорю? Афанасий с Иваном на охоте были и вышли на лед, тюленя убить хотели или медведя белого. А лед треснул, их и унесло. Мужик с ними был. Их нашли через десять дней. Еды при них не было, но оба живы-здоровы. А третьего нет. Утонул, сказали. Вот так. Я к тому, что Иван Денов... — Майор замолчал.

— Удружил, Лосин, — проворчал офицер внутренних войск, — успокоил ты его.

— Найдите их, — умоляюще проговорил Андрей Васильевич. — Я никаких денег не пожалею. Хоть тела найдите, чтоб похоронить.

— Знать бы, куда именно они двинулись, — посмотрел на карту офицер внутренних войск. — Могли и на восток двинуться, и на юг. А в этих районах населенные пункты отстоят друг от друга на пятьсот километров. Можно на охотников наткнуться или на оленеводов. Хотя в такую погоду вряд ли кто им встретится. Конечно, если Денов с ними, то шансов остаться живыми у них практически нет... Хотя Денов не дурак, чтоб на двойное убийство идти. Если он их не довел до людей дня за три-четыре, то вероятность того, что они живы, мала, ничтожно мала.

Сопки

— Вроде замерзла, — проговорил бородач и, вытащив нож, начал срезать мышечную ткань с отрубленной по локоть человеческой руки. Посмотрел в сторону неподвижно лежащего человека в натянутой поверх одежды окровавленной шубе. — К ребенку тебе надо, — прошептал он, — а значит, придется выживать.

— Хватит! — прокричал мужчина с заснеженной густой бородой. — Не видать ни хрена! Возвращаемся!

Трое мужчин на лыжах повернули назад.

— Давай-ка поешь, — сказал бородач, опуская измельченное вареное мясо в приоткрытый рот лежащего человека. — Тебе к ребенку возвращаться надо. — Застонав, лежащий человек инстинктивно проглотил еду. — Вот и хорошо, — кивнул бородач.

Поселок Выселки

— И какого хрена вы тут дожидаетесь? — войдя в большую комнату, насмешливо спросил кряжистый седобородый старик. — Али Ваньку-то за дурака держите? Вот он, пришел родителей навестить. Что-то вообще у вас дела плохи стали — из лагерей бегут и бегут. Наука вона какая, а зэка устеречь нет возможности. Али часового подкупил Иван-то? — Он подмигнул сидевшему у окна милиционеру с автоматом. В комнате находились еще четверо.

— Слушай, Афанасий Семенович, — недовольно посмотрел на него старший лейтенант, — ты бы не пил кровь. Думаешь, нам тут сидеть нравится? К тому же у тебя. За чай и то требуешь плату.

— А чего это я вас бесплатно угощать стану, — усмехнулся тот. — Вы государству служите, оно вас тут в засаду посадило, вот и пущай деньги дает. А уж меня извините, товарищи дорогие! Наладить, понятное дело, я вас не могу, но и кормить не намерен. Все ж сына моего в засаде ждете. Только ничего вы тут не высидите. Ванька домой не заявится. Тайга большая, и он знает, где и что взять.

— Афанасий! — раздался с улицы женский голос. — Поди-ка сюда, нужен ты.

— Иду, Тамара! — Старик вышел.

Старший лейтенант припал к окну. Афанасий стоял около пожилой женщины в наброшенном на плечи тулупе, а потом быстро пошел в соседний дом.

— Что-то ему про Ваньку сказали, — уверенно проговорил старлей.

— Да увидели бы от Совиных, если б кто подходил, — отозвался капитан. — Там трое наших сидят. Иван хищник, и если он угробил двоих попутчиков, то наверняка придет вооруженный и руки не поднимет. А вот почему он бежал? Два года отсидел, осталось четыре, и нате вам. Я и не поверил когда узнал. Если бы вертолет не разбился, он бы уже где-нибудь... Демократия, вертолеты частные!.. Деньги имеешь — все можно. Поэтому и бьются. Во-первых, в технике не разбираются, во-вторых, наверняка вертушка старая, вот и рухнула. Да если бы не отец одной из пассажирок, так бы и не знали о том, что люди погибли. Потом, конечно, выяснилось бы, но гораздо позже. Какой-то новый русский своих друзей на побережье оттащил. А там, чтоб не порожняком возвращаться, людишек набрал. И рухнул. Вот так и живем, за свою смерть и то платить приходится.

— А самолетов сколько падает, — сказал третий милиционер. — И все сейчас на износ работает. Все желают деньги большие зарабатывать, а вкладывать ничего не хотят.

— А ты откуда знаешь? — Афанасий пристально посмотрел на сидевшего за столом с кружкой горячего чая небритого мужчину.

— Сами понимаете, как все узнается. Он с бабой какой-то и ее мужиком сейчас где-то в районе Пьяного Медведя. Менты поиск прекратили, пурга там метет дай Боже! Охотников подключили из бригады Сивого, но и те возвернулись, заметает страсть как...

— А вертолет, значит, того самого? — спросил Афанасий.

— Да. Он в камни врезался на Оленьей сопке.

— И что? Цела машина-то?

— Да нет, сгорела. Не сразу полыхнула, а чуть погодя. Трое успели уйти — баба с мужиком и Ванюха. А бабу с зятем мужик какой-то ждал. Хрен его знает где, но он кипиш и поднял. Вертолет из Медвежьего Угла взлетел. Лихо Ванюха ментам кукиш показал. Они его на побережье ждут, а он в сопки подался.

— Значит, живой остался, — проворчал отец беглеца. Стоящая у двери женщина всхлипнула — А ты не разводи влагу-то, Тамарка, жив Ванька, и то хорошо.

— Да чего ж хорошего-то? — ответила она. — Как зверя его ловят. А ведь это ты его таким сделал, Афанасий, когда его в интернат...

— Цыц, баба! Какой есть, такой и есть. Сама знаешь, что не виновен он ни в первый раз был, когда ему год за сынков директора прииска и начальника милиции дали, и сейчас ни за хрен срок получил. Все говорили, что Торовы сами на него бросились по пьяному делу. Но они менты, а значит, правды там никакой нету. Сбег он сама знаешь почему. Натка, эта лисица бешеная, кукушка, едрена вошь!.. Вот Ванька и решил что-то для дитя сделать, иначе на кой хрен он убег бы?..

— А мы что, — всхлипнула женщина, — чужие али злыдни какие? Неужто не...

— Сам желает удостовериться, — перебил ее муж, — или этой шалаве башку свертеть. Наша кровь, деновская.

— И чего ж ты так доволен-то? — рассердилась она. — Сына потеряли.

— Цыц, баба, — привычно одернул ее Афанасий и посмотрел на допивавшего чай небритого. — Вот что, Егор, возьми-ка кого-нибудь в спутники и отправляйся в те места, в район Чистой Воды, к избушке. Ванька должен там объявиться. Помнишь, два года назад ходили за оленями к Якуту?

— Помню, Афанасий Семенович, — кивнул Егор. — С собой возьму Сашку Латыша, он мужик нормальный.

— Тамара, — приказал Афанасий, — снаряди мужиков. И что-то из одежки для Ваньки дай. Денег, сколь имеется. И ружьишко ему там оставьте. Но ежели кто прознает, — старик ухватил Егора за ворот и поддернул его к себе, — я тебе внутренности выверну и жрать заставлю.

— Ну это ты зря, Афанасий Семенович, — обиделся мужик. — Неуж я такой...

— Уходи, как и заявился, чтоб не заприметили тебя...

— Не тревожься, Афанасий Семеныч, — усмехнулся Егор. — Я словно невидимка. Вот бы шапку такую достать. Не жизнь, а малина сплошная была бы, — вздохнул он и мечтательно улыбнулся. — Это ж к какой хошь бабе заглянуть можно...

— Цыц! Мужик уже, а как недоразвитый балабонишь. Пора и своих детей иметь.

— Да я что, супротив, что ли? Но нет такой, которая бы меня до себя допустила.

— Цыц! Жди, пока Тамара не соберет все, и как стемнеет, отправляйся...

— А тут вы не правы, Афанасий Семенович. При сумерках и менты глазастее, и приборы разные, чтоб ночью видеть. Помните, у одного нового русского, он весной заезжал за проводником, ружьишко десятизарядное было? Винтарь и прибор на нем, ночью как днем через него видно.

— Тоже верно. Пошибче давай, Тамара, чтоб засветло ушли... Держись уж, сынок, коль такую жизнь себе выбрал, и не забывай главную заповедь тайги.

Тайга

— Ну вот и добрались, — положив человека на пол, прохрипел бородач. — Сейчас печурку протопим, и тепло станет. Чайку сделаем с травкой. Согреет лучше меда и хворь

12

выгонит, так дед говорил. И не врал... — Он подошел к куче сухих дров в углу. — А ведь здесь был кто-то, припасы забрал. Но чужой наткнуться не смог бы, значит, кто-то из своих. Черт бы их побрал! — Он выматерился. Открыл дверцу обложенной кирпичом печки и стал расщеплять полено. Сняв рукавицы, подул на пальцы. Растер их о стоящие у стены валенки. Положил щепки в печку и вытащил замотанную в целлофан спичечную коробку. — Конечно, не скоро нагреется... — Он протянул ладони к набирающему силу огню. Потом взял стоявший на печке чайник. Заглянул и снова выругался. — Кто ж так воду оставляет?! — Он поставил чайник на печку. Лежащий на полу человек шевельнулся и хрипло застонал. — Сейчас!.. — Бородач переложил его на топчан у стены. — Ты извини, что я болтаю, не говорил уже давно ни с кем, вот и выговариваюсь. — Сняв с лежащего натянутую на пуховый платок заячью шапку, он осторожно начал снимать с него платок. Человек хрипловато застонал. — Сейчас... Хорошо, что мороз не стеганул, — бормотал он, прикладывая к окровавленному пятну на платке горсть снега, — иначе хана бы. — Подержав некоторое время ладонь на кровавом пятне, снял платок. — Да ничего страшного, — осмотрев припухлость чуть выше правого виска, кивнул он. — Конечно, лучше бы тебя коновалу показать, то есть лепиле, — он усмехнулся, — короче, врачу. Все-таки уже пятнадцать дней ты без движения. Точнее, неделю шла, а дней пять я тебя тащил. А твой муженек, сука, — он криво улыбнулся, — вроде на пользу пошел.

— Маша, доченька, — вдруг простонала женщина.

— Вот и голос прорезался! — Бородач отошел к печке и снял чайник, вылил растаявшую воду и, открыв дверь, черпанул чайником снег. — Метет, — пробормотал он. — И надолго, видно, непогода установилась. — Он поставил чайник на печку и подбросил в нее несколько полешек. —

Через часик тепло будет, — взглянул он на женщину. — И тогда я тебя осмотрю. Ты, видно, барышня, из этих вумен будешь. А тут у нас что? — Он подошел к накрытому куском брезента ящику, и, откинув его, поднял обитую железом крышку. — Жить будешь. — Он вытащил банку тушенки и пакет. Из пакета на грубо сколоченный столик выложил печенье, несколько кусков сахара, соль в банке из-под майонеза, кулек с макаронами и пакетик горохового супа. — Протянешь. Думаю, батька догадается прислать кого-нибудь. Приучил ты меня с голоду не умирать, но, если честно сказать, воротит. Вроде и ничего, есть можно, но... — Не договорив, он выругался. — Хотя ведь это жизнь спасло. Не нарушу я главный закон тайги.

— Машенька, — снова проговорила женщина.

— И такие матери, значит, есть, — вздохнул бородач, — которые при смерти детей вспоминают. Не то что та сучка.

— Где я? — пробормотала женщина.

— Не совсем вовремя ты в себя пришла, — вздохнул он и подошел к ней. — В охотничьей избушке.

— Где Петя? — с трудом спросила она.

— Помер.

— А ты кто?

— Человек вроде, — усмехнулся он. — Лежи, сейчас чаем напою с травами, помогает крепко.

— Пить, — простонала женщина.

— Погоди немного. — Взяв кулек, он высыпал содержимое в большую эмалированную кружку. — Сейчас заварю, постоит минут пять, и будешь пить.

Поселок Медвежий Угол

— Погоди-ка! — остановил майор пожилого мужчину в потрепанной фуражке ГВФ и старом летнем костюме. — Ты говоришь, фамилии переписаны?

— Ну а как же? Учитывая постоянную угрозу нашей стране со стороны террористических...

— Дай-ка список.

— Я строго-настрого запрещаю посадку без предъявления документов, удостоверяющих личность, — все-таки закончил пожилой и вытащил из кармана аккуратно сложенный листок, хотел развернуть, но не успел — милиционер перехватил его. — Не знай я тебя, Лосин, мог бы и обидеться.

— А у этого документы были? — Милиционер подчеркнул ногтем последнюю фамилию.

— Так я ж знаком с его папашей, по одному делу проходили. Давненько это было, но...

— А что Иван Денов сидит, не знал?

— Как не знал? Знал, то есть слышал. Но думал, что он по амнистии вышел, коли так свободно к вертолету пришел. И к тому же он помогал дамочке весьма приятной наружности рюкзак нести.

— Я тебя, Пузырев, запросто могу привлечь за содействие преступнику, объявленному в розыск.

— Ты погодь, Лосин, ежели бы я помогал преступнику, стал бы я его в список вносить да еще тебе про этот список говорить? Я, ей-богу, думал, что он по амнистии вышел. Век воли не видать и на лодке не кататься.

Майор рассмеялся:

— Он тебе что-нибудь говорил?

— Да ничего особенного.

— Черт возьми! — Майор развернул листок.

— Ты чего это? — спросил Пузырев.

— Похоже, пузырь с меня, Пузырек! — Лосин хлопнул его по плечу.

— Ну и ручка у тебя, — провожая быстро идущего к выходу майора, пробормотал Пузырев. — У батяни твоего полегче была, я помню, брал он меня два раза. Пузырев на слуху у ментов в свое время частенько бывал. А с чего это он вдруг про бутылку-то базарнул?

— Как фамилия вашей дочери? — спросил Лосин Андрея Васильевича.

— Она оставила мою фамилию, — ответил он. — Войцевская. А почему вы спросили?

— А фамилия вашего зятя?

— Гатов.

— Гатов?

— В чем дело? — раздраженно спросил Андрей Васильевич.

— Такой фамилии в списке нет, — ответил Лосин. — Войцевская есть, даже Денов есть, сбежавший уголовник, а Гатова нет.

— Как нет? — удивился Войцевский. — Эдуард был вместе с ней...

— Вот смотрите. — Майор положил на стол список пассажиров. — На площадке работает шустрый мужичок, Пузырев, он взял на себя роль контролера, никого в вертолет не пропускает, пока не запишет все данные. А если документов нет, не пропустит.

— Но где же тогда Эдуард? — удивился Войцевский. — Он уговорил Иринку полететь с ним в Тикси, уверяя, что там можно договориться о поставке рыбы, купить меха и просто отдохнуть от дел. Ирина занимается бизнесом. Родила она рано, в семнадцать, любовь у нее была большая. Потом Сережу в Чечне убили. Она вышла замуж за Гатова. Он мне никогда не нравился — завистливый и чересчур ревнивый. Когда любят, не ревнуют, только тот любит по-настоящему, кто доверяет любимому. Внучка Машенька, — он улыбнулся, — смышленая, хорошая девочка. Живут они, в общем, неплохо. Я бы не стал утверждать, что счастливо, однако и плохого сказать не могу. Но где же Эдик?

— Поехали, — Лосин шагнул к двери, — сейчас выясним.

Тайга

— Нет тут никого, — сквозь завывания метели прокричал капитан ВВ, командир поисковой группы. — Если бы он рядом прошел, мы и не заметили бы. Хорошо, что нас охотники у себя пригрели, а иначе бы можно было всех восьмерых списывать. Что синоптики обещают?

— Возвращайтесь, — послышался ответ по рации. — Еще двое суток погода не изменится. Кстати, есть неприятная новость — Денов ушел в сопки с двумя людьми, мужем и женой. Они из Москвы. Отец бабы приехал, ищет ее. Вертолет упал и разбился у Оленьей сопки. Говорят, за камень зацепился. Когда метель утихнет, туда комиссия направится. А Денова дома ждут. Так что возвращайтесь. Вездеход скоро будет у вас.

Район Пьяного Медведя

— Чего ты хочешь? — Женщина попробовала оттолкнуть наклонившегося бородача.

— Не о том ты думаешь, — спокойно ответил он, снимая с нее влажную кофту, потом стал стаскивать майку.

— Перестань, — умоляюще прошептала женщина.

— Дура ты, — усмехнулся он, — вещи надо просушить и натереть тело медвежьим жиром. Потом выпьешь отвар, и все будет нормально. Ты простыла, у тебя температура, а до ближайшего населенного пункта почти сто пятьдесят километров. Такая хренотень, — он мотнул головой в сторону окна, — продлится еще пару дней, а может, и больше. Так что или давай я тебе помогу, или крякнешь.

— Что? — удивилась женщина. — Крякну?

— То есть помрешь. А одной тебе топать придется километров тридцать. Я-то уйду, потому что в побеге я, из лагеря сбежал. В общем, давай-ка перевернись на живот.

Ежась от озноба, она с трудом повернулась.

— Надеюсь, брюки снимать не придется? — тихо спросила она.

— Придется. У тебя что-то случилось с правой ногой. К тому же ноги в здоровье человека играют немалую роль, так дед говорил, а он знахарь был.

— Больно, — простонала она.

— Ссадина на лопатке, терпи. Жир впитаться должен. Медвежий жир лечит больные места, и ты согреваешься. Перевернись, — приподняв руки, сказал он. — И трико сними. Джинсы сохнут, — кивнул он на висящее белье, от которого шел пар.

— Странно, — прошептала женщина. — Ты беглый преступник, а помогаешь мне. Почему?

— Главный закон тайги нарушишь — все, удачи ни в чем не будет.

— Какой закон?

— Закон тайги, — растирая бока женщины, ответил бородач. — Красивые ноги, — отметил он вслух. Она зажмурилась. Открыв глаза, посмотрела на него.

— Извините. Как вас зовут?

— Во-первых, ну ее на хрен, вежливость эту, — вытирая руки, усмехнулся он. — На ты говори. А зовут меня Иван.

— Меня — Ира.

— Так, — он протянул ей большой свитер, — давай-ка натягивай, хотя колоться будет. Вот что, сначала это надень... — Он вытащил из висевшего на стене рваного рюкзака мужскую рубашку и теплые кальсоны.

— А откуда все это здесь? — спросила Ирина.

— В жизни всякое бывает, а эта избушка как бы точка спасения, если беда какая — медведь порвет, а может, что-нибудь повредишь. Или таких, как мы сейчас, встретишь. И одежда есть, и еда... правда, кто-то забрал почти все. Но

18

это узнается и накажется, — заверил он ее. — Здесь безнаказанными плохие дела не остаются.

— А ты, значит, что-то очень хорошее сделал, за что тебя и посадили... И сколько сейчас за такие дела дают?

— Шесть получил. Участкового избил и брата его, тоже мента. Да какая разница? Тебе помогаю, поэтому не язви, не надо.

— А почему сбежал?

— Одевайся, — Иван кивнул на рубашку и кальсоны, — и накройся. — Он вытащил старую простыню. — Одевайся, а я отвар налью.

Ирина натянула рубашку и кальсоны и неожиданно фыркнула.

— Видела бы ты сейчас свою маму, доченька, — прошептала она.

— Оделась? — стоя к ней спиной, спросил Иван.

— Да, — улыбнулась она и ойкнула от боли в губах.

— Когда отвар попьешь, губы слегка жиром смажь, тогда все быстро пройдет, а то долго мучиться будешь.

Иван помог ей привстать и подал кружку.

— Тряпкой возьми, — посоветовал он, — горячая.

Ирина обмотала кружку тряпкой, поднесла ее к губам, сделала маленький глоток и закашлялась. Иван забрал у нее кружку. Надрывно кашляя, Ирина прижала руки к груди.

— Пей, — сказал Иван, — все дерьмо ненужное уйдет.

— Не могу, — промычала она. — Как можно пить такую гадость?..

— Пей, твою мать! — рявкнул он.

Ирина, вздрогнув, сделала еще глоток и снова закашлялась.

— Пей! — повторил Иван.

— Мало тебе дали, — тихо произнесла женщина.

— Ну и баба! — Иван беззвучно рассмеялся. Ирина сделала два глотка. Покосившись на Ивана, вздохнула и снова начала пить. Ей стало жарко, на лбу выступил пот. Иван отошел к печке.

— Хватит? — жалобно спросила она.

— Допивай, — не оборачиваясь, буркнул он.

Ирина увидела, как он взял в руки большую кастрюлю, открыл дверь, зачерпнул снег и поднес кастрюлю к печке.

— А это для чего? — спросила она.

— Ноги парить будешь.

— Ноги парить? Но я терпеть не могу это делать...

— Все, обсуждению не подлежит. Ты должна более-менее восстановиться. Пурга утихнет — двинемся. Пойдем на Гнилой мост, это отсюда недалеко, там люди есть. На улице тебя не оставят. А у меня свои дела есть, да и светиться мне незачем.

— А почему ты мне сказал, что ты бежавший из колонии преступник?

— Врать не хочется. Зачем? Вот держи... — Иван вытащил из рюкзака шерстяные носки.

— А это зачем? — удивилась Ирина.

— Сразу, как попаришь ноги, носки наденешь, и все — простуду как рукой снимет.

— А здесь что, есть все необходимое? Но ведь запросто могут обворовать или...

— Во-первых, — перебил Иван, — эта избушка вроде «скорой помощи». Точнее, пункт неотложки. Во-вторых, если что-то пропадет, станет ясно, что в тайге чужой, и далеко ему не уйти. Конечно, если бы ты вещи отсюда забрала, то это бы поняли и ничего бы тебе не сделали. Такие избушки с давних времен ставят. Сейчас, правда, мало их осталось, да и то только в такой глуши, как здесь. Народ пошел хреновый. Идут в тайгу кто за пушниной, кто за золотом, кто за чем. И ничего у них не получается, вот и хапают все, что попадается. В этих краях в ходу такое слово — подснежники. Так не про цветы говорят, а про трупы, которые по весне находят... Ну ладно, как ты себя чувствуешь?

— Спасибо, сейчас намного лучше. Спасибо.

— Спасибо в карман не положишь.

— Я заплачу.

— Я тебе вот что скажу... сейчас ты, конечно, не поймешь, но потом обязательно сообразишь и ненавидеть меня будешь. Так вот помни, что ты этого не делала. Объяснять я ничего не буду, но запомни: ты этого не делала.

— Чего?

— Все, хватит, сейчас это ни к чему, а объяснять я не хочу для твоего же блага. Просто запомни мои слова.

— Хорошо, я запомню.

— Ну, давай, суй ноги... — Проверив температуру воды, он поднес кастрюлю к топчану. — И не выделывайся. Локоть терпит — значит, ноги не обожжешь.

Ирина осторожно дотронулась до воды и, взвизгнув, отдернула ногу. Иван, неожиданно присев, навалился грудью на ее колени. Она, пронзительно закричав, вцепилась ему в волосы.

— Замри! — крикнул он. — Притерпится.

Ирина застыла.

— Горячо, — кусая губы, прошептала она.

— Сиди спокойно, и все будет нормально. Мурашки по телу пробежали?

— Да.

— Значит, тело прогревается. Посиди, а потом воду стряхнешь и сразу ноги в носки. И ложись. Понятно?

— Да. А поесть можно? — смущенно спросила Ирина. — Я голодная.

— Значит, очухалась.

— А если тебя поймают, вернут в колонию?

— Вернут. Но сначала я сделаю то, за чем ушел. — Иван отошел к печке.

Выселки

— Ну что, Денов еще не появился? — насмешливо спросил высокий мужчина в камуфляже. — Ты ему, тетка, передай — пусть сам сдается, а то, если мне попадется, я его как муху прихлопну!

— А что же вы с братаном своим орали, как поросята, которых на убой ведут? — насмешливо спросила средних лет продавщица. — Ишь расхрабрился. Иди отсюда! — кивнула она на дверь. — Сейчас мужиков кликну, они тебе враз ребра пересчитают за язык твой поганый. Или думаешь, вечно ваш дядька в прокуратуре сидеть будет?

— Так уже все, — засмеялась полная женщина с хозяйственной сумкой, — нет дядьки-прокурора у Торовых, под следствие он попал. И они скоро там же окажутся, с Ванькой увидятся.

— Не встретятся, — возразил вошедший мужчина. — У ментов свой лагерь имеется. А ты бы исчез шустренько, — кивнул он камуфляжу. — У Соболя день рождения, сейчас придут за бухарой. Сам знаешь, что Соболь по пьяному делу и пришить может.

Камуфляж быстро вышел.

— А ты, тетка Тамара, не лей слезы попусту, — обратился мужчина к стоявшей с опущенной головой Деновой. — Ванька просто так не подставится.

— Ну-ка двигай отсель! — закричала продавщица. — А то сейчас по тыкве твоей дурацкой гирькой шарахну! Ты чего мелешь-то?

— Да я просто так, — зная характер продавщицы, пробормотал попятившийся к выходу мужчина, — то, что и все говорят. Ты, Зинуля, сигарет мне дай.

— Лови! — Она бросила ему блок. — Деньги не забудь отдать, когда вернешься... А вы, тетя Тома, не волнуйтесь, — попыталась успокоить Денову Зинаида.

— Хлеба дай, две булки и батон, — вздохнула Тамара.

22

— Да не придет он в поселок, — уверенно заявил капитан милиции. — Для него же тайга — дом родной. Где-то на Куларском хребте у Деновых заимка есть. Скорее всего он туда идет.

— По-вашему получается, Луконин, он бежал, чтоб отсидеться на хребте и выпить с отцом самогону? — усмехнулся плотный мужчина.

— Нет. Денов из лагеря ушел не для этого, — ответил капитан. — Оперативная часть получила информацию, что Денов совершил побег с целью убить жену. Следовательно, не остановится ни перед чем.

— Так все в поселке говорят, — кивнул рослый молодой мужчина. — Она сына в детдом хочет сбагрить, а сама...

— Меньше сплетни слушай, Малышев, — одернул его капитан.

— А ты мне рот не затыкай. Посадил четверых у Деновых и троих у Совы. А зачем? Иван не малолетка и домой не побежит. Надо у его бабы людей оставлять. Он из-за нее ушел. На себе крест поставил. Убьет он Натку. Вот к ней он точно явится.

— Так, значит, ты оставил людей у родителей Денова и в доме напротив? Я знал, что ты идиот, — кивнул плотный капитану, — но не думал, что настолько.

— Товарищ подполковник, — обиделся тот, — я ведь хотел...

— Возьмешь с собой четверых, — перебил его подполковник, — и будете держать дом Деновой под наблюдением. Где сейчас сын Ивана?

— Его сегодня увезли в Тикси, в больницу, — доложил старший лейтенант. — У пацаненка что-то с животом, вроде отравление.

— За ним там присмотрят, — сказал подполковник. — Была надежда, что Денов выйдет куда-нибудь за едой. Но сейчас у него «паек старого каторжанина» — муж с женой. Он наверняка уже съел кого-то. От вертолета уходили быстро, он в любой миг мог взорваться, поэтому они ничего не успели взять. У Денова есть нож. Отец научил его поддерживать жизнь человеческим мясом. Денов-старший сам делал так дважды, он и не скрывает этого. Но для возбуждения уголовного дела слов мало. Иван сейчас хочет одного — добраться до жены и убить ее. Он уверен в себе, поэтому и в побег пошел, когда было объявлено штормовое предупреждение. Ему снова повезло — он сумел сесть в вертолет. Денов наверняка бы уговорил вертолетчиков приземлиться в районе хребта Кулар и через сутки был бы около Выселок. Найти оружие для него проблемы не составит. Тогда Наталью можно было бы считать покойницей. Сейчас у него два «пайка старого каторжанина», и погода на его стороне, поисковые группы ничего не могут предпринять. Группу СОБРа, подготовленную для работы в подобных условиях, в этот район доставить не могут. Вертолет из Медвежьего Угла вылетел, когда пурга только начиналась. И кое-кто из начальства задает вопрос: почему разбился вертолет? То есть не исключается версия, что Денов пытался заставить экипаж изменить курс. Вертушка ударилась о камни на сопке Оленьи Рога, значит, они уже отклонились от маршрута.

— Товарищ подполковник, — от вездехода к нему подошел прапорщик, — вас вызывают.

Подполковник направился к вездеходу.

— Тайга на связи, — проговорил он.

— Что у тебя, Копылов? — спросил мужской голос.

— Понаехало их там, — рассказывал молодой мужчина, — до страсти. А Натка, сучка эта, даже в больницу не поехала. Бабы собрали понемногу всего, с вертушкой отправят, как утихнет эта хренотень... — Он взглянул в окно,

24

за которым подвывал ветер. — Но Лука позвонил своей дочери, требовал, чтоб навещала Лешку, да что-то не верится мне — он стелет мягко, а спать жестко.

— Где она сама-то? — спросил Афанасий Семенович.

— У хахаля своего. Он же, собачий потрох, ей условие выдвинул: ежели мальца сплавишь, со мной уедешь. Хоть бы Ванюха успел добраться до них, чтоб...

— Думай, что мелешь, Соболь! — зло перебил его Денов. — Ванька не станет убийцей, не позволю ему. Он наверняка с тобой на связь выйдет. Сразу скажешь мне. Если Ванька убьет Натку с ее хахалем, я тебе яйца отрежу. Все понятно?

— Да ты что, дядька Афанасий, — заволновался тот, — я же...

— Как только Ванька свяжется с тобой, я должен знать, где он, — не слушая, заявил старик.

Медвежий Угол

— Да как же, — усмехнулся Пузырев, — я ведь у всех паспорта проверял. И мужик этой самой девахи, у него еще фамилия другая была, неблагозвучная — Гатов. Ну, вроде как Гадов. Они, похоже, поссорились. Причину не знаю, не слушал, был занят проверкой документов. Но этот самый Гатов не полетел. Вместо него другой, который вроде товарищ Гатова. Да вот этот, — указал он на фамилию в списке, — из Ленинграда, который сейчас Санкт-Петербургом называется. Там еще баба губернатор.

— Сопов Петр Геннадьевич, — прочитал майор. — Он?

— Так точно, начальник, — кивнул Пузырев.

— Где Эдуард? — спросил у него Андрей Васильевич.

— Так он в Тикси уехал, — посмотрев на майора и увидев его кивок, ответил Пузырев. — Рыбаки туда ехали. Вот он с ними и укатил еще до того, как вертолет улетел.

— В Тикси? — удивился Войцевский. — Зачем в Тикси? Ведь я ждал их в Верхоянске. Из Тикси самолеты летают? — спросил он у майора.

— Аэропорт закрыт, — ответил Лосин. — Там еще сильнее буран гуляет. Такая погода продержится минимум неделю. На место аварии не могут ни из Тикси прилететь, ни из Верхоянска, а уж про Якутск и говорить нечего. К тому же на месте падения потребуется техника. Снегу там прилично, придется откапывать. А как появятся обломки вертолета, дальше будут отгребать, чтобы тела не задеть. Но когда еще это будет...

— Ответьте мне, Александр, — сказал Войцевский. — Ирина жива или...

— Если откровенно... — Лосин помолчал, — все уверены, что нет. Денов уже пробовал человеческое мясо. Если бы у него были продукты, он не ушел бы с вашей дочерью и с этим товарищем из Питера. Они бы задерживали его. Он пошел с ними, чтобы не обессилеть от голода. Ему необходимо добраться до хребта. Там наверняка есть заимка, где он найдет и одежду, и пищу. Но от места падения, учитывая погоду, добираться нужно минимум дней десять.

— Что же я Машеньке скажу? — прошептал Андрей Васильевич и тут же посмотрел на Лосина. — Вы можете связаться с Тикси, чтоб нашли Эдуарда? Я очень хочу узнать, почему он уехал в Тикси. Это возможно?

— Попробую. Официально, конечно, не получится, хотя попробовать можно. Ваш зять вдруг передумывает лететь на вертолете, который падает... Я найду его. А можно вопрос?

— Конечно.

— Как они жили?

— Если честно, неважно. Отец Маши погиб в Чечне, она его и не видела. Ей скоро будет семнадцать. Мать для нее все. А что касается Эдуарда, отношения с Машей у него

26

так и не сложились. Ирину и Эдуарда объединил бизнес. Она молодец, у нее широкая сеть магазинов, кроме того, налажена поставка продукции в регионы. У Эдуарда свой банк. Он был на грани банкротства, но благодаря Ирине сумел поправить дела. В принципе Ирина никогда особо не жаловалась. А Маша преимущественно живет у нас с женой.

— Мне не понравилось, что ваш зять неожиданно уехал в Тикси, они ведь только что оттуда вернулись. И почему он уехал даже раньше, чем взлетел вертолет? Значит, у него была договоренность с рыбаками. А ведь билет был куплен на имя Гатова.

— Действительно, — пробормотал Войцевский, — это странно. Я как-то не обратил на это внимания. И откуда тут появился Сопов? Почему он полетел с Ириной?

— А романы у вашей дочери на стороне были? — нерешительно спросил Лосин.

— Разумеется, нет. У Эдуарда мимолетные встречи бывали. Не уверен, известно ли об этом Ирине, но я знаю точно, что связи на стороне у него были и есть. У меня с Эдуардом по этому поводу состоялся очень серьезный разговор. Он клятвенно обещал прекратить свои интрижки на стороне. Эдуард не может иметь детей. И его это огорчает. Однако есть женщина, которая неплохо зарабатывает, у нее дочь, которая, если бы он захотел, давно стала бы звать его папой. А он только сейчас, кажется, решил ее удочерить. Но на это не согласны ни Маша, ни Ирина. А почему вы спросили? У меня появилось ощущение, что вы...

— Давайте пока не будем говорить об ощущениях, — остановил Войцевского майор. — Очень хотелось бы, чтобы вопреки всем прогнозам ваша дочь осталась жива. Правда, надежды на это...

— А это ты, начальник, зря, — неожиданно вмешался Пузырь. — Ванька, конечно, бандит, но его таковым сде-

27

лали вы же. Ведь не он начал драку с двумя вашими. Менты, — пояснил он Войцевскому, — братья.

— Шел бы ты, Пузырь, отсюда, — попросил Лосин.

— Зазря вы на Ивана трупы вешаете, — махнул рукой Пузырь. — Ванька в старообрядцах воспитывался. Убить, понятное дело, он запросто сможет. Но чтоб раненого или слабого — ни в жизнь этого не сделает. Закон такой есть — ежели бросишь раненого или слабого в тайге, удачи тебе в жизни не видать. Да, людоеды они, Деновы. Но не подряд же всех хавают. И Ванька вашу дочь не тронет. Мужика, конечно, если тот начнет паниковать, и прибить может, но женщину не тронет, хотя сбежал для того, чтоб бабу прибить. Но свою. Конечно, с питанием у них сейчас беда, но вашей дочери ничего не грозит. Мужика того, если уж совсем худо будет, может на консервы пустить. А вашу дочь доведет, так что уши не ломайте.

— Погодите, — заволновался Войцевский, — то есть он заставит Иринку есть человеческое... — Не договорив, он тряхнул головой.

— Ежели бабенка жить хочет, — вздохнул Пузырь, — еще как будет лопать.

— Перестаньте, — остановил его Войцевский. — Как вы можете такое говорить?

— А представьте, что вы в тайге в буран пробиваетесь, — сказал Пузырь, — с дочерью. И нет ничего, что сожрать можно было бы. Если вы хреновый отец и дочь вам по фигу, то пущай подыхает. Но вы от себя кусок отрежете и заставите ее...

— Хватит! — крикнул Войцевский.

— Надо попробовать выйти на Тикси, — сказал Лосин, — и найти вашего зятя.

— Вы слышали, что он говорил? — нервно спросил Андрей Васильевич. — Это возмутительно!

— Давайте не касаться этой темы, — мудро решил майор. — Идем звонить в Тикси.

28

— Просто поругались, — вздохнул подтянутый молодой мужчина. — У нее шашни с Петькой. Заявился он туда и... — Не договорив, он взял рюмку с коньяком и залпом выпил. Сидевшие с ним за столиком молодая брюнетка и крепкий мужчина переглянулись.

— Зря ты так про Ирину, — сказал крепкий. — Она...

— Давай не будем обсуждать, правда это или нет, — прервал его первый. — Просто ты, Антон, и ты, Нина, постарайтесь меня понять. Я люблю ее. Женился на ней, несмотря на то что у нее...

— Это ты уж точно зря, Эдуард, — резко вмешалась женщина, — она тебе не навязывалась. Ты за ней сам два года ухлестывал.

— Значит, вы меня не хотите понять, — проговорил Эдуард. — Ладно, давайте выпьем...

— Извините, — сказал, подойдя, капитан милиции. — Вы Гатов Эдуард Павлович?

— И что дальше? — смерил его пренебрежительным взглядом тот. — Чего надо?

— Для начала ваши документы. — К столику подошел молодой мужчина в штатском. — Капитан уголовного розыска Калугин. — Он показал Гатову удостоверение. — Вы тоже предъявите документы, — сказал он мужчине и женщине.

— Это произвол! — возмутился Гатов.

— Документы, — повторил Калугин.

Мужчина и женщина протянули паспорта капитану. Гатов достал свой паспорт и сунул Калугину.

— Следуйте за нами, — убрав паспорт Гатова, сказал инспектор.

— Да в чем дело? — поднимаясь, спросил Эдуард. — Вы, может, наконец объясните?

— Конечно, — кивнул Калугин. — Но не сейчас и не здесь. Следуйте за нами. Вы, если у вас есть время, — посмотрел он на пару, — тоже.

— А что случилось? — спросила Нина.

— Разбился вертолет, в котором летела Ирина Войцевская, — ответил Калугин. — Вы ее знаете?

— Конечно... — Нина была потрясена этим известием.

— Ирина погибла?! — Гатов схватил Калугина за руку. — Иринка! — Обхватив голову руками, он присел.

— А кто сказал, что она погибла? — спросил Калугин.

— Что? — Гатов вскочил. — Она жива?

— А вы, кажется, этому не рады? — усмехнулся Калугин.

Нина и Антон переглянулись.

— Она жива? — Гатов схватил инспектора за грудки.

Кулагин отбил его руки.

— Идите в машину, — сказал Калугин, — а мы следом.

Посетители кафе смотрели на Гатова.

— В чем дело? — быстро спросила Нина.

— Нина Петровна Горохова, — посмотрел на нее Калугин. — А вы Антон Викторович, ее муж. Как вы встретились с Гатовым сейчас?

— Он приехал и позвонил, — ответила Нина. — Господи! Что с Иркой-то? Она в больнице? И почему арестовали Эдуарда?

— Его не арестовали и даже не задержали, — ответил инспектор. — Его разыскивает Войцевский Андрей Васильевич. И все вы сами видите, как он себя ведет. Мне интересно узнать, что он говорил о своей жене и почему он приехал один?

— Сказал, что поссорились. Он ее к Петру приревновал. — Антон усмехнулся. — Но это полный бред.

Охотничья избушка

— Метет, — войдя, сообщил Иван. — Как ты? — посмотрел он на накрытую тулупом Ирину.

— Нога немного болит, а так хорошо. Поесть еще можно?

30

— Не сейчас.

— Я лежала и думала: ты преступник, сбежал из колонии, чтобы убить жену. И вдруг помогаешь мне, совсем незнакомому человеку. Ведь ты тащил меня почти десять дней.

— Два дня, — ответил Иван. — Ты сначала шла сама. Потом свалилась в яму и повредила ногу. Но все равно ковыляла и все просила: не бросайте. И часто вспоминала дочь Машу. — Он улыбнулся. — Может, тебе этого не понять, но я не бросаю тех, с кем пошел. Это за...

— А что я ела? — перебила его Ирина.

— У меня с собой сушеное мясо было, вот его я и крошил почти в порошок, и ты...

— Подожди, мясо кончилось на третий день. Потом мы нашли замерзшую куропатку и...

— Просто я придерживал мясо. И правильно делал. Хорошо, что в воде недостатка не было, снега много. К тому же повезло, еще нашел замерзшую птицу, сову. Все-таки...

— Хватит, — попросила Ирина. — Сову ели. Ты, пожалуйста, никому не говори об этом.

Он, тая в глазах усмешку, присел перед печкой.

— А нам и оставлять тут нечего, — вздохнула Ирина.

— Будет что оставить.

— Как это?

— Все увидишь.

— А почему у тебя дрова горят таким плавным огнем?

— Делаю дымоход поуже, вот и горит плавно. Перестараешься — дым в помещение пойдет. Мне частенько от батяни доставалось, не умел я огонь разводить. А без огня человек в тайге пропал. С голоду, если в сознании, не помрешь. Тех же птиц замерзших найти можно, хвои пожевать или настой сделать. Конечно, неприятно, но жив будешь. Кстати, от цинги настой хвои очень помогает. На Колыме елки под Новый год из стланика делают. В стволе какого-нибудь дерева просверлят дырки и туда вставляют ветки стланика. Конечно, долго такая новогодняя елка не стоит, но в Новый год очень даже хорошо.

— А у тебя дом есть? — осторожно спросила Ирина. — Настоящий?

— Был, — неохотно ответил он. — Жена с сыном тоже были. А сейчас эта сучка сына... — Тряхнув головой, он замолчал.

— Но ее тоже понять можно, — проговорила Ирина. — Ты в тюрьме и...

— А ты бы мужа бросила?

— Не знаю... — Помолчав, Ирина вздохнула. — Мне с ним было хорошо только один год, первый. У меня дочь от другого. Вот и не получается у нас с Эдиком. Он сразу предупредил меня, что не будет Маше отцом и чтоб она его так не называла. А Маша не стала его признавать. Слушалась, не капризничала, но папой не называла. Эдик надеялся, что у нас будет общий ребенок. Но не вышло, не может он иметь детей. И знаешь, меня это даже обрадовало. Не хотела я делить любовь к Маше с другим ребенком. Наверное, потому, что Эдик не стал ей отцом. Извини, тебе это неинтересно...

— Знаешь, я никогда в жизни себя так не чувствовал. И разговоры другие, и все не так. А с тобой и слова какие-то другие говорю. — Он рассмеялся. — Я в детстве читать любил, но дед, да и батя, бывало, ремнем лупцевали — читать и считать можешь, и все, не для того ты эту науку постигал, чтоб всякие бредни перечитывать. Староверы дед с бабкой, пытались и меня заставить в Бога ихнего поверить. А я не понимал, почему богов много и каждая религия не упоминает другого, ведь Христос, Будда, Аллах и еще какие-то есть. В общем, получил я немало за любовь к литературе, но добились они обратного. Не зря говорят — запретный плод сладок. И в лагере книга спасала. Там говорить вообще не о чем. Вспоминать не хочется. Слушать, как о себе рассказывают другие, тоже желания нет. Хотя бы потому, что знаешь — врут. Лагерь не то место, где о себе правду говорить можно.

— А ты говорил, что я чего-то не делала. Но что именно?..

— Просто запомни это, — резко ответил Иван и, натянув на голову лохматую шапку, вышел.

— Чего я не делала? — прошептала Ирина. — Очень странный товарищ. Хотя он мне жизнь спас. Но все-таки что же он такое сделал, чего я не делала? И почему он мне это сказал? Может быть, я узнаю об этом. Интересно, от кого и как? Петра загрызли волки. Все-таки иногда я была в сознании и помню. А я, значит, ела сову, вот он, странный вкус. Я до сих пор ощущаю его. Но что все-таки я не делала? Спрашивать его нельзя, он уже начал злиться. Ладно, все равно узнаю. Съездила, наладила товарооборот... — Она покачала головой. — А Эдик, значит, решил развестись. Ну и ладно, очень хорошо. Я бы сама, наверное, не сразу на это решилась. Бабник он. По-моему, Петр собирался поговорить со мной об этом, но в вертолете он сослался на плохую переносимость полета и сразу задремал. А потом уже было не до разговоров. — Ирина съежилась. Она как будто вновь оказалась там, в содрогнувшемся от удара вертолете. Отчаянный мужской крик, и она очнулась на земле. Болело правое плечо.

«Сейчас рванет! — закричал мужчина. — Уходим!»

Ее кто-то схватил за руки и силой потащил через кусты вниз по склону. Сзади раздался мощный взрыв. Ирину накрыл собой человек, который ее тащил. Она была уверена, что это Петр. Но это оказался рослый бородач. Потом он подозвал Петра. Тот непрерывно скулил, истерически кричал о том, что они погибли, орал на нее матом. Затем падение в глубокую яму, боль в ноге, разбитая голова и постоянное чувство голода. Если бы не бородач, который давал им сушеное мясо и по две галеты, идти они не смогли бы. Потом это мясо, по словам бородача, закончилось, остались только галеты. И Петр, крикнув, что ему нужны силы, попытался отнять у нее галету. Иван ударил его и предупредил: если такое повторится, он Петра убьет. Ирина вздохнула. Она никогда не считала Петра хорошим человеком и терпела его только потому, что он мог достать какой угодно товар и уговорить поставщика снизить цену. А у вертолетной площадки он неожиданно появился с большим букетом цветов — где только смог достать? — и начал пылко признаваться ей в любви и просить ее руки. Но тут появился Эдуард и устроил скандал. Ирина тогда смеялась, хотела выяснить у Петра причину такого признания. Однако в вертолете Петр сразу задремал. А потом вел себя как трус и подлец. И сейчас Ирина поняла: она рада, что Петра здесь нет. «Значит, я рада тому, что он погиб? Жаль, что в вертолете не было Эдика, он как будто чувствовал, что что-то произойдет. — Она посмотрела на стоящую на столе кастрюлю. — Есть ужасно хочется, но раз он говорит — позже, значит, позже». Она вздохнула.

«Зря я ей тогда сказал, — перерубая высушенные морозом сучья, думал Иван. — Хотя она все равно узнает. Но может, не найдут останков Петра. Зверье может его погрызть. Вообще-то я правильно поступил. С этим ей жить будет очень трудно. Спасибо бате. — Иван вспомнил слова отца. — «Видишь, сын, и гады иногда на что-то годятся». Правда, вкус у человечины особенный. Я, когда первый раз попробовал, долго вспоминал. Но так уж устроен мир: выживает сильный. Не съешь ты, съедят тебя. Меня обвиняли, что я подельника по побегу сожрал. А это он хотел меня съесть, только я сильнее оказался. И не ел его сразу, ушел.

А через двое суток вернулся. Иначе бы сдох. — Иван покачал головой. — Ей эта лекция ни к чему. Надеюсь, когда ее начнут спрашивать, она вспомнит мои слова». Он вздохнул и пошел к избушке.

Тикси

— Да поставьте себя на мое место, — вздохнул Гатов. — Ваш приятель объясняется в любви вашей супруге, а она нет бы послать его подальше, смеется и берет цветы. И в благодарность целует. И это все при мне, законном муже. Вот я и психанул.

— Понятно, — усмехнулся майор милиции. — Значит, приревновали. Но как же вас рыбаки так быстро с собой взяли?

— Место было. У меня коньяка французского пять бутылок. Да вы людей можете спросить. А я могу увидеть Иру? Надо же заняться ее похоронами. И как же я дочери...

— Я не сказал, что Ирина Андреевна погибла, — перебил его майор.

— Как? — Эдуард вскинул голову. — Она жива?

— Ее ищут, — ответил милиционер.

— Но почему тогда задерживают меня? И почему...

— Вас пытается найти отец Ирины Андреевны. Он думал, что вы летели на том вертолете. К сожалению, сейчас мы не можем отвезти вас в Медвежий Угол, погодные условия не позволяют. Но убедительная просьба к вам, господин Гатов, не покидать Тикси и сообщить нам ваш адрес.

— Позвольте, это что же получается? Я под подозрением? Интересно...

— Повторяю, вас разыскивает господин Войцевский, он написал заявление, и мы обязаны это учитывать...

— Давайте я позвоню ему, — предложил Гатов.

— Он хочет с вами встретиться, — сказал милиционер, — что вполне понятно. Вы перед самым вылетом устроили сцену ревности, и жена полетела одна, а вертолет разбился.

— Вы женаты? — спросил Гатов. — Тогда постарайтесь понять меня.

— Да на вашем месте я бы тем более не отпустил жену с другом. — Майор посмотрел на часы, положил документы Гатова. — Идите. И не забудьте сообщить, где вы остановились.

— Можете сразу записать. На Морской у Павловых.

— Они уехали, — улыбнулся милиционер. — Как я понял, они не желают вас видеть.

— Куда же они уехали? — удивился Гатов. — Ведь непогода...

— Вы плохо слышите?

— Я буду в гостинице «Полярная».

— Вы пытались дозвониться до Андрея Васильевича?

— Нет, я решил порвать с его дочерью, а кроме того, он всегда считал меня недостойным ее.

— Понятно. Когда получите номер в гостинице, позвоните. — Майор подвинул по столу свою визитку. — И по первому требованию быть в отделении.

— А эти, выходит, меня уже и знать не хотят? — прошептал Гатов.

Медвежий Угол

— Он в Тикси, — сообщил вошедший в комнату Лосин. — Хочет поговорить с вами по телефону.

— Я хочу ему в глаза посмотреть, — сердито проворчал Андрей Васильевич. — Когда его привезут?

— Сам приедет. Он не подозреваемый, просто я попросил своего знакомого...

— Но когда же он приедет? — перебил Войцевскии.

— Когда небесная канцелярия погоду наладит.

— Как он мог так поступить? — спросил Андрей Васильевич. — Я не понимаю, как можно было...

— Бывает, супруги иногда ссорятся, — усмехнулся
Лосин. — Я свою жену чуть было сразу после свадьбы не
послал...

— И вы этим гордитесь?

— Да нет, мы душа в душу живем. Я к тому, что...

— Моя дочь неизвестно где... и вообще, жива ли она. Я
считаю, что виноват Эдуард. Как он мог отпустить ее одну?
Ведь сейчас столько говорят о разбившихся вертолетах, са-
молетах. А он... — Не договорив, Андрей Васильевич махнул рукой. — Он приревновал дочь. Женщине подарили
цветы, что в этом такого? Я вас понимаю, вам нужен ви-
новный. Хотя, с другой стороны, если бы зять был в этом
вертолете, он вполне мог погибнуть. Я не задавался бы воп-
росом, почему он отпустил свою жену одну. К тому же он
знал, что я жду их в Верхоянске. Кстати, там непогоды не
было, и мы долетели до Депутатского.

— Основной удар стихии принял этот район. Над Тикси
он пронесся и ушел вглубь. А вертолет догнал буран. Вот она,
частная авиация. О разбившемся вертолете узнали только через пять дней. Двое суток искали. И случайно нашли обломки.
А тут этот буран, мать его. И неизвестно, сколько он еще будет
бушевать. Денов не должен уйти, его ждут в поселке. Конечно,
если он туда пойдет. Для него тайга, сопки — дом родной. Тем
более продукт с ним имеется... — Майор спохватился и покосился на Войцевского. — Ну может быть, не успеет, — поспешно проговорил он. — Пока этого мужика...

— Перестаньте, — с болью попросил Андрей Васильевич. — Неужели он может так поступить? Ведь вырос при
советской власти и наверняка...

— Он волчонком рос, — перебил его майор. — В посёлке есть только начальная школа. Первоклашки с третьеклассниками в одной комнате занимаются. Отправили его в интернат, но он там два года проучился и в колонию попал. Потом жил дома, с отцом. А тот — волк... Сколько эта демократия преступников породила, но что касается того, о чём я говорил...

— Я сам постоянно об этом думаю, — признался Андрей Васильевич.

— Если он добрался до одной из своих заимок, то там есть продукты. Оперативная часть колонии сообщает, что у него с собой были галеты, две банки сгущенного молока. Хотя, наверное, все уже кончилось. Он до вертолетной площадки шел почти трое суток. Шел быстро, отрываясь от возможной погони. Конечно, что-то осталось и...

— Извините, а заимка этого бандита далеко?

— К сожалению, нам точно неизвестно местонахождение этих заимок. Но на хребте Кулар наверняка имеется.

— Тогда есть надежда, что Петр и Ирина живы.

— Надежда, конечно, есть. Правда, вот погода не радует, и даже более того — погода на стороне Денова. А ее по статье не привлечешь.

— Но ведь он все-таки человек, а не зверь какой-то.

— Он с детства изучал науку не выживать в тайге, а жить. Знает, как и что делать в любую погоду, и умеет добывать пропитание.

— Но ведь даже в блокадном Ленинграде не все были людоедами.

— А кто знает, сколько их там было. Я не хочу марать память блокадников, но голод — это страшно.

— Вы словно оправдываете Денова.

— Боже упаси! Но он в детстве перешагнул черту, отделяющую человека от зверя. Если он сумеет добраться до

38

Выселок, где живут его жена и родители, он убьет ее и любого, кто попытается ему помешать.

— Так и будет, — вошел в кабинет мужчина лет пятидесяти. Сняв шапку, он покачал лысоватой головой. — Здорово замело! Так вот, Иван Денов отошел от староверов, когда женился. Да, он бандит и пойдет на убийство. Я говорю о настоящем времени. А насчет вашей дочери я бы вот что сказал: есть такой неписаный закон тайги — если оставишь в беде слабого, не будет тебе удачи. Суеверие, но таежники никогда не нарушают его. За малым исключением, конечно. Как говорится, в семье не без урода. Денов нарушил людской закон, но таежный — вряд ли. Он не причинит вреда вашей дочери. Может съесть их спутника, но...

— Позвольте, — перебил его Войцевский, — кто вы такой?

— Полковник Зимин, Павел Борисович. Занимаюсь делом Денова. На нем уже есть труп. В трех километрах от Медвежьего Угла убит охотник, у него похищено...

— Но при Денове не было оружия, — возразил Лосин.

— Это точно? — спросил Зимин. — Оружие могло быть в его рюкзаке, например, полотно ножовки. Отрезал ствол, приклад — и готов обрез. Сунул в рюкзак, и никто не...

— Он бы переоделся, — перебил Лосин.

— Надеюсь, что ты прав, майор, — кивнул полковник. — Не хотелось бы, чтоб Денов был вооружен. Если он прольет кровь, то уже не остановится и пойдет по трупам.

— Павел Борисович, а как вы сюда добрались? — спросил Лосин.

— На вездеходе, — ответил полковник. — Правда, раза три жалел об этом. Но доехали все-таки. В общем, ваша дочь сейчас обуза для Денова, но он не убьет ее, потому что верит: обидишь слабого — начнутся неудачи. А он ушел из лагеря с определенной целью.

— Подождите, — покачал головой Войцевский, — вы только что сказали, что этот бандит живет по таежному закону. И тут же говорите, что ушел он, чтобы убить жену, мать своего ребенка. То есть...

— Эта мать, — зло перебил его Павел Борисович, — бросила больного ребенка, чтобы уехать в Хабаровск. А таежный закон с незапамятных времен гласит: «Накажи бросившую своего дитя. Предай огню ее мертвое тело». Теперь вы поняли разницу между вашей дочерью и женой Денова?

— Понять-то понял, — вздохнул Войцевский, — но тут такого наговорили, что я уже считаю Ирину мертвой. И знаете, может, это даже лучше, чем помощь людоеда. Ведь он может заставить ее есть... — Он замолчал.

— На этот счет можете быть спокойны, — сказал полковник. — Денов не будет этого делать.

— Знаете, — сердито произнес Войцевский, — вы прямо облагораживаете этого бандита. Утверждаете, что он людоед и в то же время, придерживаясь каких-то законов тайги, будет сам жрать Петра, а Ирине отдаст то, что у него есть.

— Я пытаюсь успокоить вас, — сказал Зимин. — Понимаю, что вы чувствуете, и не хотел бы оказаться на вашем месте. Мы сделаем все, что сможем. Погода мешает. Хотя, с другой стороны, возможно, именно это спасет жизнь вашей дочери. Синоптики утверждают, что через трое суток буран закончится. Нам обещали помощь охотники, также извещены оленеводы, предупреждены метеорологи. Хотя я уверен, что Денов идет к хребту Кулар, и наверняка его отец уже послал туда людей.

Сопки

— Возвращаемся! — крикнул один мужчина в заснеженной одежде другому. — Не пройдем, все хуже и хуже. Возвращаемся.

40

— А что Афанасий скажет? — спросил тот.

— Поймет.

Выселки

— Надо уматывать, — сказал крепкий русобородый мужчина, — а то он нас здесь и кончит. Погода-то какая!.. Сможет ли он добраться?..

— Иван сможет, — ответила миловидная женщина. — К тому же жратва у него есть — двоих он с собой от упавшего вертолета увел, бабу и мужика.

— Как ты могла жить с таким? Неужели не противно было целоваться с ним, обнимать?

— Но он же не ел людей при мне. Я слышала, что дважды он пробовал, но как-то не верилось. Его спрашивала, он молчал. Больше не могу я тут, я же в Хабаровске жила. Потом попалась со взяткой, не тому дала. Отправили меня на поселение. Здесь Иван встретился. Мужик крепкий, в постели вообще зверь! — Она засмеялась. — Я думала, что сумею уговорить его денег поднакопить и уехать отсюда. Он же все мог достать — меха и даже золото. Но он придет с сопок, душу на мне отогреет и снова туда. Деньги приносил, но мало. Я забеременела только для того, чтобы он денег побольше приносил, но зря. Вот и натравила на него...

— Лучше закрой рот, а то кто-нибудь услышит и тебе не поздоровится, и Торовым секир башку сделает Афанасий, пахан Ванькин. Не сам, так подошлет кого. А ты вроде роман имела со старшим? Не боялась, что Ванька застукает? Ведь прибил бы сразу и не посмотрел бы, что Торопов мент. Лихая ты бабенка, за это я и полюбил тебя. Как погода нормализуется, укатим.

— Я тебе вот что сказать хочу. Если ты решил мною попользоваться и бросить, запомни, Гриша, убью. Стрелять я умею и ножом запросто яйца отрежу. Я ради тебя на такое пошла...

— Перестань, Наталья. Если уж кто кого использует, так это ты меня, потому что очень желаешь отсюда умотать.

— Да, хочу. Но я с тобой жить собираюсь. Из-за тебя и Лешку оставила.

— Успокойся, — Григорий обнял Наталью, — все у нас будет нормально. Надеюсь, ты не передумаешь...

— Никогда. Это же какие деньги можно получить!.. Так что я не отступлю, все сделаем как задумали.

— Отлично. Скорее бы выбраться отсюда.

— Боишься Ваньку? — усмехнулась Наталья.

— Жить хочу, — честно ответил Григорий. — Ему-то терять нечего, да и умеет он по этим сопкам скакать. Если в дом вломится, я его пришью в порядке самообороны. Но он к нам не заявится.

— Заявится. Тебя убьет сразу, а меня помучает. Он к тебе обязательно придет, — вздохнула Наталья.

— Мать вашу! — недовольно процедил Афанасий. — Вы что, мальчишки, что ли? Пурги они, видите ли, испугались!..

— Да идти нет никакой возможности, — проговорил Егор, — по пояс проваливаешься. И руку вытянешь, не видать ни хрена. Мы прошли километр, до Белки даже не дошли. Невозможно идти.

— Верно Егор говорит, — кивнул крепкий молодой мужчина. — Мы до Белки два часа шли. А там по времени ходу всего десять минут.

— Ладно, — сказал Афанасий. — Тогда вот что, мужики, как только начнет утихать, сразу в путь. Потому как менты тоже начнут поиск. И вы должны опередить их. Ванька сейчас на хребте. Мужика, понятное дело, он ухлопал, а вот бабу оставил. И ежели менты не достанут, то живой выскочит. А ежели достанут, будет ею прикрываться. Хотя не станет, —

тут же возразил он сам себе, — в сопках его не взять. Ежели, конечно, специалистов из Якутска не доставят. Там псы натасканные. Но Ванька сейчас в поселок идет, чтоб Натку кончить. Правда, сначала с кем-то из вас свяжется. Чтоб я тут же знал, что Иван у поселка появился. Хотя там баба с ним. Ежели пришибет ее, то удачи у него уже не будет. Надеюсь, он не забыл, что предки нам завещали.

Стоящая у печки жена, опустив голову, молчала.

— Торовы оба тут, — проговорил Егор. — Вроде как собирают охотников своих на Ваньку из артели, которую ихний дядька Лука кормит.

— Понятно, — процедил Афанасий. — Значится, бандюки будут ментам помогать. Эх, мать честная, а у Ваньки и ружьишка даже нету. Вот Лука, гнида!

— Надо как-то Ивана предупредить, — сказала жена. — Ведь у Луки есть мужики, которые могут...

— Цыц! — остановил ее муж. — Не суйся, баба.

— Как так не суйся? — всхлипнула она. — Убьют Ваньку-то.

— Цыц, я говорю! — крикнул Афанасий. — Убьют — похороним. Ты лучше думай, как Лешке помочь. Надобно забирать его из больницы, а то упрячут в детский дом, и все — сына не будет и внука лишимся. Кто ж род Деновых продолжать станет? Сволочь Натка, лиса бешеная! — Он сплюнул. — Но ежели с Лешкой что случится, не жить ей, да и Торовым тоже, а уж Луке тем более. Я им устрою тогда веселую жизнь.

— Ты лучше думай, как Ивану помочь, — высказалась Тамара. — Пусть бы сдался. Ну добавят года два, осталось четыре — и выйдет. Мы еще доживем, а то ведь убьют его. — Она быстро вышла. Афанасий молчал.

— Так мы это, — несмело пробормотал Егор, — потопали до дому. А как стихнет чуток, двинемся.

— Давайте, — кивнул хмурый Денов.

— Слышь, Лука Демьяныч, — обратился к седобородому старику рослый мужик, — сейчас идти никак невозможно, нет проходу, не видать ни хрена...

— Стихнет, и двинетесь, — сказал тот. — И вот что, как увидите Ваньку, сразу на поражение бейте. И какой-нибудь пистолет ему в руку потом вложите. Мол, вооруженный был, вот и пришлось сразу наповал бить. Ясно?

— А тут, дядя Лука, и предупреждать не надобно, — усмехнулся плотный бородач. — Ванька — зверь по характеру и по повадкам. Ежели его не свалим, он кому-нибудь из нас кровь пустит, а такого желания у нас ни у кого нет.

— Это точно, — дружно поддержали его пятеро мужиков с карабинами. — Да есть у него стрелялка какая-нибудь, не мог он без оружия в бега податься.

— Нет у него ствола, — возразил Лука, — это я точно знаю. Нож, понятное дело, имеется. Он, гадина, с двадцати метров куропатку ножом сбивает. У них в роду все мужики ножи кидают очень здорово. Делают их сами и кидают на убой. Нож у Ивана сто пудов имеется.

— А твои племяши с нами пойдут? — спросил чернобородый здоровяк.

— А как же, обязательно. Им спокойнее будет, ежели они труп его увидят. Да и вам тоже сподручнее. Все ж помощь милиции оказывали.

Все дружно рассмеялись.

Сопки, заимка

— Ну, как ты себя чувствуешь? — войдя в избушку, спросил по пояс голый Иван.

— Брр! — передернула плечами сидевшая на топчане с кружкой чая Ирина. — Тебе не холодно?

— До трех минут никакой холод не опасен, — вытираясь, ответил он. — Ела?

— Да. И чай пью с листвой. Вкусно. Вам налить?

— Я чифир заварю.

— Но он же горький-прегорький, как вы его пьете-то?

— Бодрит хорошо. Конечно, если постоянно пить, сердце посадишь. А так с утречка самое то. Скоро утихнет, — Иван кивнул на окно, — и расстанемся мы. Вот о чем тебя попрошу — ничего обо мне не говори. Куда ушел и что у меня есть. Мол, плохо мне было, не знаю. Я тебя на сопку отведу и укажу, куда идти, выйдешь к метеорологам. Там баба с мужиком живут, нормальные люди. Да они уже знают, наверное, и про меня, и про тебя. И про третьего тоже. — Он усмехнулся.

— А вы? — осторожно спросила Ирина. — Его вы?..

— Не я, — Иван понял ее, — волки. Еще есть вопросы?

— Нет, — испуганно ответила Ирина. Иван рассмеялся.

— Не думай ты ни о чем, жить легче будет. А главное — у тебя дочь есть, вот и живи ради нее. Ты постоянно в бреду к ней обращалась. Значит, есть бабы, которые детьми дорожат. Вот ты бы смогла дочь свою бросить?

— Да вы что! Никогда.

— Тебе верю. В общем, к утру двинемся. Сможешь идти?

— Да. Спасибо вам. Если бы не вы, я бы не выжила.

— Не торопись говорить спасибо. Я преступник в бегах. Вполне возможно, у тебя будут трудности, потаскают по кабинетам. Ментам крайний нужен будет, и ты для этого вполне подойдешь. Я просил тебя не говорить ни о чем, но дело твое. Скажешь — значит, скажешь. Мне уже все равно.

— Вы собираетесь убить жену? — помолчав и не услышав продолжения, тихо спросила Ирина.

— Да, — кивнул Иван.

— А вы не думали, что после этого можете потерять сына? И вас не будет, и...

— Его мои старики не бросят. А ее я убью, чего бы мне это ни стоило. Понимаешь, — он скрутил цигарку, — я любил ее, делал для нее все, что мог. Ей постоянно чего-то не хватало. Она была осуждена за дачу взятки. Два года в колонии-поселении. А это рядом с нами. Вот и познакомились. Любил я ее. А когда сына родила, я для нее был готов на все. Но оказалось, что ей не надо цветов и пылких объятий, как в книгах пишут, ей нужны деньги. Она просила меня золото ей принести, говорила, мол, продам и переедем в город. Она из Хабаровска сама. А я ей сразу сказал, до венчания, что я из поселка никуда. Пробовал я в городе жить. На три дня хватило. Потом чуть в тюрьму не попал. Здоровье вроде имеется, да и кулак тяжелый. К тому же учил меня тут один бывший военный приемчикам, чтоб морду грамотно бить. Вечером я вышел сигарет купить, а там двое к женщине привязались. Я заступился. И меня же обвинили, что я на них напал. И баба та на меня бочку катила. Хорошо, девчонка из ларька, где я сигареты брал, видела все и рассказала. В общем, умотал я из города и зарок дал никогда туда не ездить. Да и работы там для меня нет. Я охотник хороший, в городе что мне делать? Давай больше не будем об этом...

— Хорошо.

Иван засыпал в чашку две ложки чая, залил кипятком. Накрыл и посмотрел на часы.

— А вы по времени завариваете? — стараясь снять охватившее ее напряжение, спросила Ирина.

— Да.

— Но ведь это очень и очень крепко, — лишь бы не молчать, проборматала Ирина.

— Это чифир, — ответил Иван.

46

Ирина, не зная, что говорить, и чувствуя неясную тревогу впервые за все время, проведенное с этим человеком, попыталась успокоиться и отвлечь его, спросив:

— А не вредно?..

— Слушай, — усмехнулся Иван, — успокойся, не трону я тебя. И все у тебя нормально будет, не напрягайся.

Ирина опустила голову и вздохнула:

— Я впервые вижу человека, который спокойно говорит об убийстве своей жены и считает, что это правильно.

— А которых говорили с сожалением, значит, видела? — засмеялся он.

— Не приходилось.

— Ты знаешь, что я побегушник, что сбежал, чтобы убить бабу свою, что пробовал человечье мясо. Да я просто врать не умею, никогда не считал это нужным. В тайге брехунов враз определяют, и, считай, никто тебе не поможет, если помощь нужна будет. Просто сбрехнешь раз — запросто соврешь снова. И еще: врешь — значит есть что скрывать.

— А когда вас арестовали, ведь наверняка пришлось, чтобы поменьше дали...

— Нет. Тут все просто было. Мне сказали, что один из Торовых, Васька, брат нашего участкового, тоже мент, за Наткой, моей женой, охотится, желает ее в постель уложить. Ну я и пошел поговорить с ним. А они со мной бросились драться. Я вломил обоим, вот и сел за нападение на сотрудников милиции. Конечно, перестарался трохи, в больничке оба отлежали. В общем, шестерик мне впаяли. Конечно, самое обидное знаешь что? Баба моя, Натка, на их поле играла, сучка. У нее, оказывается, хахаль уже был, Гришка Постанов, из Хабаровска он, делопут хренов. Меха скупает, дичь, рыбу и коренья разные. Ну вроде тех, что ты пила с чаем. Он, видно, пообещал ее с собой забрать. Она баба ништяк — и мордой хороша, и фигурка имеется. А в постели вообще класс. Вот и получилось, что я лишним оказался, меня и упрятали в тюрьму. Гришка с Торовыми в хороших, ну а Натка с ними крутилась. А сейчас тварина и сына бросила. В больничке он, а потом, значит, в детский дом. Старики мои, конечно, забрать попытаются, должно у них получиться. А эту стерву я кончу, надо мне это сделать. Хахаля, может, не трону, а ее и Торовых завалю. Конечно, если успею до них добраться. А Натку обязательно грохну. Расскажи она мне, когда я на воле был, и все. Ну может, разочек бы съездил. Морду портить не стал бы. И все, сына бы забрал и к своим. А она, сучка, посадила меня, ментам подыграла и Лешку, сына, бросила. Он Гришке не нужен. Да и она тоже, а вот на кой хрен он все это замутил, непонятно мне. Хотя тут вины его нет, конечно. Это я тебе не для того сказал, чтобы измазать грязью ее или его. Просто никому больше не буду этого говорить, а в себе тяжко все держать. Благодарность к тебе имею за то, что хоть высказался. Насчет моих слов, что ты кое-чего не делала, объяснять сейчас не стану, потому как тебе от этого только хуже станет. А тебе через это пройти все же придется. Как только увидишь мента со звездочками на погонах, он тебе сразу вопрос этот задаст. А сейчас про это не думай. Хотя бы потому, что в голове засядет и себя изводить станешь. А у тебя дочь, и ты ей нужна. В общем, ни о чем не спрашивай, нам выйти надо. Ясно?

— Да, — ответила Ирина, хотя у нее было очень много вопросов. Иван рассмеялся.

— Да ничего худого нет. Просто запомни: ты этого не делала. Ясно?

— А чего я не делала? — не удержалась она. — Значит, ты это делал?

— Главное, что не ты! — хохотнул Иван.

Тикси

— Чего тебе? — хмуро спросил открывший дверь Антон.

— Да просто зашел в гости! — Стоящий перед дверью Гатов приподнял пакет. — Коньячок и...

— Некогда нам! — отрезал Антон и хотел закрыть дверь.

— Да постой ты! — Гатов успел сунуть ногу между дверью и косяком. — Неужели из-за...

— Ушел бы ты по-хорошему, — процедил Антон.

— Понял, не дурак. Но зря вы так, много теряете. Кто у вас покупать будет, если вы меня налаживаете? Иринка наверняка уже труп, и все теперь...

Кулак Антона врезался Гатову в лоб. Он рухнул и попытался встать. Из упавшего пакета высыпались фрукты и вытекал коньяк из разбившейся бутылки. Антон захлопнул дверь.

— Я тебя посажу! — закричал Гатов. — Ты мне...

— Свалил наскоряк, — Антон распахнул дверь, — или я тебя сейчас пришибу!

— Все, — Эдуард поднялся, — уже ушел. Но зря вы так, я же...

— Или ты уйдешь, — услышал он голос Нины, — или мы вызовем милицию.

— Зря вы так, — повторил Эдуард и поднял пакет. — Две бутылки «Кремлевского» разбили, фрукты сейчас стоят...

— Держи! — Антон выбросил на площадку тысячерублевку и закрыл дверь. Гатов поднял деньги и потрогал лоб.

— Твое счастье, что не ответил я, — пробормотал он и стал спускаться по лестнице.

— А он вполне может написать заявление, — вздохнула Нина.

— Да ничего он не напишет, — отмахнулся муж. — Мало я ему врезал. Из его слов можно понять, что он знал, что Ирина пострадает. Слышала?

— Слышала. И очень боюсь, что это правда. Вертолет разбился в тайге, а сейчас такая ужасная погода. Потом еще этот людоед, который из лагеря сбежал. Он, говорят, еще маленьким людей ел. Не знаю, правда это или нет, но одно то, что он бандит...

— Я и сам об этом думаю. Получается, что Эдик договорился с ним. Ведь и сбежать из лагеря можно...

— Перестань, — перебила его жена, — это ты уже чепуху городишь. То, что он не полетел, плохо. И не расстраивается совсем. То, что он спровоцировал скандал, даже милиция, кажется, поняла. По крайней мере Андрей Васильевич так думает. А Петр каков, как же он...

— Да он за деньги что хочешь сделает. Неужели ты не поняла, что он за человек? Я убежден, что он действовал по заказу Эдьки. Он же трус, Петр, а тут цветы дарит, зная, что муж вот-вот подойдет. В любви признаваться начал. Но зачем это Эдьке надо было? Ведь Иринка его спасла. И жил он за ее счет. Дела у него очень плохо идут. Сейчас проверки частных банков начались, многие прикрыли. И он на очереди стоит. Иначе зачем бы он стал так активно заниматься Ириным делом? Выходит, он знал, что вертолет упадет, а Петр полетел с Иринкой. Странно...

— Я тоже об этом думаю. Где же сейчас Ира и что с ней? Еще погода эта... — Она посмотрела в окно. — Неужели Ирина погибла?

— Жива она, — обнял ее муж. — Не может она погибнуть, Маша у нее растет. Не должна...

— Но очень мала вероятность того, что Ира... — Нина заплакала.

— Погоди, Нинуся, не хорони ты ее раньше времени. Не должна она умереть, не должна. Ну а если уж... Машу ведь мы не оставим.

50

***

— Какие же суки! — бормотал, идя по улице, Гатов. — Но я вам устрою. Хрен вы теперь будете такие бабки иметь. А Ирине Андреевне я пышные похороны устрою, — засмеялся он. — Квартиру заберу себе. Только вот Машка... Да ее к себе дед с бабкой возьмут, не оставят ее со мной. Все очень удачно складывается. Я так надеялся, что ты погибнешь сразу, но живучая ты оказалась, точнее, везучая. Хотя сейчас ты в компании с людоедом. С кого он начнет — с Петьки или тебя?

Москва

— Когда мама приедет? — спросила стройная красивая девушка лет семнадцати. — У меня день рождения скоро, а без нее...

— Да что-то не звонят даже, — недовольно проговорила пожилая женщина. — И дедушка молчит, и мама твоя тоже. Я уж сама пыталась дозвониться, но не получается.

— А в том районе сейчас какой-то циклон, кажется. Я случайно прогноз погоды услышала. Как раз в том районе, передали, буран. Может, поэтому и связи нет?

— Может, и так. Сегодня обязательно прогноз послушаю. Я в последнее время перестала его слушать. А то узнаешь про магнитные бури, и боишься. И знаешь, Машенька, чувствовать себя лучше стала. А почему ты про Эдуарда не спрашиваешь?

— Зачем? Он мне неприятен. Я терплю его из-за мамы. Я ему говорила об этом. Знаешь, бабушка, может, я, когда была маленькая, и стала бы звать его папой и привыкла бы, но он сам запретил. Я это очень хорошо помню. Наверное, единственное, что помню из детства.

— А ты не думала, Маша, каково приходится маме из-за твоего отношения к нему?

— Я с ней разговаривала, и она сказала, что понимает меня. Он не ругается, не обижает ни меня, ни маму. Приносит цветы, подарки дарит. Но все равно он для меня чужой. Когда я в первый класс пошла, очень хотела, чтобы у меня, как и у всех, папа был. А он... — Маша вздохнула.

— Ладно, что теперь говорить, ты уже почти взрослая, живешь у нас, с отчимом не общаешься.

Медвежий Угол

— Стихает непогода, — стоя у окна, заметил Лосин.

— Как вы думаете, майор, — негромко спросил Войцевский, — Ира жива?

— Надеюсь на это. Хотя, если честно, не думаю. Все-таки она женщина городская, а в такую пургу и местные нередко гибнут. Полковник Зимин, он специалист по розыску преступников в тайге, говорит, что Денов бросит ее. Но я и мои товарищи считаем, что Денов вашу дочь не тронет. Однако кто знает... Как только буран утихнет, сразу на место падения отправятся спасатели, и они начнут поиск. Подключим охотников и...

— Господи, — простонал Войцевский, — помоги ей. Я не звоню домой — делать вид, что все нормально, не смогу. А как сообщить жене и внучке о гибели Ирины?

— Да погодите вы ее хоронить. Можно сказать почти наверняка — Денов не преступит таежный закон. Ему ведь сейчас удача ой как нужна. Правда, он отморозок. Если уж на льдине с батяней своим мужика слопали, то в сопках, да в такую погоду... Хотя, может, они сумели добраться до заимки. А уж там наверняка все найдется. Может, даже и оружие. Вот этого бы не хотелось. Стреляет он быстро и метко. В глаз белку из мелкашки бил. А если там карабин имеется, то положит он людей, когда его брать будут. И те места он знает, как хозяин квартиру. Хотя оружие давно не оставляют в подобных избушках. Но наверняка не скажешь... В общем, непогода утихнет и начнется розыск, район обложат. Думаю, через пару суток сумеют выйти на его след. Зима сейчас напакостила, но как только погода установится, то на нас работать начнет. В заимке Денов долго не просидит. Да и найти ее вполне могут. Печку-то топить надо. Конечно, часто устраивают дымоход под землей, и дыма не видно. Но запах, протаины на снегу и сажа остаются. А при тридцати одном градусе без огня закоченеешь. Так что главное, чтоб метель эта чертова прекратилась. Давненько такого я не видел. Но стихает, кажется. Да и синоптики обещают. Вы есть не хотите? А то ведь...

— Не до еды мне сейчас, — вздохнул Войцевский. — Как подумаю, что Ира с этим людоедом находится, сердце замирает. А с другой стороны, без него она бы точно погибла. Вот полковник говорил о каком-то таежном законе. Однако этот людоед нарушил не только государственный закон, но и человеческий. Страшно говорить об этом, даже представить невозможно...

— Да это понятно. Рассуждать вроде бы легко. Мол, за это стрелять надо и так далее. Но тут ведь и другая сторона есть. Да именно так! — увидев возмущенный взгляд собеседника, кивнул майор. — Льдина уходит все дальше, помощи нет. Когда их хватятся, неизвестно. А с Афанасием был сын, его ребенок. Сам он та еще мразь, зверюга. Но он жизнь своему сыну спасал. Пацан умер бы от голода у него на глазах. Конечно, противно даже слушать об этом, но, однако, все это было. И вполне возможно, что если бы Афанасий тогда в побеге не съел своего подельника, то их слопал бы на льдине тот. В таких случаях человек становится зверем. Конечно, это ужасное преступление, но тем не менее...

— А как бы поступили вы, майор, если бы оказались в подобной ситуации?

— Каждый из нас не раз задавал себе этот вопрос. И никто, я в этом уверен, честно не ответил. Потому что в такой ситуации... — Майор выругался.

Войцевский вздохнул:

— А вы, наверное, правы, майор. Я понимаю, что это ужасно, бесчеловечно, и никто не поймет и не примет этого. Но ведь видеть, как умирает от голода ваш ребенок... Господи, пусть он ее просто убьет!..

— Все будет хорошо. Конечно, трудно поверить в таежное благородство бандита, еще и людоеда в придачу, но в жизни порой бывает такое, что кажется невероятным. Я понимаю вас, вы не можете не думать об этом, но нужно как-то успокоиться, а то шибанет вас инфаркт, и дочь Ирины останется и без мамы, и без деда. Пока неизвестно, жива Ирина или нет. Давайте выпьем, — майор достал из сейфа бутылку коньяка и две рюмки, — неплохой коньяк. А потом пойдем обедать. Ну, за все хорошее! — Он поднял рюмку. — В хорошее верить надо. А вторую выпьем за то, чтобы здесь выпить втроем, вы, ваша дочь и я. И мою жену еще позовем, Татьяну. Она очень за Ирину переживает.

— Спасибо, — кивнул Войцевский. — Надеюсь, это пожелание сбудется.

Поселок Белка

— Ну что, мужики, — сказал седобородый мужчина, — подмогнем власти? Надобно найти этого сукиного сына. Он...

— Слышь, Михалыч, — перебил его плотный мужик в бушлате, — а ведь Денов вроде как ни за что срок-то получил. Али не слыхал, что говорят в Выселках?

— Да проблема сейчас не в том, за дело он в лагере был или нет. Он сейчас убийство готовит, и с ним двое

54

людей. А может, уже и один остался. Он же зверюга, Ванька-то. Афанасий его с малых лет к людскому мясу приучал, да и сам...

— Слышь, Михалыч, — усмехнулся мужик с окладистой бородой, — а ты вот что нам сообщи. Ежели бы ты вот так оказался на осколке льда, что делал бы? Осуждать мы все горазды, а вот если представить такую ситуацию, тогда, может быть, и сам бы слопал свою Валюху, она баба сдобная, — добавил он под хохот остальных.

— Так Ванька из лагеря бежал, — зло произнес Михалыч, — и бабу с мужиком захватил. Вполне может быть, что он и вертолет этот самый расколотил. Заставил...

— Зря ты видик купил, — сказал человек с окладистой бородой, — нагляделся там муры разной. Вон в одном фильме в самолете президент американский с террористами дерется. А на самом деле может такое быть? Да ни в жизнь. Так что не мели что попадя, Михалыч. Что касаемо нас, никто из моей родни не пойдет на охоту за Ванькой. Понятно?

— Ивану помочь, — усмехнулся парень, — то это, пожалуй, можно. Так что, Михалыч, ты не к тем обратился.

— Это ты про себя говоришь, Пятка, — недовольно буркнул крепкий мужик с трубкой в зубах. — Надо идти и отлавливать его. Он же не просто так сбег, женку свою прибить желает, а если кто попадется на пути, он и того...

— Так не вставайте у него на дороге, — усмехнулся мужик с окладистой бородой. — Натка пацаненка больного бросила и хахаля себе отыскала. Правильно сделает Иван, ежели ей горло перережет. В общем, и базарить тут нечего, мы уходим. — Он шагнул к выходу из клуба. За ним направились пятеро. Парень и еще трое тоже двинулись вперед.

— Кончать Ивана надобно, — кивнул невысокий старик. — Он же зверь сейчас бешеный и крови прольет много. Не смогут его милиционеры остановить. На учениях у них, понятное дело, все получается, но в жизни иначе. А

Ванька Денов не городской пижон, он с детства тайгой воспитан, хрен его отыскать сумеют. А ежели поймет, что не дадут ему к бабе пройти, может и пострелять. Батяня его, Афанасий, сейчас наверняка послал мужиков своих, чтоб оружие сыну отнесли. Их и надобно перехватить. Нельзя Ваньке оружие сейчас в руки давать. Он и стрелок отменный, и в сопках жить умеет. Снег сейчас лежит, и по следам его найти могут, но ведь он может и бесследно ходить. Наверняка Афанасий передал ему и эту науку. В общем, надобно кончать с Иваном. Правильно ты, Митька, говоришь, — кивнул он Михалычу. — Сколько у нас мужиков осталось? Двенадцать. Жаль, конечно, что Аркадий со своими ушел, они те места очень хорошо знают. Но и вы не пацанята. Так что как утихнет непогода, идите к хребту. Там он отсиживается. Оружия ему еще не поднесли, от Выселок топать далече. В хорошую погоду и то дня два, а то и три добираться. Вот только ежели его уже там ожидал кто-то... Хотя навряд ли. В общем, как только наладится погода, отправляйтесь. И ежели завалите Ванюху, от власти благодарность поимеем и милиция не так цепляться станет. — Он подмигнул Михалычу. — Молодец ты, Митька!

— Так с твоей подсказки, Василий Демьянович, — усмехнулся тот.

С клубами пара в открытую дверь вошел мужчина в тулупе, обмел веником валенки и кивнул:

— Здорово, мужики!

— Привет, служивый, — отозвался Василий Демьянович. — Решили мы подмогнуть тебе с Деновым. Правда, Аркашка Зубов своих увел. И Пяткины все трое пошли. Ты, Бегин, имей в виду их, они запросто Ваньке помощь оказать могут.

— Погоди-ка, Василий Демьянович, — сказал старший лейтенант милиции, — ты что-то не то говоришь. Кто про-

56

сил тебя о помощи? Мы сами разберемся и с Деновым, и с кем потребуется. Ясно? И не суйтесь в сопки, а то запросто неприятностей заработаете.

— Так не сможете вы его сами найти, — возразил Василий Демьянович. — Денов получил воспитание от отца своего. Кроме того, у него учитель был, ну, этот, которого медведь задрал, бывший десантник, что ли...

— Офицер морской пехоты, — поправил его Бегин.

— Вот и думай, участковый, — проговорил Михалыч. — Здоровье у Ваньки богатырское, силенка имеется. Знает приемчики, стреляет, как снайпер, нож кидает не глядя и не промахивается. Следов не оставляет. И что вы можете...

— Я сказал, — недовольно перебил его милиционер, — не суйтесь в это. Брали и не таких, как Денов. В общем, вы поняли, что делать вам там нечего? Если сунетесь, хорошего не ждите.

— Вот и помогай власти, — проворчал Василий Демьянович. — Мы же только для того, чтоб помочь...

— Я уже сказал, — повторил участковый, — не суйтесь, мы сами отработаем Денова. И еще. Перестаньте обирать оленеводов. Вы знаете, о ком я говорю. Если еще раз узнаю, заведу дело. Все понятно?

Якутск

— К этому делу надо отнестись особенно внимательно, — заявил человек с седой козлиной бородкой. — В руках беглого преступника-людоеда оказались двое пассажиров разбившегося вертолета. Кстати, есть версия, что вертолет потерпел аварию из-за попытки его захвата.

— Полная чушь! — усмехнулся полковник ФСБ. — Эксперты работали на месте падения. Нет никакого сомнения в том, что вертолет врезался в скалы, которые называются Оленьи Рога. Версия захвата исключена. Причина — плохие погодные условия. С Деновым действительно были двое, мужчина и женщина. И есть основания предполагать, что Денов взял их в качестве запаса пищи. Он людоед, бежал с конкретной целью. Кстати, обстоятельства побега будет расследовать комиссия. Слишком легко ему удалось уйти. Почему его вывезли на объект, хотя у оперативной части колонии имелась информация о его желании бежать? Но это уже дело не наше. Надо взять Денова. И очень бы хотелось, чтоб хоть кто-то из тех двоих был жив. Здесь находится отец женщины. Вторым, Соповым, интересуется уголовный розыск Санкт-Петербурга. Причина неизвестна, да сейчас это и не важно. Надо выходить на след Денова и брать его. И еще. В случае попытки сопротивления — огонь на поражение. Слава Богу, прошло то время, когда жизнь сотрудника группы захвата ничего не стоила. Вопросы есть? — Он осмотрел милиционеров. Взглянул на прокурора. — Надеюсь, возражений не будет, если руководством операцией поиска и захвата Денова займутся и наши люди?

— Странно, — проговорил подполковник, — с каких пор ФСБ занялась побегушниками? Что-то здесь не так...

— А чего непонятного? — пожал плечами полный подполковник. — Решили наконец в сопках порядок навести. А то всяких поселений полно, кого только нет. Секты разные ратуют за независимость Якутии. Так что тут давно пора ФСБ вмешаться. А вот Денова надо брать, и чем быстрее, тем лучше. А еще лучше, если его убьют. Из Червоного распадка звонили, там староверы молятся за Денова-младшего. Мол, за веру его преследуют.

— Это тоже надо учитывать, — посмотрел на него фэ-эсбэшник. — Действительно, такое случается. И кое-кто пытается сделать из Денова мученика. В этих краях немало староверов. Они окажут помощь Денову, а этого допускать нельзя.

— С разными сектами давно пора кончать, — высказался невысокий майор милиции. — Жертвоприношения и вообще...

— Если такие сигналы подтверждаются, — недовольно возразил прокурор, — принимаются соответствующие меры. Сейчас надо брать Денова.

— Я думаю, этого хочет каждый, — усмехнулся фээсбэшник.

— Вот еще что, — заговорил коренастый майор милиции. — Некоторые из охотников в помощь нам собираются на охоту за Деновым. Я считаю, это недопустимо. Денов запросто может убить пару-тройку таких помощников. Или Афанасий узнает и захочет отомстить за сына.

— Допустить эту так называемую охоту нельзя ни в коем случае, — кивнул полковник ФСБ. — Очень хорошо, что затронули этот вопрос. Участковым инспекторам следует запретить привлекать к сотрудничеству местное население. Понятно, что без знающего эту местность проводника не обойтись, но человек должен быть надежный. Когда группы переправят в тот район? — взглянул он на офицера СОБРа.

— Как только позволят погодные условия, — хмуро ответил тот.

— А что у вас? — Фээсбэшник перевел взгляд на полковника внутренних войск.

— Да ничего, — раздраженно отозвался тот. — Погода за этого людоеда. Хватились его через семь часов после побега. Денов, оказывается, неделю рыл подкоп, благо на выездном объекте это сделать нетрудно.

— Когда вышли на его след? — спросил фээсбэшник.

— В километре от колонии. Он в речку вошел, а там как раз рыбаки лед колоть стали.

— Как же вы его пропустили к Медвежьему Углу? — строго спросил прокурор. — Ведь это...

— Денов шел в сторону Чесуровки, — перебил вэвээшник, — и вышел на след оленьей упряжки, потом его след
пропал. Значит, он сел на упряжку. А у Треугольника след
вывел на оленье стадо. И оттуда уже четыре упряжки в разные стороны отправились. Пока установили...

— Как можно было потерять след на снегу? — усмехнулся майор.

— Опытный человек запросто уберет свой след, — ответил фээсбэшник. — А уж такой, как Денов, тем более.
Не забывайте, что в тот день как раз начинался буран.

Выселки

— Здравствуй, Тамара Васильевна, — войдя, кивнула
невысокая женщина. — Могу я видеть Афанасия Семе-
новича?

— Здравствуй, Алла, — откликнулась Денова. — Афанасий! — громко позвала она. — К тебе Алла Латышева
пришла.

— Иду. — На кухню вышел Денов. — Приветствую, —
посмотрел он на Аллу.

— Пришла сообщить, что Сашка мой и Егор Рябов ушли, — негромко сказала гостья, — вчера в обед. Стихает не-
погода-то, вот и тронулись они. А еще, Афанасий Семенович, ко мне брат приехал двоюродный. Он хочет с вами
встретиться, новость у него для вас имеется.

— Так пусть приходит, — кивнул Афанасий. — Я его
отца хорошо знал, мужик правильный был. Так и скажи,
пусть идет. Угощение, значит, приготовим и посидим, как
бывало с его отцом Денисом. И ты тоже приходи, а то Тамара моя все одна и печалится. Слыхала о внуке-то? И Иван
через это в бега пошел. Я, конечно, не одобряю этого, но и
в беде не оставлю. И сыну твоему Саньке Латышу большая
благодарность. Ежели что надобно, ты говори, помогу.

60

— Спасибо, Афанасий Семенович, — поклонилась женщина. — Муки бы немного, да сахарок закончился.

— Будет и мука, и сахар, — сказал Афанасий. — Сейчас все по сусекам скребут. Ежели пурга продержится еще неделю, многие без хлебца останутся. Все на магазин надеются, забыли, что не всегда хлеб привозят. А я свой хлебушек ем. Ты не волнуйся, сейчас принесут муку и сахар. Может, еще чего требуется? Так говори, не тушуйся.

— Кто-то уже пошел к Ивану, — уверенно проговорил старший лейтенант милиции. — Но вот кто, не пойму.

— А что тут понимать-то? — вошел в комнату дядя Лука. — Латыш Сашка и Егор Рябов. Нет их в поселке, со вчерашнего дня нет. Вечерком, наверное, и отправились к Ивану.

— А ты чего явился-то? — спросил Торов с капитанскими погонами.

— Так дела есть. Мужиков отправить надобно. Шестеро пойдут. И братан мой звонил, Василий, в Белке он народец подобрал. Правда, участковый этот новый, Бегин, ни в какую помощь не принимает. И говорит, мол, ежели полезете — под статью попадете. Что Олегу делать-то?

— Договорюсь я с Пашкой, — сказал старший лейтенант. — А то и Олег с ним поговорит. Нельзя, мол, желание народа помочь закону на корню пресекать.

— Да если что с кем из этих помощников случится, — усмехнулся капитан, — то Бегину в первую очередь шею намылят. Ты как участковый должен это знать. Если кто-то пострадает, то с Олега погоны снимут.

— Да погоны я и сам снять хочу, — буркнул старший лейтенант. — Как дядьку в Якутске прихватили со взяткой, жизни спокойной не стало. Хорошо еще, что Ванька в бега ушел, а то ведь запросто могли дело пересмотреть, и тогда вообще кранты...

— Да никто бы ничего не пересматривал, — успокоил его Василий. — Для этого надо адвоката хорошего иметь, а Деновы, сам знаешь, дикари.

— А мне, племяши, вот что интересно, — посмеиваясь, заговорил Лука Демьянович. — Как же вы вдвоем не сумели справиться с Иваном? Вас же приемчикам разным обучают. Али только в кино вы любого супостата запросто скручиваете?

— Да перебрали мы тогда, — поморщился Олег. — А то запросто сделали бы Ваньку. Мы на ногах не держались. Да и полезли поэтому. Хотя Денову давно место в тюрьме.

— Сейчас главное, чтоб он до Выселок не добрался, — сказал дядя Лука, — а то ведь начнет с вас, пожалуй. Он-то в курсах, что ни за что в камере оказался. Но сейчас ему в любом случае не жить. Либо прибьют тут, либо в камере для пожизненно осужденных подохнет. Таким, как Денов, в камере...

— Хотелось бы самим с ним управиться, — перебил его Василий.

— Так это запросто. Позвоню братану, он установит, где Ванька, и вас туда доставят, вот и разберетесь.

— Да хорош тебе, дядька Лука, — обиделся Олег. — Ты лучше парочку людей посади у Гришки. А то вдруг Иван туда проскочит, он же положит и Натку, и Гришку. А этого бы не хотелось.

— Вот как раз и пришлось бы впору, — усмехнулся Лука Демьянович. — Что за дела у вас с Гришкой этим? Не просто так вы о нем печетесь, как о себе. Натку, что ли, оберегаете? С чего бы это?

— Платит хорошо, — подмигнул ему Олег.

— Кстати, ты об оплате вспомнил, — усмехнулся Лука Демьянович. — Моим орёликам тоже плата нужна будет. И мужики Васькины, конечно, задарма под Иванов нож не пойдут. Так что пускай ваш бизнесмен кошелек раскрывает. А то ежели на вас понадеется али на милицию, то без головы останется. Иван — мужик сурьезный, натуры звериной, и идет он именно за головами Натки и Гришки. Или, может, вы платить мужикам станете?

— Ну ты даешь, дядька! — удивился Олег. — Неужели с нас бабки брать будешь? Ведь мы все-таки...

— Бабок не надо, — Лука Демьянович хихикнул, — стар я стал, а вот деньгу готовьте, племяши.

— Да хорош тебе, Лука Демьянович, — вздохнул Олег. — Сейчас пока ничего конкретного сказать нельзя. А уж потом мы тебя небось не забудем.

— Вот что, милые мои племяши, это «потом» неизвестно, когда будет. Но я ж не для себя деньги собираю, а для сына. Вот ему и должны будете. Сколько конкретно, я вам скажу, когда с мужиками рассчитаюсь. Ну а с Василием, братом моим единокровным, сами, значит, разговор о бабках иметь станете. Он ведь тоже не о себе волнуется, а своим сынам хочет кое-что оставить. Антон и Михаил приедут на днях. Вот, значит, им и будете оплачивать смерть Ваньки.

— Погодите, Лука Демьянович, — сказал Василий, — за что платить-то? Ну ладно, тому, кто грохнет Ваньку, премия положена. А остальным за что?

— Да шуткую я! — засмеялся Лука. — Неужто мы со своих племяшей брать что-то будем? Папаня ваш, брат наш, у всех в уважении был. Хотя и кончил плохо, но мы память его оберегаем. Вот в ментовку вы, конечно, зазря пошли. Хотя с вашими головами только там и работать. Но, как я понял, вы вот-вот уйдете из рядов славной нашей милиции. И чем же заняться решили?

— Пока не заимеем приличную сумму, чтоб можно было свое дело начать, — вздохнул Олег, — и речь об этом не идет. А оставаться на службе тоже не хочется. Сейчас все чаще ментов бить начинают. А дядя Савелий — все, спекся, сам, того и гляди, срок получит. Вот и приходится варианты прорабатывать, иначе и мы под внимание службы собственной безопасности попадем.

— А те тоже люди-человеки. Вона передали из Астрахани — начальника этой самой службы перед столицей проверили, в машине у него и икры, и рыбы полнехонько. Вот так. Но сейчас мой вам совет — затаитесь. Ты вроде как слегка приболел? — Лука посмотрел на Василия.

— В отпуске я, вот и приехал помочь. А потом, если понадобится, больничный возьму. Но до весны так и так придется тут торчать.

— Может, все ж поделитесь, что вы задумали-то? — поинтересовался Лука.

— Потом обязательно, — обещал Олег.

— Ну ладно, потом так потом, — кивнул Лука. — Значит, надо посылать мужиков по следам Латыша и Рябова. Погода выравнивается полегоньку. Достанут их.

— И куда теперь? — спросил Латышев.

— До Серебрянки дойдем, — ответил Рябов, — в скалах осядем. Посмотрим, кто за нами увязался. Что-то мутит Лука Демьянович. Собирал своих отморозков — и Топора Федьку, и Шеста Миху, и таких же еще с пяток.

— Точно, мутит, — согласился Латыш. — Мне маманя говорила, спрашивал о тебе дядька Лука. И если это так, то он уже знает, что ушли мы. Под каким-нибудь предлогом пошлет к мамке кого-нибудь, и все. Нет меня — значит, ушел.

— Вот и сядем на скалах Серебрянки, — сказал Егор. — Снег валит, следов не видно уже через полчаса будет. А они туда выйдут.

— И что с ними делать будем?

— Глянем, кто за нами пойдет, от этого и танцевать будем.

— Если Топор, значит, кончать нас хотят.

— Не нас, им Ванька нужен. Боятся, суки позорные! — Рябой усмехнулся. — Ванька наведет свои разборки. Мент наш, Олег Торов, с Гришкой Постановым скорешился. Не знаю, чего у них общего, но точно Торовы с Гришкой связались, причем еще до того, как Ванька сбежал. А вот на кой Грихе понадобилась Натка, никак не пойму. — Остановившись у заиндевелой отвесной стены, он кивнул. — Вот и Серебрянка. Идем влево, там камни, следов не останется. С ледяной корки ветер все сметает. По камням в расщелину спустимся и там сядем. Тронулись!

— Твою мать! — выругался плотный мужик. — Для чего пошли? А если снова начнет буран гулять? Тогда уже хрен вылезем. Позже надо было идти.

— Если Латыш и Рябой ствол Ваньке отдадут, то все. Без ствола с ним еще можно справиться, а если винтарь будет, ты сам в курсе, как Ванька стреляет. Возьмем этих двоих и узнаем, куда они идут. Одного оставим как проводника и приманку для Денова, а второго кончим, — проговорил скуластый рослый мужчина.

— И ты думаешь, Топор, кто-то из них приведет тебя к Ивану? — насмешливо спросил первый. — Афанасий будет очень долго за сына убивать. А мы их сразу прикончим.

— Тише вы, — проворчал один из пяти идущих за ними, — а то Латыш стреляет, сучонок, метко. Снайпером он в Чечне был. Для него человеку в глаз попасть — раз плюнуть.

— Подумаешь, мы все уже не раз такое делали, — фыркнул Топор.

— Но он на настоящей войне был, запросто может на голос пальнуть.

— Да они чешут без оглядки, — усмехнулся Топор. — Неужели думают, что за ними идут?

Порыв ветра взметнул снег, и на какое-то время люди потеряли друг друга из виду.

— Хватайтесь за деревья! — крикнул кто-то.

*   *   *

— Точно, — кивнул Латыш, — идут. Неужели снова закрутило?

— Просто ветер налетел, — ответил Рябой. — Сколько их там?

— Сейчас увидим... — Латыш протер прицел на СВД. — Бить будем? — прижимая приклад к плечу, спросил он.

— Не стоит пока. Трупы найдут, сюда менты понаедут, и их на нас повесят. Не стоит. Они скорее всего на Ордынку пойдут, к пещерам. А нам в другую сторону. Конечно, если по пути будет, придется убирать. Ты не на войне убивал?

— Было раз... на Медведе. Я там заночевать решил. И забрели туда трое каких-то золотоискателей. В общем, пришлось убить одного. Второго ранил, третий сбежал. Не знаю, что с раненым стало. Я ему оставил еды и ушел. Милиции не сообщал.

— Правильно сделал, посадили бы запросто. — Замолчав, Рябой пригнулся.

Латыш поднял винтовку. Пятеро на лыжах с оружием на изготовку прошли и свернули влево. Егор чуть привстал.

— Точно, на Ордынку пошли. Смотри, следов уже не видно. Хорошо, что ветер прекратился. Давай дальше пройдем и на лыжах спустимся.

— Темнеет, — посмотрел на небо Латыш.

— Заночуем внизу, там есть укрытие.

Медвежий Угол

— Ну что же, — сказал Лосин, — поиск начался. Снег еще прилично валит, но ветер стих. Группы ВВ уже начали осматривать район. Правда, надежды на удачу мало.

— Хоть бы похоронить ее суметь, — прошептал Войцевский. — А ее, наверное, замело. Господи, — он перекрестился, — я никогда не молился и не обращался к тебе, потому что не верил. Но прошу — отдай мне ее тело! Ее отпоют в церкви. Я сделаю все, что положено, но дай мне возможность похоронить ее.

— Погодь, Матрена, — сказал Пузырь, — ты думаешь, что городишь-то? Или...

— Что было, то и говорю, — не дала ему закончить полная женщина лет сорока пяти.

— Вот что, ты все это Лосину расскажешь, он мент правильный.

— И где же ты нашел правильного мента? — усмехнулась она. — Ничего и никому говорить я не буду. Тебе сказала, потому что ты мужик свой и ста граммами на опохмелку делишься. А за базар я отвечаю! — Она провела большим пальцем по горлу.

— Вот это дела! Как сажа бела, обалдеть можно. Вот что, Матрена, я не стукач, но за информацию Лосин мне бабки дает. Если в натуре правда то, что ты базаришь, поделюсь поровну. Но что-то мне не верится... Я просто обязан Лосину сообщить.

— Здорово, Пузырь! — В комнатушку вошел плотный мужчина. — Ментов море, на Денова охоту открыли. Погода скурвилась, и теперь они Ванюху начнут гонять по сопкам. Правда, он мужик не подарок и парочку запросто замочит. Вот до чего бабы доводят, — посмотрел он на Матрену. — Из-за вас мужики...

— Да если эта сучка в зону попадет, — перебила его Матрена, — ей за то, что сына бросила, сразу пресс устроят, так что ты не обобщай.

— Снег завтра перестанет идти, — сообщил вошедший мужик, — менты в тайгу розыскников бросили. А вертолет поднимут — хана Ванюхе. Снега столько насыпало, что даже если бурундук пройдет, траншея видна будет. А перестанет сыпать — все, за упокой можно Ванюхе...

— Не торопись, — остановил его Пузырь. — Может, Иван у кого-то спрятался. Пока крутило, точно шел.

— Но с ним, говорят, двое, — сказал мужик. — Баба и...

— Да уж завалил, наверное, — отмахнулся Пузырь. — Или свежатину с собой несет.

— Тьфу на тебя! — Матрена поморщилась. — Я слышала, что Иван этот вроде...

— Пока свою бабу не заколбасит, — проговорил Пузырь, — ничего с ним не случится. Он из-за этого в бега ушел.

— У тебя бухнуть есть? — спросил мужик.

— Найдется. Ты прими с Матреной, а я быстренько смотаюсь в одно место. — Пузырь, взглядом предупредив Матрену, чтоб молчала, вышел.

— Во блин, — удивленно посмотрел ему вслед мужик, — даже бухнуть не остался. Что же это за дела такие?

— Значит, очень надо. — Матрена достала бутылку водки.

— Ну, как говорится, — прапорщик ВВ подмигнул Лосину, — с Богом.

— Все сели? — спросил мужчина в летном шлеме.

— Все, — кивнул Лосин.

— Это у него дочь с людоедом? — кивнув на сидевшего рядом с Лосиным Войцевского, спросил мужчина в камуфляже без знаков различия, со снайперской винтовкой.

— У него. Даже не знаю, что с Деновым сделают, когда возьмут. Представляешь, если найдем останки мужика и женщины? — Капитан покосился на Войцевского. — Лучше бы вообще не найти.

— По весне «подснежников» все равно находить будут, — высказался снайпер.

— Тоже верно, — кивнул прапорщик. — И если найдут бабу его, будут на опознание вызывать. Представляешь, что ему вынести придется?.. Уж лучше бы сейчас найти.

68

Тайга

Двенадцать человек в белых маскхалатах с автоматами, прокладывая лыжню, шли по распадку. Первый вытянул руку и показал открытую ладонь — сигнал остановиться. Потом посмотрел на карту в целлофане и взглянул на часы.

— Дойдем, — кивнул он, — там и заночуем.

— Не могу я рисковать вами! — нервно воскликнул вертолетчик. — Видимость ноль, понимаешь? Я чудом не попал на провода. Это на земле видимость более-менее. А там, — он махнул рукой вверх, — ни хрена не видать. Так что извините, господа сыщики и поисковики, но полет отменяется. Если завтра пелена поменьше будет — поднимемся.

— Понятно, — кивнул вэвээшник. — Наш ни один не поднялся. А там все-таки полегче и видимость получше. Будем ждать до завтра.

Опустив голову, Войцевский пошел к воротам. Лосин что-то сказал проводнику и двинулся за ним. Догнал Войцевского почти у выхода с вертолетной площадки.

— Знаете, майор, — сказал тот, — наверное, это даже к лучшему. Боюсь я, ужасно боюсь найти останки Ирины. Понимаете меня?

— Да, — кивнул Лосин.

— Не будет его пару суток. — Пузырев выпил. — Так что гульнуть имеем полное право.

— Кого нет? — подняв голову, пьяно спросил мужик.

— Да тебе-то какая разница? — отмахнулся Пузырев.

— Тоже верно, — кивнул тот. — Налей еще, — пробормотал он и рухнул на матрац.

— Слабак! — Пузырев посмотрел на сопящую на раскладушке Матрену. — Баба — она и есть баба.

— Его нет уже два часа! — Ирина посмотрела на часы. — А если он больше не придет? Еда у меня есть. Если понемногу, дней на пять хватит. А потом?.. Но он придет. Да, я боюсь его, очень боюсь. Сначала не поверила в то, что он сказал... Но как же так? — Она вскочила и заметалась по избушке. — Ведь одна я не выживу! А я должна вернуться, обязана! Меня ждет Машенька. Боже мой, — она закрыла ладонями лицо, — как она там? Только бы ничего не узнали мама и Маша. Господи, — Ирина села на топчан, — почему все так случилось?! Почему?! — закричала она и услышала скрип двери. Вскочила. Испуганно уставилась на клубы пара.

— Это я, — послышался голос Ивана. Ирина увидела две упавшие на пол птичьи тушки. — Куропатки. Здесь налево от входа есть пещерка. Пролезешь под камнем, там увидишь просвет. Ход есть, а около него три лунки, такие конусообразные ямки. Туда сыплешь ягодки или кусочки сухариков. Куропатка сунется туда и застрянет. Все, там она словно в холодильнике. Бери, вытаскивай и готовь.

— А зачем вы мне это говорите? — спросила Ирина. — Вы собираетесь уходить?

— Вот городское воспитание, — усмехнулся Иван. — Сначала на вы, потом на ты и снова на вы. Или ты, когда нервничаешь, начинаешь выкать?

— Ты не ответил.

— Нет, мы пойдем вместе. Я доставлю тебя до метеоточки. Мне плевать на то, что ты баба. Главное — ты мать, которая нужна дочери. Ей-то за что жизнь ломать? А ты не умоляла о помощи, не предлагала денег. В жизни ведь не все можно купить, я это не так давно понял. А про куропаток я тебе сказал только потому, что жизнь вообще штука ненадежная, а в наших условиях тем более. Ты обязана выжить из-за дочери. Жратвы тут осталось хрен да маленько, поэтому я и сказал о куропатках в ямках. За три-четыре дня в каждой лунке по одной точно будет. Мало ли что может произойти?.. Выйду и не вернусь. Росомаха, волки, да неизвестно что случится. А ты одна досидишь до помощи. Сюда скоро должны прийти. Если снег прекратится до их прихода, то мы пойдем к метеорологам. Если придут раньше, они доведут тебя до людей. Если за это время со мной что-то случится, расскажешь им, как дело было, и отдашь записку. Вот тут она будет, — он махнул рукой на висящую на стене куртку, — в кармане. И не забудь о куропатках в лунках. Если со мной что-то случится, на птицах ты продержишься. Воды полно, — кивнул он на окно. — Соль тоже есть. Хлеба кот наплакал, но без него протянешь.

— Пожалуйста, не ходи никуда, — попросила Ирина.

— Нужны дрова. К тому же надо выходить, снег утихает, запросто сюда может кто-то нарисоваться. Для тебя это хорошо, для меня — нет. Я выведу тебя тогда на розыскников и уйду. Если о заимке скажешь — хрен с ней. Не скажешь — спасибо.

— Послушай, — нерешительно спросила Ирина, — а Петра действительно волки задрали?..

— Волки. И больше не надо таких вопросов.

— А я хочу знать!

— Его задрали волки. Ты его не ела. — Иван вышел.

Ирина закрыла лицо руками. Через несколько минут Иван вернулся.

— Хочешь, я уйду? — спросил он.

— Я больше ни о чем не буду спрашивать, — тихо проговорила она.

— Надеюсь... — Он стал подкладывать в печку сучья.

Ирина заплакала. Иван посмотрел на нее и достал сигареты.

— Дай закурить, — попросила она.

— Закурить? Но у меня только «Прима».

— Давай, я курила иногда с подругами, но дома никогда, чтоб Машенька не видела. А сейчас что-то очень хочется сигарету, — кивнула она.

— Может, выпьешь водки? Тут две бутылки есть.

— Наливай! — усмехнулась Ирина.

Тайга

— Да мы охотники! — закричал Топор с поднятыми руками. — Мы из Выселок, решили куропаток пострелять да зайцев.

— На землю, я сказал! — Один из окруживших пятерых мужиков в маскировочной одежде ногой сбил его на снег. Остальные уже лежали, вытянув перед собой руки.

— Уже на поиск вышли, — проворчал Рябой. — Шустро же они добрались.

— Это скорее всего из зоны, — сказал Латыш. — Из «единички». До нее километров двенадцать. Видать, подключили солдатиков.

— «Единички» уж лет пять нет, — усмехнулся Егор, — убрали зону. Там за последние десять лет что-то вроде колонии-поселения сделали, а потом и это дело прикрыли. Эти орелики из СОБРа. Но как они сюда попали?

— Да, — сообщил в переговорное устройство старший лейтенант, — это группа Лебедева. Мы были на учениях, буран нас там застал. Был получен приказ задерживать всех находящихся в этом районе. Мы взяли пятерых. Говорят, из Выселок, охотники. Правда, вооружены отлично — пистолеты, лимонка, у двоих оптические прицелы на винтовках. Винтовки, а не охотничьи карабины. Что с ними делать?

— Значит, вполне могут и нас засечь, а это нежелательно. Так, — решил Рябой, — отсидимся сутки, а там видно будет. Но молодцы белые, ловко они парней Топора хапнули. Вот тебе и великие охотники Топор и Шест. А попадаться ментам им не в жилу, Топор уже год в розыске, а Шест около двух. Их дядька Торовых прикрывает.

— Дядька Лука? — удивился Александр.

— Нет, прокурор, который в Якутске.

— Погоди, а ты что, не слышал? Ведь взяли его за горло, попался с чем-то...

— В натуре? Во блин, а я и не знал. Повели их, — Егор взглянул в распадок, — в Выселки, наверное, тронулись. Если запрос сделают, хана Топору и Шесту.

— Да и Сутулому тоже, на нем два трупа. Его ищут уже месяца четыре. Олег Торов его предупреждал, когда в Выселки менты приезжали.

— Сейчас могут и Торовых за горло прихватить. Откуда же тут эти орелики появились?

— Может, те, кто на учениях был? Помнишь, месяц назад тут учения были? Ну, то есть там... — Латыш махнул рукой влево. — Якутские менты.

— Помню. Наверное, эти и есть. Что нам делать? Идти или выждать?

— Пошли. Возьмут если, так мы не при делах. Отпустят.

— А Афанасий это как воспримет? Не думаю, что доволен будет. Лучше переждать.

— А если Топор им про нас скажет?

— Думаешь, поверят? Да и не скажет он, тогда придется говорить, откуда он это знает. Сейчас он будет на Торовых надеяться. И наверняка он припугнет: если не отмажете нас — сдадим.

— Так и будет. Ну что, идем?

— Пошли.

— Слышь, командир, — простонал Топор, — хоть наручники сними. А то на морозе...

— Не узнал меня, Топор? — подошел к нему рослый мужчина со шрамом на лбу. — Может, это помнишь? — Он дотронулся до шрама. — Твоя отметина.

— Суров? Вот это встреча! Не добил я тебя тогда, а надо было...

— Не льсти себе, — усмехнулся прапорщик. — Ты еле ноги унес. Если бы не твои приятели, которых ты подставил, хрен бы ты ушел тогда.

— Знакомый, что ли, прапорщик? — подошел старший лейтенант.

— Так точно. Помните, брали Кривого? Вот этот там был, Топор, мне отметину оставил. Мы с ним в дверях сторожки столкнулись. Взял бы я его, но трое его кентов вмешались. Одного пристрелили, двоих солдаты взяли, а этот ушел. В розыске он, товарищ командир.

— И не он один, мне кажется. В Выселках связь наладим и узнаем, кто есть кто. Но расслабляться рано, — громко проговорил командир, — запросто может и Денов тут объявиться, который не чета этим... — Он кивнул на задержанных.

— Поморозишь ты нам руки, начальник, — простонал кто-то. — А какие же права человека?..

— Вот что, гниды, — разъярился прапорщик, — еще раз кто-то пискнет — положим здесь, и все дела, никто ничего не узнает! Я понятно выразился?

Якутск

— И долго мы тут сидеть будем? — раздраженно спросил командир группы спецназа. — Уже двое суток, как туристы без путевок.

— От силы еще сутки, — отозвался полковник милиции. — Синоптики говорят, завтра видимость наладится.

74

— Уже трое суток это слышу, — проворчал командир спецназа.

— Хватит, Журин, — остановил его мужчина в медвежьем полушубке. — Сколько нужно, столько и будете сидеть. Денов не подарок, да и помощники его зашевелились. Так что малейший просвет в погоде — и вперед. Закроешь Выселки намертво. Поиском его занимаются вэвээшники и СОБР. Твоя задача не дать ему пройти в Выселки. Откровенно говоря, будь моя воля, дал бы я ему добраться до горла этой стервозы, она ведь больного ребенка бросила... А уж потом брал бы его. В общем, ты понял, что делать. Вся надежда на вас. Только бы он оружие не заполучил, а то начнем жертвы считать. Этого очень не хотелось бы.

— Да успокойтесь, товарищ полковник, — сказал Журин, — не так страшен черт, как его малюют.

— Вот-вот, — усмехнулся полковник, — так и про ваххабитов в Чечне говорили. А чем там кончилось, помнишь, наверное?

— Я про Буденновск помню. Не выпустили бы тогда Басаева, и кончили бы всех еще там.

— Давай не будем ворошить прошлое. Сейчас у нас свой Басаев — Денов. С ним были двое. Наверняка теперь баба одна осталась. Он, наверное, уже слопал конечности мужика и ее поддерживает тем же. Он наверняка пройдет к Выселкам, так что вся надежда на тебя. Если будет возможность, возьми этого людоеда живым. Не убивайте его там. Конечно, если серьезно огрызаться начнет, то...

— Посмотрим, как будет, но попробуем справиться...

— Особо тоже не старайся. Денов убийца, вырос в тайге. Стреляет, как снайпер, быстро и метко. Нож кидает и приемы рукопашного боя знает, это заслуга одного бывшего морпеха, мать его. Для армии готовил, а получился бандит. Так что поосторожнее, Журин. У тебя в группе только двое на операциях были и ты повоевал немного. Осторожнее, ясно?

Тикси

— Да все получилось как надо, — сообщил по телефону Гатов. — Жива она осталась. Но ее попутчик людоед, — усмехнулся он. — Надеюсь, не подавился он Иркой, она ведь баба в теле. И везучая. Вертолет вдребезги, а она ушла. Но тем хуже для нее. Правда, тут меня менты за задницу взяли. Как я понял, Андрей Васильевич воду мутит. Но все нормально будет, скоро приеду.

— Всем внимание и еще раз внимание! — наставительно проговорил подполковник милиции. — Никто не знает, что у Денова в голове. Может, он в нашу сторону идет. Так что работаем по режимному варианту. Усилить все посты, обратиться к населению и показать фотографии Денова.

— И сразу начнут звонить, — усмехнулся капитан милиции. — То там есть похожий, то там этот бандит. И потерпевшие появятся. Именно этот ограбил кого-то. Неужели не помните, как было, когда залетного гастролера, который сберкассу взял, искали?

— Действительно, — согласился помощник прокурора. — Говорят, Денов находится намного южнее. Так что не стоит устраивать шоу с объявлением его розыска у нас.

— Как знаете, — недовольно поморщился подполковник. — Но если...

— Перестаньте, Никита Павлович, — остановил его помощник прокурора.

Медвежий Угол

— Это точно? — спросил по телефону Лосин.

— По крайней мере прогноз таков, — ответила женщина.

— Да вы, Раиса Антоновна, уже столько раз утверждали, что буран вот-вот закончится...

76

— Увы, уважаемый Александр Иванович, погода, как и красивая женщина, непредсказуема, к сожалению.

— Но надежда, что вы все-таки дадите точный прогноз, есть?

— Завтра будет тихо. А вот о последующем ничего утешительного сказать не могу — идет арктический циклон...

— Спасибо... — Майор положил трубку и выругался.

— Снова не вылетаем? — посмотрел на него Войцевский.

— Завтра полетим. Но вполне вероятно, что там нас застанет новая волна бурана, Арктика рядом. Надо договариваться с Глубовым, с вертолетчиком.

— Скажите, Александр, — спросил Войцевский, — очень трудно найти тело в заснеженной местности?

— Почти невозможно. Потому в этих краях и говорят о «подснежниках» — так называют найденные после долгой зимы трупы. В основном их так и хоронят безымянными. Конечно, если есть заявление о пропаже, то вызывают тех, кто это заявление писал, для опознания. Но такое бывает редко. Обычно просто хоронят. А вас вызовут, конечно, если мы не найдем...

— Ради Бога, перестаньте. До весны я не доживу, не могу представить, как я буду говорить с дочерью Ирины и с женой, ее матерью. Это невероятно!..

— Рано вы ее похоронили. Вполне может быть, что ваша дочь жива.

— Столько дней без пищи на морозе... Или вы думаете, что людоед согревает ее и кормит тем, что осталось от Сопова? Уж лучше пусть она умрет, иначе как потом ей с этим жить? Но что говорить дочери? Господи, что я несу? Если она жива, как я буду спрашивать об этом?.. Я, наверное, очень боялся бы, зная, что Иринка находится рядом с бандитом, с убийцей. Но она с людоедом. Я даже представить не мог, что в наше время, в нашей стране... — Не договорив, Войцевский тяжело вздохнул.

Майор молчал.

— А почему таких не расстреливают сразу? — спросил Андрей Васильевич.

— Понимаете, о том, что Деновы, отец и сын, чтобы выжить на льдине, съели человека, говорят все, но слова есть слова. Сами они это отрицают. Отец Ивана выжил благодаря тому, что питался бежавшим с ним из лагеря зэком. Но это опять только слова. Хотя, повторяю, в этом убеждены все. Да и Афанасий, отец Денова, не скрывает этого. Но к делу это не пришьешь. Деновы из староверов. Не знаю, насколько они верят в Бога, но старший Денов имеет авторитет не только в своем поселке, но и в районе в целом. Его боятся. Но ведь прямых улик против него нет. В открытую он закон не нарушает. Поймать его на чем-то не удается.

— У вас выпить есть? — неожиданно спросил Войцевский.

— Найдем, — кивнул майор. — Водку будете?

Выселки

— Ты чего колотишь? — зло спросил открывший дверь Василий Торов. — Время-то позднее...

— Беда, Василий Андреевич, — заговорил невысокий худой мужчина. — Топора с мужиками в наручниках на оленьих упряжках менты привезли. Скованных. Какой-то старший лейтенант Лебедев. Их всего девять человек. Топора с остальными на Серебрянке взяли. Сейчас в старой бане они сидят в наручниках. Меня приводили туда печь растопить. Топор и шепнул: передай...

— Вот это хрен! — Василий бросился в комнату. — Олег! Топора взяли! И остальных тоже. Лебедев их хапнул. Топор говорит...

78

— Откуда узнал? — спросил, вскакивая с кровати, Олег.

— Да вон, — Василий махнул рукой на дверь, — Фома Печник сказал. Их в старой бане закрыли. Оттуда не уйти. Фому печь затопить позвали.

— Топор, значит, просит освободить?.. — процедил Олег.

— Что делать будем? Ведь Топор...

— Зови этого Печника.

— Фома! — крикнул Василий. — Подь сюда!

— Чего надо? — опасливо входя, спросил тот.

— Ты на кой хрен приперся? — прорычал Олег. — Если кто увидел...

— А что мне делать было? Топор сдаст всех! Короче, мы...

— Иди к дяде Луке, — перебил его Олег, — и скажи ему про Топора. Он их послал, вот пусть и расхлебывает дерьмо, в которое сам нас втянул. Говорил же ему — не посылай тех, кто в розыске, подключи лучше Серу с его головорезами, им один хрен, кого валить. И с ментами бы они не лопухнулись. А теперь что делать? Вот пусть дядька Лука и думает, ему больше нас бояться надо.

«Нет, мусорки! — усмехнулся про себя Печник. — Я уйду от греха подальше. За мной есть малехо, но не более чем на пятерку натяну. А вам, ментовские морды, хана наступит».

— Так что давай, — сказал ему Олег, — иди к дяде Луке и сообщи ему. А мы что делать будем? — посмотрел он на брата.

— Туда сходи и шепни Топору, что по дороге его Сера с парнями отобьют.

— А ведь действительно может получиться. Дядя Лука...

— Пусть он и думает. Нам главное, чтоб они Лебедеву здесь ничего не сказали. Вот влипли, черт возьми!..

— Погодь-ка, — нахмурился Лука Демьянович, — что значит — менты привезли? Откель тут вдруг менты оказались?

— Не знаю, — ответила полная пожилая женщина. — В старой баньке сидят и Топор с Шестом, и остальные твои бандюги. Печник Фома там был, печку растопил, чтоб не перемёрзли, значит. Я рано в магазин пошла, а когда открыли его, там и услышала. Ну и к бане отправилась. Вижу, около баньки молодцы стоят с ружьями, во всем белом. И Фому туда запускают. Я и побегла домой.

— Вот черт возьми, — проворчал Лука. — Семен! Беги шустро до Фомы, вызнай у него все! А ты, Гришаня, — посмотрел он на коренастого мужика, — давай к Торовым. Пусть оба сюда идут. Крепко подумать надобно. Топор и Шест ой как много знают.

— Говорила тебе, старый черт, — вздохнула женщина, — хоть под старость уймись. Ведь все уже вроде как имеется. Филимон свою артель...

— Чай свари с листьями, — перебил он ее. — А вы чего стоите?! Стремглав выполнять!

— И Топора с Шестом, — кивнул молодой мужчина, — и еще троих в наручниках привели. Менты на учениях были, там и остались. А тут услыхали, знать, про Ваньку-то, ну и пошли к Выселкам. А по дороге у Серебрянки этих хапнули.

— Мало им теперь не покажется, — усмехнулся Афанасий. — Ответ и перед государством, и перед Господом держать станут. То-то я гляжу, у Луки суета началася. Припекло, знать, зад Торовым. А менты — молодцы! И отколь же они там объявились?

— Я ж говорю, на учениях были, и буран их там застал. А сейчас чуток распогодило, они и двинулись к нам, чтоб Ивана перехватить. А по дороге этих и хапнули.

— А Рябой с Латышом, значится, проскочили? — довольно улыбнулся Денов. — Встретились они с Иваном или нет еще?

— Афанасий, — нерешительно проговорила жена, — там с Ванькой женщина молодая. Я уж просила Господа, чтоб он ее в живых оставил и не брал грех на душу. Мужика-то...

— Помолчи, Тамара Васильевна, — остановил ее муж. — Главное — выжить самому. Такая задача у человека в тайге. А Ванька должен выжить, чтоб зло наказать. Эту Натку, едрена корень, давно надо было земле предать. Она тяжкий грех свершила. Вместо того чтоб отдать Лешку нам, она больного пацаненка, сына родного, как щенка кинула. И наказать ее смертью за такое надобно. А убьет Ванька кого или нет, все равно ответ перед государством держать станет. Значит, должен он выжить. А баба там или мужик — без разницы.

— Но закон тайги, — вздохнула Тамара, — слабых...

— Иван ушел из-под стражи, чтоб зло наказать, и ему все равно, сколько и каких законов он нарушит. А ты что-то говорить много стала. Не забывайся.

— Да успокойтесь вы, — усмехнулся лежащий у горящей печки Топор, — отобьют нас, деваться им некуда. Если мы говорить начнем, им хуже, чем нам, будет. Отобьют. Серу вызовут и отобьют.

— А нас кончат, — процедил Шест, — чтоб рты не раскрывали.

— Ошибаешься, — возразил Топор. — Возьми того же Серу. Он ведь заставил освободить его. Сказал: расколюсь — и всем вам крышка. На вас работал, поэтому думайте. И вытащили. Пять лет Сера гуляет и в ус не дует, зато теперь самый верный пес дядьки Луки. И мы так же сделаем. Главное, чтоб вытащили, а там посмотрим, что делать.

— Послал я к Сере Михея, — проворчал Лука Демьянович. — Вот гнида Топор, за горло берет!.. Ну я с ним потолкую...

— А ты думаешь, все так и кончится? — нервно спросил Василий. — Ведь тут бой будет. Парни Лебедева — подготовленные бойцы. И мужики местные влезут. На Серу многие давно зуб имеют. Тем более погода налаживается, и запросто могут сюда на вертолетах еще подкинуть спецназовцев. Тогда точно хана нам. Топор...

— А что делать? — зло перебил его Лука Демьянович. — Топор вот-вот начнет показания супротив нас давать. На вас у него тоже материал имеется. А если мало вашим коллегам покажется, то я добавлю, один в петлю голову не суну. Мне, старому, уж больно нет желания на пожизненное идти и там подыхать. И в сопки уходить не хочу, да и не могу. Годы не те, чтоб по сопкам скакать. А места хорошего, чтоб отсидеться, нет. Так что с Топором надобно кончать в любом случае. И вас это тоже касаемо.

— Да знаем мы, — процедил Василий.

— Не надо никого звать, — сказал Олег. — Вот что, — он посмотрел на дядю, — у тебя есть те, кто к Деновым вхож?

— И что с того? — спросил Лука.

— Как только погода более-менее установится, — услышал в телефонной трубке Лебедев, — мы к тебе на помощь пришлем солдат внутренних войск. Отправишь задержанных вертолетом. Четверо из них по убийству проходят. Молодец, Лебедев.

— Служу России! — улыбнулся старший лейтенант.

— Мы хотели на Выселки группу Журина высадить, но теперь ты там блокируешь поселок. Главное, не пропусти Денова в Выселки и не выпусти кого-нибудь с оружием для него. Денов — зверь опытный, и ушел он из лагеря для того, чтоб убить. А значит, по трупам пойдет. Отец его наверняка хочет послать к нему кого-то на помощь.

— Не хватит у меня людей, — вздохнул Лебедев. — Тут по крайней мере пару взводов надо, чтоб закрыть выходы.

— Значит, патрулирование. Не мне тебя учить, Лебедев. Снег сейчас твой помощник. Понимаю, что тяжело будет, но пару суток, думаю, выдержишь. А потом солдат пришлем. Группу Журина на хребет Кулар бросим. Он имеет опыт проведения поиска в заснеженных горных массивах.

— Понял, товарищ полковник. Но местных привлекать я опасаюсь. Кроме того, участковый здесь тоже не в почете и не в доверии у местных. Поселок как бы надвое разделен. Кто-то за Денова, другие против. А об участковом все говорят плохо.

— Опередил ты меня. Я только хотел тебя предупредить: Торова не привлекай ни к поиску, ни к охране. И брат его сейчас там, он капитан ДПС. Но если они явятся к тебе, скажи, что в помощи не нуждаешься, вот-вот группа прилетит. И начеку будь. Тут кое-что на Торовых служба собственной безопасности накопала. В общем, как только появится возможность, поддержку тебе вышлем.

— Ты заметил, что Лебедев к нам никого не прислал? — спросил брата Олег. — Значит, не доверяют.

— А на нас уже дело завели, — усмехнулся Василий. — Правда, пока по мелочи, на уголовное не тянет, но служба собственной безопасности копает. Так что нам в это дело вмешиваться никак невозможно. Но и Топора живым оставлять тоже нельзя. Мысль имеется, но надо обмозговать, как лучше сделать, чтоб, как говорится, и волки сыты, и олени целы были.

— Ты яснее говори, — хмыкнул Олег.

Медвежий Угол

— А чего ему надо? — удивленно спросил Лосин.

— Да я не в курсе, — пожал плечами невысокий старик. — Приходил он. Ты как раз собирался на вертолете лететь, а тут Пузырев явился. Очень, говорил, ты ему нужен.

— Нужен — значит, придет, — отмахнулся майор. — Наверное, опохмелиться хочет.

— Да он вроде при деньгах сейчас, — не согласился старик. — Ему зарплату выдали, и за мясо тоже заплатили. Так что дело не в опохмелке.

— А чего же он хочет?

— Ничего он не сказал. Информация, мол, очень важная, и узнает ее только сам Лосин. Я ему посоветовал к участковому идти, а он ни в какую — мол, только Лосину сообщу.

— Ладно, — кивнул майор, — надо сходить к нему.

— Он сейчас в запое. Говорит, через три дня, когда Лосин вернется, как огурчик буду. Но сам знаешь, что такое Пузырь. Ежели начал пить, не скоро остановится.

— Это точно, а с пьяным говорить толку никакого.

— Плохо ему, видать. — Старик кивнул со вздохом на дверь комнаты. — Да это понять можно, дочь как-никак. И надо ж такому случиться!.. С людоедом в сопках сейчас. Может, сожрал ее уже...

— Тише ты, дед Степан, — попросил Лосин.

— Да понятное дело, слышать такое и то неприятно.

— Ты иди, дед Степан. Если увидишь, что Пузырь в состоянии здраво говорить, пришли ко мне.

— Хорошо. Ежели засеку, что нормально рассуждает, пришлю.

— Какая же ты сволочь, Эдик! — прошептал Андрей Васильевич. — Бросил Иринку, гад! Нет, не мог Петр так себя вести. Что-то здесь не так. Доченька, почему же это случилось-то? Господи, помоги! Не верил я в тебя, а сейчас денно и нощно в церкви буду стоять, молиться буду. Помоги, Господи, прошу Тебя!..

— Ну как дела, Федор? — спросил спрыгнувшего с вертолета пилота капитан внутренних войск.

84

— Да машина-то готова, а вот как с погодой — одному Богу известно.

— Да говорят, все нормально будет.

— Если как сейчас, то летим. Хоть пару часов была бы погода. И может быть, достанете вы Денова, пока он бабу не слопал.

— Обложат его скоро.

— Это вы Денова обложить хотите? — насмешливо спросил Федор. — Да он вас как детишек сделает. Он из живота матери на сопках появился. Так что попьет он вашей кровушки-то. Я бы на вашем месте не мешал ему. Баба его стерва, и за дело он желает ей башку открутить. Вот там бы и дождались его. Он, может, без всякого сопротивления сдался бы вам. А так он ведь огрызаться станет. Бывает, и заяц на лису кидается, когда понимает, что каюк ему. А тут все же зверь на двух ногах и стрелять умеет. Выходит, что вы свои жизни за лахудру положить готовы?.. Не поймут вас матери тех солдатиков, которых Иван угробит. Или даже не солдат, а тех, кто профессионалом стал. Ведь они небось тоже семьи имеют. И вот еще что... Если б, к примеру, твоя баба ребенка больного бросила и с хахалем связалась, что бы ты сделал?

— Моя так не сделает, — угрюмо отозвался офицер.

— А если? Ты только представь такое. Да и любой мужик наверняка пожелает голову отвинтить такой бабе. А вы сейчас свои жизни подставляете и москвичку эту ему под нож кладете. Пропустили бы вы его, а там он бы сам руки поднял.

— У нас приказ взять Денова или убить. И мы сделаем это. А все остальное уже не наше дело.

— Вот-вот, нет дела власти до того, что баба родила и бросила ребенка. А она снова родит и снова бросит... Ну ладно, пустой это разговор. — Федор посмотрел на небо. — В общем, собирай свою гвардию, и вылетаем. Я Лосину позвоню.

Москва

— Здравствуйте, — услышала женский голос в телефонной трубке мать Ирины. — Вы Елизавета Антоновна?

— Да. А вы кто и что вам угодно?

— Мы незнакомы. Просто я хотела вам сообщить нечто не очень приятное. Ваша дочь Ирина Андреевна сейчас в очень сложной, я бы даже сказала, опасной ситуации.

— Кто вы такая? — строго спросила Елизавета Антоновна.

— Вертолет, на котором летела Ирина Андреевна, разбился в сопках, в тайге Якутии. В живых остались трое — ваша дочь, ее знакомый, даже, можно сказать, любовник, некто Петр Сопов, и бежавший из колонии строгого режима уголовник. И сейчас все трое в тайге. Алло? Вы слушаете?

Елизавета Андреевна расслабленно опустилась в кресло, телефонная трубка лежала у нее на коленях. Женщина была без сознания.

— Бабушка, — раздался в прихожей голос Маши, — я пришла. Бабушка, ты дома? — Маша заглянула на кухню, увидела кипящую в кастрюле воду и выключила газ. — Бабушка! — испуганно крикнула она и вбежала в комнату. — Бабушка! — Она бросилась к Елизавете Антоновне. — Что с тобой? — Увидев телефонную трубку, девочка набрала ноль-три.

Заимка

— Погода почти в норме, — сообщил вошедший Иван. — Так что завтра с утра пойдем. Вечером ты уже будешь у метеорологов, они сразу вертолет вызовут. Так что все будет нормально.

— А ты? — тихо спросила Ирина. — Что ты будешь делать?

86

— Дойду до поселка и прирежу ту, что была моей женой. А дальше — как получится. Постараюсь сына увидеть, потому что потом уж точно ничего не выйдет. А сына я просто обязан увидеть. И надо будет его деду с бабкой передать.

— А ты понимаешь, что ты лишаешь его не только матери, которой он уже лишился, но и отца, да и деда с бабкой? Даже если они все-таки сумеют его забрать, кто из него вырастет? Он будет сыном человека, который убил его мать. К тому же его воспитанием займется твой отец. Значит, он вырастет таким же, как ты, а учитывая обстоятельства, и злее тебя. Он с самого детства будет лишен...

— Хватит! — рявкнул Иван. — Тебе-то какое дело?

— До вас мне дела нет. Как зовут вашего сына? — Разволновавшись, Ирина перешла на вы.

— Леха.

— Мне до судьбы Леши дело есть. Да, вы спасли мне жизнь. Не понимаю почему, но тем не менее вы сделали это. И я хочу, чтобы ваш сын мог гордиться вами, своим отцом. Но для этого он должен знать, что его отец совершал не только преступления, но и подвиг. Да, вы спасли жизнь совершенно незнакомому вам человеку. Вот чем может гордиться ваш сын. А вы хотите отдать его жизнь в руки вашего отца. Ответьте честно — вы довольны тем, как вас воспитал ваш отец?

Иван, стиснув челюсти, опустил голову.

— Теперь подумай. Ты живешь для чего? Чтобы оставить о себе воспоминания как об убийце?

— Хорош! — процедил Иван. — Если еще раз вякнешь, я просто уйду...

— Не уйдешь. Ты бандит, бежавший из лагеря преступник, жестокий хищник в человеческом обличье. Но знаешь, я уверена, что многие женщины предпочли бы преуспевающим и на первый взгляд хорошо воспитанным мужчинам такого, как ты. Ты сам избрал дорогу в жизни. Сколько лет Леше?

— Слушай, не береди мне душу!..

— Так не ломай ты ему жизнь, остановись, Иван, не ради себя, в твоей жизни уже ничего не исправишь, а ради сына.

— И что же мне делать? Лапы в гору и мордой вниз — берите? А кто ответит за то, что я ни за что срок получил? Они на меня навалились, и что мне делать оставалось? Морду подставлять? Жена моя была у этого козла из Хабаровска, а братья вроде как защищали закон. Не закон они защищали, а его. Я два раза стерпел, когда они меня били. Два раза! А когда старший, Васька, сунул мне пистолет под нос и сказал, что завалит, не выдержал. Натка и этот гребень Постанов успели в окно выпрыгнуть. Я не пошел за ними, на справедливость надеялся. Видел кое-кто, как все было. Приехали архангелы в камуфляже и заломили руки, я не сопротивлялся. А потом следствие, и все — я виноват. Я напал на братьев Торовых. Они, мол, собой закрыли мою жену и Постанова. Она, оказывается, у него просто деньги взаймы брала. А я... — Иван вышел на улицу, черпанул снега и протер лицо. Шумно выдохнул. — И на кой хрен я тебя спасал? — пробурчал он, вернувшись: — Хотя ты права. Не хотел бы я, чтоб сын повторил мой путь, не хотел. Но сейчас что делать? Я хочу видеть сына, а она пусть живет, тварь!.. Я верил ей. Она постоянно твердила, что любит, что больше ей никого не надо. Радовалась рождению Лехи. Я тоже был очень и очень рад. Сын... что еще мужику надо? Верная любящая баба рядом, свой дом, в котором все есть. Сын, который тянет к тебе ручонки, который растет на твоих глазах. Я делал все, чтобы у них была спокойная, обес печенная всем жизнь. А потом как-то все изменилось. Жена стала холоднее, с сыном грубая. Я по неделе бывал в тайге, возвращался, но не было горячей ласки и того, что бывало раньше. Пришел однажды на три дня раньше, чем обычно, и узнал, что Натка у этого Гришани. Пошел, а там Торовы. Как будто ждали меня. И все кончилось. Через три часа прилетели архангелы и нацепили наручники. Получил срок. Отсидел бы, но узнал, что больного Леху Натка бросила. И решил, что не жить ей. Я же ее по-хорошему просил: отдай Леху деду и бабке. Нет, больного бросила. Сосед дядя Степан к нам зашел и узнал, что мальчик два дня ничего не ел, температура у него под сорок. А ей плевать. Вот и бежал я. Убью я ее, и будь что будет. Вот ты говоришь, что о сыне я не думаю. А я ведь действительно не задумывался, что с ним потом будет. Сейчас ты меня за живое, за сердце взяла. Не хотел бы я, чтоб сын мой путь прошел. Не было ничего радостного в моей жизни. Точнее, думал, что есть, но это обман. Наверное, из-за этой неправды и в любви, и в ласках я убить ее и хочу. А сына отец воспитает. Но он станет хуже меня. Он не будет спасать бабу только из-за того, что она в бреду дочь вспоминает. Выходит, нет у тебя в жизни ничего дороже дочери твоей. А меня ты опасаешься и боишься узнать, чем питалась, пока я тебя тащил. Главное, жива ты, а дальше уж как получится. Я всегда боялся умных баб. Правда, думал, что такие только в кино бывают. Ан нет, и в жизни встретиться пришлось... Ладно, — он поднялся, — вроде как распогодилось. Завтра с утра двинемся.

«Зря я, наверное, этот разговор начала, — думала Ирина. — Не сдержалась. А если он убьет меня? Нет, не убьет. Но больше никаких разговоров. Правда, очень бы хотелось знать... А может, лучше и не знать, иначе как с этим жить?..»

В избушку вошел Иван, сел возле печки и закурил.

— Дай и мне, — попросила Ирина. Иван бросил ей пачку сигарет и спички. — Спасибо.

— Спи, — посоветовал он. — Завтра с утра пойдем. А идти весь день, так что отдыхай пока.

— Я сейчас чувствую себя хорошо, дойду. Можно немного поесть? — смущенно спросила Ирина.

— Конечно. С собой возьмем немного. Мало ли что, вдруг снова буран начнется. А сейчас ешь.

— Но ведь надо немного оставить, а то вдруг...

— Сюда скоро придут и оставят всего достаточно, — перебил ее Иван. — Ешь.

Сопки

— Погода наладилась. — Рябой потушил окурок и убрал его в целлофановый пакет. — Через сутки будем на хребте. Думаю, уже в заимке переночуем. Там Иван или нет, как думаешь?

— Должен быть там, — ответил Латыш. — Место укромное, и собаки не учуют. Вверх их не поведут. Следов от дыма видно не будет, снег валит постоянно. Правда, если перестанет, придется с утра снегом засыпать следы от сажи, если такие будут. А учитывая, что дрова кончаются, придется топить сучьями, они будут оставлять сажу на снегу и подтаины из каменного выхода. Конечно, их из вертолета не увидеть, но вдруг кто-то пойдет по верху и заметит подтаины?.. Хотя там все устроено отлично. Прежде чем спуститься к заимке, осмотрим все внимательно. И входить будем со стороны ручья. Правда, в расщелину, наверное, снегу много набилось, но пролезем, когда проход закидаем. И надо ветки на лыжах поменять, — он посмотрел на привязанные к концам широких охотничьих лыж ветви стланика, — а то иглы уже осыпались.

— Спустимся и поменяем.

— Может, перекусим?

— Давай.

Они услышали приближающийся рокот вертолета и подались назад, под выступ скалы.

— Залетали, мать их, — проворчал Егор.

— Вовремя мы ветви привязали, — сказал Латыш, — следов не видно.

— Да это медики. — Егор разглядел красный крест на боку вертолета. — Но все равно, наверное, знают о побегушнике, поэтому если что-то увидят — сообщат.

— Через двадцать минут будем на месте! — крикнул вертолетчик женщине в шубе, из-под которой был виден белый халат.

— Пока мы не займем место, не выходите, — предупредил ее один из четверых милиционеров с автоматами.

— Во, блин, попали, — проговорил на ухо соседу санитар. — И на кой?!

— Зато заплатят больше, — подмигнул ему тот.

— Пулю в пузо получишь и денег не захочешь, — проворчал первый.

Медвежий Угол

— Как говорится, с Богом, — подмигнул Лосину вертолетчик.

— На Бога надейся, но сам не плошай, — сказал сидевший рядом с майором капитан ВВ. Кроме них в вертолете были Войцевский, шестеро солдат ВВ и двое штатских. — А прокуратура своего не послала, — усмехнулся капитан. — Видать, боятся господа.

— А там им делать нечго. Эксперты все осмотрят, а уж потом начнут остальные заниматься. Снега сейчас там по уши! — Лосин выругался.

Войцевский сидел молча, уставившись себе под ноги.

— Да я тебе говорю как есть, — недовольно буркнула Матрена. — Он Лосину все сказать хочет. Я-то просто...

— А тебя кто за язык тянул? — зло перебила ее крепкая молодая женщина.

— Да я как-то ляпнула, и все, — стала оправдываться Матрена. — А что такого-то? Ты ведь...

— Я тебе по пьяному делу рассказала и не думала, что ты сболтнешь.

— Так ведь Пузырю. Я с ним давно на откровенности живу. Кстати, ты же там была, вместе обмывали...

— Значит, он еще не стуканул Лосю? — усмехнулась собеседница.

— А ты, Клавиша, что-то психуешь не по делу, — недовольно проговорила Матрена. — Наезжаешь. Сама и про...

— Все, — махнула рукой Клавиша, — забудь об этом. Надеюсь, ты ничего подтверждать не будешь?

— Да нет, конечно. Только я что-то не пойму, почему ты так психуешь? Подумаешь...

— Все, — остановила ее Клавиша, — давай выпьем и расстались, дела у меня.

— Слышь, Клавка, а что за фраерок с тобой тусовался? Видно, что из новых русских. Может, и для меня кто-нибудь найдется? А то уж больно хорошо ты выглядеть стала, прикинулась и бабки заимела. И не самопал пьешь...

— Вечерком почирикаем. — Клавдия встала и направилась к выходу из кафе.

* * *

— Давай, Пузырь, примем еще, — небритый мужик, покачиваясь, подошел к старому холодильнику и вытащил бутылку водки.

— Хватит, мужики, — покачал головой Пузырь. — Погода наладилась, и мне на работу надо. Без меня на площадке бардак начнется. Запросто террористы могут вертолет захватить. Все, — он скрестил руки, — я до выходных не пью.

— Ты, похоже, приболел, Пузырек, — усмехнулся рыжебородый верзила. — Охренеть надо — бухару маять и не принимать. А работа не волк, в сопки не уйдет.

— Я сказал — пас. Пост ответственный. Да и с Лосем надо перетереть кое-что. Тут, мужики, дело такое...

— О чем тебе с ментом базарить? — усмехнулся плешивый толстяк в тельняшке. — Ведь братва и предъявить может — мол, стукач ты...

— Ты, Блин, думай, что базаришь! — зло перебил его рыжебородый. — Пузырь — кент мой.

— Да я к тому, что Лось...

— Значит, так надо, — кивнул рыжебородый. — Пузырь на площадке командует, а мент там вроде охраны. Так что у него по работе дела.

— Ладно, понял, — хмыкнул толстяк. — Базара нет!

Матрена, пошатываясь, вошла в подъезд старой двухэтажки. Как только она шагнула в проем второй двери, ее встретил сильный удар ребром ладони по горлу. Матрена, сдавленно икнув, рухнула на грязный пол.

— Во, — остановился возле женщины пожилой мужчина с тросточкой, — напилась, видать, до упаду. Дурища, в такой мороз пить — самоубийство. Слышь, молодка, — он ткнул Матрену палкой, — вставай, а то ведь околеешь.

Вставай, молодка! — Он подошел ближе, дотронулся до ее плеча и отшатнулся. — Люди! — закричал он. — Баба убитая! Крови полно! Люди!

— Чего орешь, старый? — насмешливо спросил один из двух проходивших мимо мужчин.

— Вы гляньте, — воскликнул старик, — крови-то сколько! Она же...

— Потопали, Кудрявый, — второй дернул за рукав первого, — а то попадем под ментов. Она в натуре жмур.

— Извини, старый, — усмехнулся первый. — Но раз нашел, ты и свисти.

Парни быстро пошли дальше.

— Да помогите же, люди! — закричал старик.

— Звякни ментам, — на ходу посоветовал Кудрявый, — а то в натуре не по-людски. Дед так и сам крякнет. — Он повернул назад.

— Да ведь менты нас по делу хапнут, — попытался остановить его другой.

— Звони ментам, — повторил Кудрявый.

— Вам какого хрена надо? — поднимаясь, спросил рыжебородый.

— Пузырев Федор Михайлович? — спросил один из троих крепких молодых мужчин.

— А ты что за хрен? — усмехнулся рыжебородый.

— Из Тикси. — Первый показал ему удостоверение. — Уголовный розыск. Поедешь с нами, — кивнул он подошедшему к ним Пузырю.

— Понял, — откликнулся тот. — Значит, Лосин узнал и...

— Во блин! — возмутился полный. — Ты чего с ментами...

Рослый парень ногой ударил приподнявшегося Блина. Тот, что показал удостоверение, выхватил ТТ. Рыжебородый толкнул в его сторону стол, ударивший того по коленям. Парень выстрелил. Пузырев упал. Рыжебородый схватил пустую бутылку и замахнулся. Хлопнул выстрел. Схватившись за живот, он рухнул на пол.

— Суки ментовские! — взревел лежавший на драном диване небритый и вскинул руку с двуствольным обрезом. Грохнул выстрел. Одному из парней заряд картечи, прошив куртку, кучно вошел в грудь. Парень с пистолетом выстрелил в небритого. Пуля вжикнула мимо уха небритого. Он выстрелил из левого ствола. Картечь разорвала куртку на плече стрелка и несколькими дробинками задела руку третьего. Тот успел выстрелить в пытавшегося заползти под кровать Пузыря.

— Сюда, мужики! — заорал небритый, переломив стволы обреза. — Бей ментов!

Двое, подхватив третьего, потащили его к выходу.

— Не могу, — простонал раненный в плечо. Третий выстрелил ему в живот и в висок. Парни бросились вперед.

— Сучары позорные! — Небритый вскинул обрез. Громко бабахнул выстрел дуплетом.

— Охренел, Картечный?! — хрипло крикнул кто-то. — Мы же свои!

— Те двое Пузыря подстрелили! — ответил небритый. — Десантника подранили! Бей их, сук!

На улице взревел мотор снегохода.

— Укатили они, — осторожно заглянув в комнату, сообщил пожилой мужчина с топориком для рубки мяса в руке. Небритый опустил обрез. В комнату ввалились несколько мужчин. У каждого в руках было что-то из домашнего обихода. Только один держал одностволку.

— В «скорую» звоните! — крикнул пожилой.

— Клавиша, — сказал старший сержант милиции. — Клавдия Сергеевна Туркина. Матрену убили, эту тоже зарезали. Что за дела?

— В общежитии стрельба и есть убитые! — крикнул кто-то.

— Лосин улетел, — покачал головой капитан милиции, — а тут расхлебывай за него.

— Как же вы облажались? — процедил мужчина лет пятидесяти с черными усами.

— Да какой-то тип Маятника узнал, — ответил парень с перевязанным плечом. — А у одного обрез двуствольный, и Десантник успел, сука...

— Пузырь раскололся? — перебил его мужчина.

— Труп он, — буркнул раненный в руку.

— Очень на это надеюсь и вам советую, потому что работу в любом случае надо будет закончить.

— Да все путем, Цыган, — сказал раненный в плечо. — Если бы не Маятник, сучонок, Пузырь сейчас бы тут был.

— Отдыхайте... — Цыган взял сотовый и набрал номер.

— Да? — почти сразу отозвался мужской голос.

— Работу сделали, правда, пока...

— В курсе я. Трупы там есть, но неясно, кто именно. И какого черта вы там оставили...

— Маятника все равно пришлось бы убирать, — перебил Цыган, — его кто-то узнал.

— Узнал? Вот это да! И кто же?

— Тот, кто узнал, точно труп. А вот остальные...

— Я все выясню и позвоню. Но будь готов закончить работу.

— Да ее бы уже сделали, если б ты не потребовал допросить Пузыря, сказал, что надо узнать, кому он успел...

— Это действительно надо было узнать. Так что если этот Пузырек жив, все придется повторить... и желательно до того, как он почирикает с ментами. Ясно?

— Куда яснее?! — Цыган отключил телефон и выругался.

— Два трупа, — сказал эксперт. — Одного убивали уже мертвого, из пистолета в висок. Он получил заряд картечи и был мертв, а его друзья перестарались. Двое тяжелых, обоих надо бы отправить в Тикси, но погода не позволяет. Мы, конечно, сделаем все, что возможно. Я позвонил в Тикси Алину. Может быть, он прилетит.

— Из-за каких-то бичей рисковать?.. — пробурчал плотный майор милиции.

— Они прежде всего раненые, — сдержанно проговорил врач. — Их социальное положение значения не имеет, для меня равны все.

— Совершенно верно, доктор, — кивнул вошедший в кабинет мужчина в штатском. — Раненым — охрану. Надо узнать, что там случилось.

— Да все говорят, что сотрудники милиции приехали за Пузыревым, — проговорил майор.

— У того, кого добили, — сказал мужчина в штатском, — в кармане действительно удостоверение сотрудника уголовного розыска. Но сделано весьма топорно, с явным расчетом на бичей. А вот зачем им вдруг понадобился Пузырев? И не связано ли это с убийством женщин? — Он посмотрел на вошедшего старшего лейтенанта. — Установили личность псевдомилиционера?

— Нет еще, — ответил тот. — Но не наш, это точно. И никто из сотрудников его раньше не видел.

— Отправьте отпечатки в управление, пусть быстрее дадут ответ, — приказал мужчина.

— Есть, товарищ подполковник.

— Да, — вздохнул тот, — вот тебе и Медвежий Угол. Если бы не Денов, нас бы здесь не было. Но все это весьма странно. Киллеров посылают убрать пьяницу. Пузырев — алкаш. Правда, последнее время назначил себя дежурным на вертолетной площадке, требовал билеты, сравнивал паспорта. Ему за это даже платить стали. Кому он мог помешать? И при чем тут две женщины? Одна вроде сожительствовала с Пузыревым. Вторая, Клавдия Туркина, недавно освободилась. Убили обеих почти одновременно. Матрену Морошко — ударом в горло, спец работал. Не добивал, потому что был уверен в результате. Так, — он повернулся к майору, — нужно проверить все гостиницы и частные квартиры, которые сдаются. Обо всех прибывших за последнюю неделю доложить. Неужели это как-то связано с Деновым? Почему Денов пришел в Медвежий Угол? Пузырев, кстати, сажал его в вертолет. Сведений о побеге Денова в Медвежьем Углу еще не было. Вообще не было информации о побеге. Надеялись взять силами розыскной группы колонии, идиоты!.. Но почему убили женщин и пытались увезти Пузырева? И почему началась бойня? Вовремя мы сюда приехали. Будем работать.

Сопка Оленьи Рога

— Да, — вздохнул Лосин, — тут придется копать дня четыре. Нужна техника, чтобы хоть верхний слой снять. Внизу обломки вертолета. — Он повернулся к двоим мужчинам в штатском. — Но сами видите, что тут творится. Придется вызывать рабочих.

— Снег еще не слежался, — вмешался вертолетчик. — Вы отойдите на почтительное расстояние, а я попробую винтом снег сдуть. Может, получится.

— Давай, Федор, — кивнул Лосин.

Тикси

— Значит, еще бабок срубить хочешь? — усмехнулся в трубку Эдуард. — Ладно, еще половину того, что дал. Пойдет?

— Я не могу дозвониться до дедушки, — громко сообщила по телефону Маша. — Он не отвечает несколько дней. Мама тоже молчит. Вызов на сотовый Гатова идет, но он не отвечает. Бабушка в больнице. Что произошло? Где мама? Почему она не отвечает и не звонит? Такого никогда не было. Что случилось?

— Я не знаю, что ей говорить... — Зажимая трубку, Нина беспомощно посмотрела на мужа.

— Не знаю, — нервно ответил тот. — Придумай что-нибудь.

— Ирина с Андреем Васильевичем сейчас в такой глуши, что там нет связи. Но когда вернутся, сразу же свяжутся с тобой. А что случилось с Елизаветой Антоновной? — спросила Нина.

— Сердце. Сейчас уже легче, но она плачет и не хочет меня видеть. Я не понимаю, что произошло, — вздохнула Маша.

— У больных всегда так, — не зная, что говорить, пробормотала Нина. — Как только ей будет легче, она...

— Но приступы бывали и раньше, — перебила Маша. — Она, наоборот, всегда...

— Очень скоро все наладится.

— А почему Эдуард Васильевич не хочет со мной говорить?

— Они поссорились с Ирой... кажется, дело будет решаться в суде.

— Ура! Развод! Наконец-то! Я сообщу бабушке, и она сразу поправится. А я прошу вас, тетя Нина, если вдруг удастся связаться с мамой и дедушкой, пусть они сразу позвонят нам.

— Обязательно.

— До свидания, — попрощалась Маша.

— До свидания. — Нина отключила сотовый. — И что теперь делать?

— А я откуда знаю? — огрызнулся Антон. — Я вот что подумал: а если Эдуард позвонил Елизавете Антоновне и все ей рассказал? Поэтому Елизавета Антоновна и не хочет говорить с Машей.

— А ты, наверное, прав, — подумав, согласилась Нина.

— Поеду морду ему набью! — Антон вышел в прихожую.

— Где ты его искать будешь? К тому же он тебя сразу посадит.

— Верно... Но морду я ему все равно подпорчу. Что же он, сволочь, делает? Ведь знает, что у Елизаветы Антоновны больное сердце. А она точно узнала об Ире и не говорит об этом Маше.

— Ты прав. Знаешь, что я думаю, мы не будем иметь дел с фирмой Эдуарда, — заявила Нина. — Конечно, потеряем в деньгах...

— А я не знал, как тебе это предложить! — Муж обнял ее. — Ведь все-таки потеряем мы прилично. Но ты у меня молодец.

Выселки

— Ну и холодрыга! — Притопывая, солдат в тулупе и валенках ходил возле бревенчатой избушки. На его плече висел автомат. — Скорее бы смена. Брр! — Он быстро обошел избушку. Из трубы густо валил дым. — Им-то тепло, — с завистью прошептал солдат. Из-за забора соседнего дома привстал человек с топориком. Размахнувшись, бросил его. Дважды перевернувшись в воздухе, топорик воткнулся в спину солдата. Тот упал. Из-за угла избушки к нему подбежал мужчина и ударил солдата ножом. Через забор перелез бросивший топорик человек с двумя канистрами и помчался к избушке. Убийца сунул нож в унт, схватил автомат, отстегнул ремень с запасными рожками. Мужик плескал на стены из канистр. Убийца солдата закрыл дверь на засов, навесил амбарный замок и отшвырнул ключ.

— Что за дела, начальник? — спросил из-за двери мужской голос. — Может, замерз, так иди погрейся. Хочешь, попаришься, спинку тебе потрем, — хохотнул он.

— Спать мешаешь, командир, — раздался голос Топора.

Из-за забора первый принес еще две канистры. Мужик с автоматом подошел к зарешеченному окну и вытащил из кармана лимонку. Второй, облив еще две стены, подошел к нему. В руках он держал две бутылки. Автоматчик рукояткой ножа разбил стекло и забросил в квадрат решетки лимонку. Второй в другое окно сунул обе бутылки. Оба отпрыгнули назад. Внутри вспыхнул огонь, раздались пронзительные крики.

— Стоять! — послышался крик, и сразу выстрелили два пистолета. Падая, автоматчик успел нажать на курок. Простучала короткая очередь. Горящие в бане люди безуспешно пытались выбить дверь. В предбаннике грохнул взрыв — взорвалась бочка с соляркой. К горящей бане бежали солдаты и жители близлежащих домов. Двое мужчин пытались сбить замок.

— Трактор нужен! — крикнул кто-то. — Решетки выдернуть! Давай...

— Да поздно, — произнес плотный мужчина в меховой безрукавке, — они уже не кричат.

Лебедев остановился у трупа мужика с автоматом. Выругался и стал искать глазами часового.

— Здесь он, — услышал старший лейтенант и подошел к телу солдата. Присел, приложил два пальца к сонной артерии.

— Каюк, — сказал седобородый мужчина. — Топорик между лопаток и ножом два раза в сердце. Готов служивый... — Он снял шапку.

— А мы к тебе, — подошли к Лебедеву Торовы. — Увидели, как от окна двое отскочили. Один с автоматом...

— Пристрелю, твари! — выдирая из кобуры пистолет, закричал Лебедев. Его схватили солдат и прапорщик. — Все равно конец вам!

— Спокойно, старлей! — Прапорщик удерживал его руку с пистолетом. — Они свое все одно получат.

— Да ты что, Лебедев? — рванулся к нему Олег. — Думаешь, что говоришь? Мы положили поджигателей, а ты дрых в это время! Или водку глушил! Может, и красавиц местных...

— Слушай, мент, — шагнул к нему прапорщик, — не доводи до греха, отвалите, пока просят. Топор мне по старому знакомству шепнул, что вы и ваш дядька Лука за многим тут стоите. Так что уйдите по-хорошему.

— Мы это так не оставим, — пообещал Олег. Василий потянул его за руку. Баня рухнула.

— Вот и уменьшилось у тебя бандюков, — усмехнулся стоявший в отдалении Афанасий. — И двоих исполнителей не пожалели. Но зря, все одно на вас крест можно ставить. Трогать вас не стану, вы друг дружку сами перебьете.

— Получилось, — проговорил длинноволосый парень. — Правда, на ментов офицер кинулся. Я думал, пристрелит их к чертовой матери. Но солдатня удержала. Слышь, Лука Демьяныч, а как Сера на это посмотрит? Ведь ты его парней положил.

— Он знал, кого дать, — ответил Лука Демьянович. — У брата моего, Васьки, тоже неприятности. Антошку менты в Якутске с алмазами взяли, на сей раз не отвертится. Хана ему. Где Миха, неизвестно. Надобно Филимона вызывать сюда. А то тоже нарвется. Черт бы побрал этого Ванюху, все неприятности из-за него. Афанасий сейчас, понятное дело, в хорошем настроении. А Топор, значит, что-то все же шепнул солдатикам. Неужели не понимал, что ему один хрен пожизненное? Три трупа только менты знают. А начали бы дело вести, еще много чего узнали бы. Торовы, выходит, уже на подозрении. Ну что ж, племяши, ежели мне начнут задницу прижигать, я вас под откос пущу, мне живые свидетели ни к чему. А то они какой-то бизнес с Гришкой Постановым, с хахалем Натальиным, решили делать. Ну а мне умереть охота на перине пуховой в доме своем. Чтоб все близкие были при моем последнем воздыхании. Так что вы уж, племяши, не чудите, а то разгневаюсь, и вы головы раньше времени положите. Двое, которых застрелили, — парни Серы, и на меня выхода у ментов нету. Значит, ежели Торовых, племяшей моих, угробит кто, на меня указать никто не сможет. Топор ежели что и шепнул, то не про меня. Но сейчас убивать племяшей нельзя, заподозрят в первую очередь меня. А ежели их возьмут? За что их могут взять? Да вроде пока не за что. А если и возьмут, про наши дела они болтать не станут. Тогда им столько навешают, что и помрут на нарах. Ладно, пусть пока живут.

— Какая же сука этот Лебедь, — расхаживая по комнате, зло говорил Олег, — наехал! Выходит, что-то знает. А что серьезного нам с тобой предъявить могут? — взглянул он на брата.

— Да ничего.

— Ванька может все рассказать. Он промолчал в тот раз, потому что сам хочет с нами рассчитаться. Но если он все выложит, нам хана.

— С чего это вдруг? Он тогда ничего не сказал, а сейчас поздно, поезд ушел.

— Ошибаешься, братик. Поезд еще и не тронулся, все на месте. А представь, если все узнается и нас заберут?

— Да он давно сдал бы, если б знал. Не знает он ни хрена!

— Знает. Он был там с Прошкой. Его убили, а Денов знает. И не исключено, что он сбежал не только для того, чтоб Натку грохнуть. Тогда мы его подставили. И если уж он с кем-то собирается рассчитаться, так с нами в первую очередь. А потом забрать все на Лысой сопке. Тогда живи на большой и не думай ни о чем. Я уже не раз об этом думал. Но в нашем случае ему придется убить одного, ну двоих, и все дела, а тут получается слишком много, и со временем, один черт, найдут. Так что Денов...

— Да не знает он ни хрена! Он бы на следствии сказал. И тогда все было бы по-другому. Просто я не ожидал, что он нас так сделает. Здоровенный бугай, это понятно. Помнишь, как он тебя ногой достал? Я два удара получил и поплыл. Он бы на следствии все выложил. В общем, не знает Денов ни хрена.

— Слышь, братишка... — Посмотрев на дверь, Олег понизил голос: — А может, хапнем все и перепрячем? И на Ваньку переведем. Мол, наверняка он это сделал. С годик здесь перекантуемся и свалим из этой глухомани. Как тебе такое предложение?

— Да хорошо бы... Но не выйдет ни хрена. Сам подумай: никто, кроме нас, утащить оттуда ничего не сможет. У них же это что-то вроде...

— Да ты не дурак, Васек, а полный идиот! Нам-то что до этих дел? Просто надо на кого-то все перевести. И Денов для этого очень даже подходит. Он же никогда не ходил на их сборища.

— Да никто не поверит в то, что Ванька решился на это. Он же все делает сам. Его Натка сколько раз уговаривала хотя бы шкуры продать выгодно. Хрен, все сдавал...

— Но сейчас он в бегах и запросто может изменить свою жизнь. Надо там что-то оставить, что указывало бы на него. И сделать это, пока он тут не засветился. Туда он запросто мог зайти, чтоб переждать непогоду. Если делать, то в течение двух, от силы трех дней. Ты как, согласен?

— Да я не против. Но если честно, то боюсь. Они же достанут где хочешь. Ладно эти местные, они и поезда не видели. А хозяин — крутой мужик. И главное, не знает его никто.

— Знают. Но святого из него сделали. Нам и знать его не надо, ни к чему. Пусть с Деновым разбираются. Надо как-то выбрать время, чтоб мы вроде были тут и в то же время могли забрать там все и вернуться. А вот как?

— Надо сделать еще и так, чтоб Денов был где-то поблизости. А то представляешь, если его станут брать километров за сто отсюда, а мы оставим там какую-то его вещь...

— Тоже верно. Я об этом не подумал. Но хорошо, что мы решились. Значит, рано или поздно все будет наше. Знаешь, не понимаю я этого неизвестного придурка богатенького. На кой хрен ему это надо? Ведь там по крайней мере тысяч на триста зелени. Представляешь, какие деньги? А он держит людей и наверняка тратится. А ради чего? В то, что он верит в эту хренотень, я сомневаюсь.

— А если верит? Есть люди, для которых вера очень важна.

— А почему же он ни разу не приехал?

— Ты уверен, что он не приезжал? Мы обо всем узнали два года назад, когда отмазывали шамана. Помнишь, еще батя был жив. Мы тогда дядю Луку отцом стали звать, чтоб подмазаться к нему. А сейчас дядей и то звать не хочется, подставил он нас с Топором.

— Да не он. Топор, сука...

— А все вышло ништяк. Хрен кто чего может на нас повесить. Шли к дому Постанова и увидели, как кто-то возится у бани. Подошли, а тут загорелось внутри. У одного автомат, значит, и другой вооружен. Поэтому стреляли на поражение. Лебедев ничего доказать не сможет. Если даже Топор что-то и говорил, то для того, чтобы отомстить нам. Мы же его захомутали три года назад.

— Но с дядькой Лукой тоже ссориться нельзя. Приедет Филимон, а это денежный мешок, и под ним ходят отчаянные парнишки. Так что ссориться с ним нет резона. Впрочем, надо решать с хранилищем. Но сначала нужно узнать, где, в каком районе замечен Ванька.

— Да не знаю я, кто сжег баню! — крикнул в телефон взбешенный Лебедев. — Но уверен, что к этому приложили руку оба Торовы. Иначе как объяснить их такое своевременное появление на месте происшествия?

— А что они сами говорят? — поинтересовался полковник.

— Я не разговаривал с ними, очень хотелось...

— Знаю, — не дал ему договорить полковник. — Тут уже доброжелатели звонили. Но ты тоже хорош. Откуда в поселке появились бандиты?

— Да не знаю я, откуда они. Двоих узнали, они в розыске. Остальные молчали. Документов никаких. Смена часового через сорок минут.

— Ладно, с этим разберемся. А солдата жаль. Насчет Торовых тоже решим. Тут, кстати, чуть ли не награждать их собираются. Вертушка прилетит завтра утром. В помощь тебе посылаем взвод солдат ВВ. Командир ты. Запакуй поселок намертво. Чтоб ни из поселка, ни в поселок без твоего ведома никто не проходил.

— Есть!

— И еще. У тебя там имеются помощники из местных. Пусть держат в поле зрения Торовых. И братьев, и Луку Демьяновича. Сможешь такое устроить?

— Да. На них здесь многие зуб точат, так что смогу. Да, товарищ полковник, тут двое просят похороны устроить после опознания тел сгоревших. Хотя я плохо представляю, что и как там можно узнать.

— После проведения экспертизы будем решать. Эксперты прилетят завтра вечером. Конечно, если погода снова не выкинет фортель.

— Я так и сообщу.

— Не пропусти Денова в поселок. Ты в доме хахаля жены Денова оставил людей?

— Не в самом доме, но Денов туда не пройдет.

— Нашли они Ивана или нет? — прошептал Афанасий Семенович. — Неужели он и мужика, и бабу приговорил? Выхода у него нет. Зря, конечно, ты, Ванька, бежал, но уж ежели сбежал, надо делать дело. Тяжко тебе сейчас, понятно, но ты сам этот путь выбрал, значит, иди до результата.

— Ты из Ваньки убийцу сделал, — услышал он голос жены. — И людоеда ты из него сделал. А теперь...

— Тамара, — не поворачиваясь, проговорил он, — уже ничего не поправишь. Да я бы и сам ту шалаву на куски порубил. Внук наш больной и голодный сколь дней лежал. Принеси его нам или скажи, что он там один. Она и этого не сделала. Сейчас она его бросила и уже за это заслуживает смерти. А если потом захочет вернуть его? Мы сумеем забрать внука и воспитать его...

— Знаешь, Афанасий, — вздохнула Тамара Васильевна, — я не дам тебе сделать из внука такого, каким ты сделал Ивана. Леша не будет проходить твою школу выживания. Неужели ты не понимаешь, что сейчас другое время и другая жизнь? Образование надо получать, а не науку выживания в тайге постигать. Я не хочу, чтобы мой внук, аки зверь, ел людей. Не всякий хищник...

— Человек — самый опасный хищник, — спокойно проговорил Афанасий, — инстинкт просыпается...

— Обещай мне, что Леша не пойдет по стопам отца. И тогда я сделаю все, чтоб внук был с нами.

— Слово Денова, — кивнул Афанасий. — Я только научу его стрелять, но не в человека.

— Ты дал слово, и я еду за внуком.

— Погоди, как едешь?

— Я Лешина бабушка, сейчас самая близкая его родственница. Как и ты, разумеется. Мать его бросила, об этом знают все. Против нее хотят возбуждать дело. Уголовное. Но я уговорила ее написать бумагу, что она не хочет больше знать сына и отдает его нам, тебе и мне, родителям Лешиного отца. Вот... — Она достала из кармана фартука сложенные вдвое бумаги и, развернув, положила на стол. — Подписано председателем сельсовета, свидетелей трое.

— Так какого хрена ты молчала? — Афанасий схватил бумаги.

— Хотела от тебя слова добиться, чтоб ребенок не стал зверем, как Ванька. Как только дорогу малость почистят, я за Лешей поеду.

— Так ради такого дела я вызову якутов, они тебя на упряжках до Джарджана довезут. А оттуда по замерзшей Лене до Чертовки, а там и Тикси. Вызываю Якута и звоню Лихому, чтоб ждал и по Лене тебя до Чертовки отправил. А там его родня тебя в Тикси доставит.

— Не забудь, Афанасий, — строго проговорила жена, — ты слово дал.

— Деновы слов просто так не дают. Коли сказал, что по-твоему будет, так тому и быть.

— В общем, я на вас надеюсь, — сказал Лебедев, оглядывая людей, сидящих в зале сельского клуба.

— Хорошо, командир, — произнес седобородый старик. — Мы не спустим глаз ни с братьев, ни с Луки Демьяновича. Мы терпели, чтоб, значится, без смертоубийства было. Закон все едино на стороне участкового. Вот Денов и попал на Торовых. Они ж его убивать стали. А он за женой пришел. Мы все молчали в тряпочку. Понимаешь, Деновых мы не обожаем и даже боимся встретиться с ними в тайге во время лиха какого погодного. Людей они едят, как волки в голодную зиму. Знают про то все, и сам понимаешь, командир, какое у нас к ним отношение. А Торовы — волки в оленьей шкуре. Сделаем все, что ты наказал. Только отдай тех двоих старикам, пусть похоронят по-человечески. Бед они еще не успели натворить, потому и похоронить их надобно.

— После экспертизы то, что осталось, заберут родственники, — кивнул Лебедев.

Заимка

— Ну что, — Иван кивнул на окно, — погода вполне нормальная. Снежок небольшой идет, но это не помешает. А мне так, наоборот, в пользу — след не так виден будет. Ты на лыжах ходить умеешь?

— Да, — кивнула Ирина.

— Охотничьи, — Иван вытащил из-под топчана две пары коротких широких лыж, — не для бега, а для ходьбы в глубоком рыхлом снегу. И вверх подниматься легче. Насечки на них имеются, идти вперед не мешают, а скользить препятствуют. Чайку попьем, посидим перед дорожкой и двинемся.

— А зачем сзади что-то вроде расчески приделано и шкурка какая-то? — взяв одну лыжу, поинтересовалась Ира.

— Чтоб след лыжный не был виден. Знающий человек сразу поймет, что лыжник проходил, который таится. А так и с трех метров не заметишь, что лыжник шел. Если снежок хоть немного сыплет, тогда никогда не увидишь лыжню.

— Это ты специально сделал?

— Не я. Но, как видишь, пригодились. Пей, — он протянул ей кружку с чаем, — и пошли.

— А как же твои друзья?

— Они узнают, где меня догнать можно.

Сопки

— Ну вот, — Егор протер лицо снегом, — сегодня вечером будем у заимки. Иван там должен быть. Если ушел, переночуем и следом пойдем. Силы попусту тратить тоже нельзя.

— Держи! — Латыш протянул ему кружку с крепким чаем.

— Пару сухарей дай. Ежели с утра крошку в рот не положу, весь день как больной хожу. Вправду бают: завтрак съешь сам, обед подели с другом, ужин отдай врагу. Насчет ужина перегиб, конечно. Придешь с охоты вечерком, баньку затопишь, выпьешь, поешь вдоволь и жену тогда уважишь. — Егор рассмеялся.

Оба повернули головы влево и переглянулись. Быстро замели место стоянки заранее приготовленными вениками и отошли под скалу.

— Снова вертолет, — сказал Егор. — Кажется, воинский. Рокот у них особый. Точно, — увидел он низко летящий над вершиной соседней сопки вертолет, — зеленый, военный. Значит, и по сопкам уже пошли. Высаживают группы. Раньше идти нам нельзя было, сгинули бы мы. А сейчас, боюсь, припоздали. Только бы на хребте розыскников не было, а то эти белые волки, есть в Якутске подразделение такое, если сядут на след — все равно достанут. А когда достанут — возьмут или пристрелят.

— Специально, что ли, тренируют их на нашего брата?

— Да мы для них семечки. Ладно, пошли, вертолет дальше полетел.

Безымянная речка

— Мы на месте, — доложил по рации Журин. — Начинаем поиск.

— Поосторожнее, — послышался ответ. — Вполне возможно, с ним женщина и мужчина. А Денов убьет запросто. Он потому и бежал. А женщину отец дожидается.

110

— Понятно. — Журин, отключив рацию, повел рукой влево-вправо. Пять человек в белом на лыжах с оружием на изготовку пошли вверх по сопке. Журин и четверо лыжников двинулись в противоположную сторону.

— Вертолет, — недовольно буркнул Иван, — тебя ищут.
— А разве не тебя?
— Нас, — усмехнулся он.
— А Петра, думаешь, уже нашли?
— Очень на это надеюсь.
— Почему?
— Не понять тебе. И вот еще что — не пытайся дать вертолету о себе знать, если полетит мимо, или кому-то, кто будет проходить рядом. Убью. Ясно?
— Абсолютно.
— А ты, похоже, не боишься.
— Знаешь, я боюсь совсем другого. И если мои опасения не подтвердятся, я сделаю все, чтобы исправить это.
— Туманно говоришь. Но повторяю еще раз: запомни — ты этого не делала. Запомни и ни слова больше. К вечеру мы будем у метеорологов и расстанемся. А вот потом вспомнишь мои слова. Я не пытаюсь тебя успокоить, но говорю правду. И не надо вопросов. Не вынуждай меня тебя убивать. Никаких сигналов или криков и прочих попыток привлечь внимание. Я сразу тебя прикончу.

Медвежий Угол

— Как он? — спросил Федор. В руке он держал пакет с продуктами. — Я тут кое-что принес от наших.

— Пузырев сейчас в тяжелом состоянии в реанимации, — ответила медсестра, — а вы ему пиво принесли. Вы хоть понимаете, что...

111

— Да я все понимаю, — кивнул Федор. — Пиво — это просто... ну не водку же нести. А он все болезни лечит алкоголем. Вот...

— Он тяжело ранен и еще неделю, это самое малое, ни с кем разговаривать не будет, тем более пить.

— Извините, — смутился вертолетчик. — Тогда заберите все сами, — Федор поставил пакет. — Не назад же мне его тащить. И уж постарайтесь, чтоб Пузырь выкарабкался. — Он направился к двери.

— Подождите! — крикнула она вслед. — Заберите!

— Перестань, Танька, — подошла другая медсестра. — Оставили нам — значит, мы и попользуемся. А пиво, кстати, хорошее. Ветчина, колбаса, фрукты. Фрукты детям возьмем, а остальное сами слопаем.

— Ну что там у тебя, Лосин? — спросил по переговорному устройству подполковник.

— А с кем имею честь?

— Подполковник Бутов.

— Извините, Георгий Павлович.

— Как у вас дела?

— Неважно. Снега много насыпало. Правда, Федор винтом смел его с обломков, а дальше вениками выметаем. К тому же обещали рабочих прислать. Техникой тут ничего не сделаешь. Так что пока ничсго конкретного сказать не могу. В первый раз...

— Тут Пузырева подстрелили, — перебил его Бутов. — Он серьезно ранен. Явились к нему неизвестные, представились сотрудниками милиции и хотели его увезти. Но кто-то узнал одного из бандитов. Зовут его Маятник. Тот бич тоже ранен и, похоже, уже ничего не скажет, его сначала трупом посчитали.

— Пузырь ранен? — удивился Лосин. — Мне передали, что он искал меня. Но я тогда уже улетел.

— Понятно... Тогда кое-что вырисовывается. Как ты думаешь, что он хотел тебе сообщить?

— Даже предположить не могу. Маятник... такого я не знаю.

— Нам тоже неизвестен. Сейчас в управлении пытаются выяснить, кто он такой. Довольно редкая кличка для уголовников.

— Как сейчас Пузырев?

— Без сознания. Из Тикси должны прислать вертолет, и его заберут, и второго. Если бы не этот парень, десантник, то убили бы Пузыря. А еще один, по кличке Картечь, вмешался. Его сейчас допрашивают. Он из обреза одного убил и двоих ранил. А те мертвого добивали, этого самого Маятника.

— А Картечь что, под статью подведут? Его зовут Константин Рудаков, ранее дважды судим за изготовление и хранение обреза.

— Да ему предлагают сдать обрез. Но он уперся: не знаю, какой обрез и чей. Мол, под руку попал, выстрелил с перепугу и бросил, а куда, не помню.

— Послушайте, Георгий Павлович, если Рудакова не будут привлекать по статье, дайте мне с ним поговорить. Он тогда и обрез отдаст, и все расскажет.

— Уважают тебя бичи. Воинственные они в Медвежьем, с обрезами...

— Да, уважают, — подтвердил Лосин. — Десантник, Мишка Зорин, воевал, ранен был. Девушка его не дождалась. Мать его одна растила. Умерла, пока он воевал. Вернулся — ничего и никого. Вот и начал с Пузырем и Картечью да Блином ходить.

— Именно Блин и узнал Маятника.

— Блин? Блин в Якутске бичевал три года. Он сидел трешку за хранение карабина. Значит, вполне мог видеть того в зоне или в Якутске.

— Сделаем запрос. А у вас там, значит, пока ничего?

— Очищаем потихоньку.

— Поиск Денова начался. Несколько групп уже высадились. Работают вертолеты. Предупреждены все метеостанции и оленеводы. Я думаю, не сегодня завтра выйдут на след.

— С ним могут быть двое. А сейчас наконец-то жизнь человека, ставшего заложником, научились ценить.

— Я потороплю вертушку с рабочими. А поисковики пошли?

— Пытаются найти след. Я их довел до того места, где был сам, но там все замело. Скорее всего Денов отсиживается в какой-нибудь заимке на хребте Кулар. У Деновых таких убежищ немало. Правда, если он убил женщину и мужчину, а скорее всего так и есть, то взял с собой что-то от них. — Майор выматерился. — Извините, Георгий Павлович, — вздохнул он.

— Такая версия рассматривается и в управлении, и в штабе по розыску Денова. Но тогда он уже около Выселок.

— Это я и имел в виду. Вероятность того, что он оставил в живых кого-то, ничтожно мала. Он ушел из лагеря с определенной целью. А значит, запасся едой.

— Думаешь, он пошел к Выселкам?

— Если оба мертвы, то да. Погода для него как будто специально гульнула. И я думаю, он воспользовался этим. Со мной отец женщины, я всячески пытаюсь его успокоить.

— Так какого черта мы ведем розыск в этом районе, если...

— В том, что мужчина мертв и Денов питался им, я почти не сомневаюсь. А вот насчет женщины сомнения все-таки имеются. Во-первых, почему Денов не появился возле Выселок? Если он пошел один, то уже был бы там. Второе. Как можно понять по следам, женщина была ранена, она не могла самостоятельно передвигаться. Мужчина шел

114

сам, а ее тащил Денов. И я вспомнил неписаный закон тайги: бросишь раненого или слабого — удачи тебе не будет...

— Погоди, Саша, но ты только что уверял...

— Я просчитываю все варианты, хотя в последнее почти не верю. Уйти с зоны, чтобы убить женщину, и тут же рисковать собой, чтобы спасти другую... Но кто знает, может, это любовь с первого взгляда. Чудеса все-таки бывают, так что, вполне возможно, он в заимке на хребте Кулар. Хотя очень и очень сомневаюсь. Но нужно учитывать и это. А розыск есть розыск, он ведется во всех направлениях. Хотя скажу честно — если бы не отец женщины, я бы не полез в сопки. Его надежда найти дочь живой очень невелика. Узнав, что дочь оказалась в компании с людоедом, он хочет найти ее тело. И я понимаю его. Если она выживет, то придется ответить на вопрос, что она ела в тайге.

Место аварии вертолета

— Не думаю, — сказал в телефон Лосин. — Заимка в том районе одна, и устраивают ее обычно в труднодоступном месте. Там имеется запас еды и одежды. Оружия сейчас не оставляют. Хотя повторяю: я склоняюсь к тому, что Денов находится уже у Выселок.

— Понятно. Если что-то выяснится, выходи на связь. А я постараюсь дать тебе возможность поговорить с Картечью, с Рудаковым.

— Жду. — Майор отключил мобильник, повернулся и увидел Войцевского.

— Я невольно услышал ваш разговор, — произнес тот, — вернее, то, что говорили вы. Спасибо вам, что не отняли надежду сразу.

— Перестаньте, Андрей Васильевич. Я все-таки допускаю и то, что ваша дочь жива.

— А как она будет отвечать на простой вопрос: что ты ела в тайге?

— Не знаю.

— Я не могу даже подумать, что моя дочь, пусть под страхом смерти...

— А вот я не знаю, как бы я вел себя, если бы мне грозила голодная смерть. Вообще неизвестно, как может вести себя человек в подобной ситуации.

— Я не хочу, чтобы Иринка умерла, но если она смогла выжить... — обхватив голову руками, Войцевский застонал.

— Не надо, Андрей Васильевич, — попросил майор. — Еще ничего не известно.

— Послушайте, Александр, а если Ирина будет жива, ваша первая мысль?

Лосин молчал, он не знал, что ответить.

— А если бы это была ваша сестра, что бы вы...

— Давайте не будем гадать, — остановил Войцевского майор. — Тайга есть тайга, и не обязательно есть человека. Всякое бывает в жизни. Но сначала надо будет выслушать вашу дочь.

— А я буду бояться услышать правду, — пробормотал Войцевский. — Но даже если я не стану спрашивать, она ведь будет что-то говорить. Я ей не поверю. Понимаете вы? — закричал он.

— Хватит! — рявкнул Лосин. — Возможно, завтра или послезавтра найдут труп вашей дочери. Тогда вы будете довольны? Вот вы спросили, если бы это была моя сестра. Знаете, для меня главное, чтобы моя жена, поскольку сестры у меня нет, была жива. Конечно, потом придут мысли о том, какой ценой она выжила, но сначала будет радость, что я вижу ее, слышу ее голос. А если потом появятся такие мысли, то я никогда не скажу ей об этом. Хотя, может, я это говорю потому, что моя жена сейчас дома и ждет меня.

А ваша дочь, если она жива, наверняка не раз думала о вас. В общем, давайте закроем эту тему.

— Да поймите же, я ни с кем и никогда не смогу говорить об этом.

— Все, разговор окончен! Ваша дочь, если мы найдем ее живой, сама вам все расскажет.

— Майор! — позвал его вертолетчик. — Якутск на связи.

— Иду! — Лосин побежал к вертолету.

— Главное, чтоб была живая, — пробормотал Войцевский. — А с остальным мы вместе справимся.

— Андрей Васильевич! — крикнул майор. — Тут вас касается!

— Что такое? — Войцевский быстро пошел к вертолету.

— Он здесь, говорите. — Федор включил громкую связь.

— Кто-то позвонил вашей жене, — услышал Войцевский, — и сообщил о случившемся. Кто, по-вашему, это мог быть?

— Позвонил все-таки, — процедил Войцевский, — подонок. Это Эдик.

— Звонила женщина.

— Тогда не знаю. Если только не Нина Горохова, подруга и деловой партнер Ирины.

— Нет. Гороховой звонила ваша внучка и пыталась выяснить, где находятся ее мать и дедушка. Нина что-то говорила о месте, где очень плохая связь. Звонок был из телефона-автомата. Кто это мог быть?

— Не знаю, — ответил Войцевский. — А позволю себе спросить, почему вас это интересует?

— Позже вы узнаете.

— А сейчас я могу узнать, с кем имею честь общаться?

— Следователь республиканской прокуратуры Игнат Семенович Парамонов.

— Прокуратура? Почему прокуратура?

— Все узнаете, но немного позже.

— Подождите! А что с Лизой? Что с Машей?

— Ваша жена в больнице. Ее спасло то, что пришла Маша. «Скорая» приехала вовремя. Сейчас вашей жене лучше. Маша пока ничего не знает. Ваша жена разговаривала с сотрудником...

— А почему...

— Горохова позвонила нам после разговора с вашей внучкой. Естественно, мы связались с московскими коллегами.

— Понятно. А как чувствует себя Маша? Ведь не исключено, что и ей сообщат то же, что и бабушке. А девочка сейчас совсем одна.

— Маша живет у подруги, — ответил Парамонов. — Аллы Самохиной. Вы знаете такую?

— Разумеется. Игорь Самохин мой друг.

— Значит, все в порядке. А вы так и не можете предположить, кто бы мог звонить вашей жене?

— Нет, — вздохнул Войцевский.

Безымянный ручей

— Черт бы побрал эту непогоду, — вздохнул старший сержант ВВ. — Намело по самое некуда. Интересно, как Денов мог идти в такую погоду? Руку вытянешь — локтя не видно. Может, где-то под снегом труп его окоченевший лежит, а мы лазаем по сопкам. И баба с мужиком еще были. Хотя я слышал, как командир говорил с комбатом, что людоед этот Денов, ел людей... — Он подмигнул упитанному солдату. — Такие, как ты, Вовчик, ему очень даже по нраву.

— Отставить, Хопин! — приказал подошедший прапорщик. — И не расслабляться. Не исключено, что у Денова уже есть оружие. А стреляет он быстро и метко. Кроме того, имеет навыки рукопашного боя и обладает приличной силой.

— Товарищ прапорщик! — усмехнулся рослый старший сержант. — Все ориентировки на беглых практически оди-

118

наковы: вооружены, опасны при задержании, владеют приемами каратэ. Откуда таежник Денов, который всю жизнь провел в сопках, может...

— Знаешь что, Серегин, — прервал его прапорщик, — доходяга в побег не пойдет. А Денов действительно очень опасен. Он сбежал с целью убить свою жену. И наверняка не только ее. Уберет любого, кто попытается его остановить. Может напасть, чтобы завладеть оружием. Денов сейчас находится в своей стихии и может атаковать, а не прятаться. Он питался людьми. Так что будьте повнимательнее.

— Товарищ прапорщик, — раздался голос сверху, — здесь расщелины. Мы спускаемся.

— На снегу есть наледь от пара? — спросил прапорщик.

— Нет.

— Здесь труп! — крикнул кто-то. — Мужской, в крови.

— Иду! — Прапорщик начал подниматься. — Свяжись с первым и сообщи, — сказал он солдату с рацией.

С заснеженной вершины скалы прапорщику спустили канат. Он быстро поднялся.

— Где ты, Гусев? — спросил он.

— Да тут. Вы справа обойдите, там проход есть. В пещере снега почти нет. Тут костер был. Только побыстрее, — попросил стоящий у камня солдат. Метрах в двух от него лежал труп обнаженного мужчины. Голова была почти отделена от туловища. Рваные края показывали, что горло перегрызли клыки зверя. Мышцы с правой руки были аккуратно обструганы. Отряхиваясь от снега, в пещеру вошел прапорщик.

— Давай отсюда, Гусев, — сказал он солдату. — Андреев! — крикнул он. — Гусеву сто грамм спирта. Неразведенного.

— Да он окосеет, Андрей Сергеевич.

— Я сказал — дать! И вызывай экспертов... Надеюсь, не ты, Денов, ему шею перегрыз.

Медвежий Угол

— У скалы Медведица обнаружен труп мужчины, — доложил капитан милиции. — Только что сообщила группа прапорщика Мухина. Это в двадцати километрах от места падения вертолета.

— Место для посадки там есть? — спросил майор ВВ.

— Да.

— Свяжитесь с Лосиным, — приказал вошедший Бутов. — Пусть оставит там экспертов и пару человек для охраны и летит к Медведице. Труп надо опознать, а с ним отец женщины, он вполне может знать покойника. Там больше никого не нашли?

— Осмотр продолжается. Радист группы прапорщика с нами на постоянной связи.

— Молодец Мухин, — отметил подполковник. — Всетаки след есть. Если это спутник Денова, то мы его найдем. Кто еще мог срезать мясо с руки?.. — чуть слышно проговорил он.

Скала Медведица

— Он ему голову отгрыз, — громко говорил захмелевший Гусев. — И рука как у скелета. А мясо срезано. И голова...

— Понятно! — Старший сержант-контрактник сел рядом. — Волки поработали. А рука у этого мужика с рождения такая, — желая успокоить солдат, добавил он. — Ну-ка выпей еще! — Он протянул Гусеву кружку. — Тот выпил, но поперхнулся и закашлялся.

— Это беглый его жрал, — заплетающимся языком сказал Гусев.

— Хватит, — засмеялся старший сержант, — давай баиньки. Ветра нет, и спальник утепленный. Подремли! — он повел Гусева в сторону. — А вы готовьте площадку для вертушки и оцепление.

— Я не пойду один! — крикнул кто-то из солдат.

— Я тоже, — поддержали его еще трое.

— Тогда все на расчистку площадки, а потом в оцепление по двое.

— Боятся орелики, — сказал прапорщик.

— В подобной ситуации я впервые. А вдруг это он мужику горло перегрыз? — тихо спросил старший сержант.

— Андреев, даже если он, какая разница? Мы с тобой в прошлом году под медведя-людоеда попали, помнишь? И ножами его уделали. Брать Денова надо, а в крайнем случае на поражение бить. И как засечем его, этот самый крайний случай и будет. Пристрелим его к чертовой матери, а там пусть разбираются. Дальше сопок не пошлют. Такое прощать нельзя. Солдаты перепуганы. А Гусев, боюсь, вообще головой тронется. Я вот никак не пойму: на кой хрен в такие войска хлюпиков берут? Он даже материться не умеет.

— Вертушка! — крикнул кто-то.

— Ну вот и отправим Гусева с ними, — Мухин кивнул на приближающийся вертолет. — Посмотри, как он там, и проверь спальник. У него утеплитель барахлит частенько. В прошлом году на Колыме трое солдат замерзли. Уснули, грел спальник, а что-то испортилось, так во сне и закоченели. Ведь просил я ротного — дай контрактников, пусть меньше, зато хлопот не будет.

Вертолет завис над очищенной поляной и начал спускаться.

Сопка

— Осталось немного. — Очистив от снега лыжи, Иван посмотрел на сидевшую на рюкзаке Ирину. — Как ты?

— Все хорошо. Хотя бы потому, что вижу, как красиво вокруг. А раньше было не до этого, во мне жил страх остаться в этой белой, ужасно холодной глуши. И я очень боялась, что ты бросишь меня. Почему ты не ушел один? Ведь тебе было бы гораздо легче, и ты бы сумел...

— Знаешь, когда вертолет грохнулся, я на какое-то время потерял сознание. А может, просто оглушило на пару секунд. Я выбрался на снег и увидел тебя. Схватил и поволок, потому что дым почуял и понял, что вот-вот рванет. Ты стонать начала, дочку звала. А твой хахаль вперед улепетывал, как заяц от лисы. И понял я, что ты не о себе, а о дочери думаешь. Расслабился на секунду, вот и потащил. Не взял бы тебя сразу, ушел бы. Иногда матерю себя за то, что расслабился, а как подумаю, что девчонка тебя ждет, понимаю — правильно поступил. Да и отдохнул немного. Возможно, я бы один не дошел. Устал я сильно и телом, и душой в лагере. На злости шел. Но злость плохой попутчик в таких условиях. Что-то не получится, начнешь психовать, и тогда конец. Чтобы выжить, спокойствие нужно. Время, чтоб подумать, всегда есть. Пусть пару секунд, но решение правильное принять успеешь. А в злости — нет, напролом идешь. Поэтому ты мне тоже помогла. И если ты хотя бы пару часов промолчишь обо мне, благодарен тебе буду. Если мне сразу на «хвост» сядут, могут достать. А если у меня будет хотя бы пара часов, уйду.

— Знаешь, я не могу обещать. Да, ты спас мне жизнь. Но ведь ты идешь, чтобы убить человека. Поэтому я не знаю, как буду вести себя, когда увижу сотрудников милиции. — Ирина опустила голову.

— С такой честностью ты долго не проживешь, — засмеялся Иван. — Правда хороша не всегда. Но в этом случае тебе бояться нечего. Я не для того тащил тебя от вертолета, чтоб грохнуть сейчас. Пошли.

Безымянный ручей

— Узнаете? — спросил Лосин бледного Войцевского.

— Да, это Петр Сопов. Он работал на... — Не договорив, Андрей Васильевич отвернулся и быстро полез по расчищенному от снега проходу наверх.

— Да при нем документы, — сказал прапорщик, — нож выкидной, денег около тысячи баксов и кусочек шоколадки, зажал, сука!

— Тихо, прапорщик! — строго одернул его капитан ВВ.

— А как еще его назовешь? — пожал плечами Мухин. — Здесь точно трое были, два мужика и баба. Кстати, бабу тащили. Видите следы? Мужик задом шел и тащил ее. А вот тут она лежала, — указал он на кучу ветвей стланика.

— Почему решил, что женщина? — спросил капитан.

— Такие следы может оставить только бабская обувь на каблучках, — Подойдя к наваленным ветвям, он посмотрел вниз. Там виднелись вмятины на заиндевевшем снежке — отпечатки каблучков. — И вот еще. — Мухин кивнул влево. — Духи в тайгу не берут. А тут полпузырька. И дорогие, видать, запах классный. Поэтому и не вошла сюда росомаха, запах ее остановил. С волками у входа была схватка. Этого, — посмотрел он на труп, — волк загрыз. Второй тоже ранен был, но одного волка убил, а двое ушли. Один, кстати, без передней лапы. Видите, след трех лап и кровь. Денов сумел с волками разобраться. К тому же, видно, огонь их спугнул. Я думаю, Денов начал костер разводить, а этого, — он снова посмотрел на труп, — за сучьями послал. А тут волки. Денов и кинулся на помощь.

— Чтоб волки всего не съели? — засомневался капитан. — Денов состогал руку мужика. Дня на два ему вполне хватило. А бабу увел с собой. И если что-то не так, он и ее слопает. Хотя, наверное, уже сожрал.

— Хватит, капитан, — процедил Мухин. — Мои солдатики и так в ауте. А ты тут...

— Действительно, капитан, — вмешался и Лосин, — все-таки здесь отец женщины. Каково ему...

— А кто его сюда звал? — усмехнулся капитан. — Сидел бы...

— Заткнись, Жуков! — шагнул к нему прапорщик.

— Чего? — Тот бросил руку к кобуре.

— Не надо, капитан, — Андреев тряхнул автоматом, — а то я нервничаю, когда оружие трогают, ранен дважды был и контужен. Спишут на это, если что, и все дела. А ты вроде уходить из армии собираешься. Так что не надо.

— Вы все видели? — прошипел Жуков. — Мне угрожали...

— Да ничего не было, — сказал вертолетчик. — Ты видел что, майор? — спросил он Лосина.

— Слушай, Жуков, — сказал тот, — если ты еще раз начнешь подобное, я тебя лично пристрелю.

— И скажем, что сам застрелился, — усмехнулся вертолетчик. — Ну, что делать будем?

— Завтра сюда прибудет группа, — ответил Лосин. — Пойдут по ручью. Скорее всего Денов именно так и ушел. А там будут решать, где он. Вертушки уже работают. Думаю, он пробегает от силы пару дней. Возьмут...

— Нет, — возразил Мухин. — Мне кое-что старики оленеводы говорили. Денова баба спасла. Он с ней тут сидел дня три, пока буран не кончился. Силы сэкономил и головой похолодел, не попрет наобум. Кто думал, что он к вертолету в Медвежий Угол выйдет? Да никто такого даже предположить не мог. И мало того, сел в вертолет. Не знаю, почему он бабу спасать стал. Сейчас он на женскую половину человечества очень зол, и нате вам, тащит бабу по сопкам. Она остудила его, сейчас он думать начал, поэтому и дальше с ней пошел. И доведет он ее до людей. Или к оленеводам, а то к метеорологам, точно вам говорю. Видели? — Он кивнул на труп. — С руки соскоблил сколько хватит, чтоб не обессилеть, и все. А сейчас он в какой-то заимке сидит. Ест и пьет в свое удовольствие. И думает.

— Извините, молодой человек, — в пещеру вошел Войцевский, — вы полагаете, Ирина жива?

— Уверен, — кивнул Мухин.

— Раз тащил, значит, и кормит, — засмеялся, кивнув на труп, капитан.

Лосин, стремительно шагнув вперед, ударил его. Жуков упал. Войцевский, закрыв лицо руками, выскочил из пещеры, поскользнулся и упал. Двое солдат помогли ему встать.

— Я тебя, майор! — кричал капитан. — Под статью...

— Еще слово, — предупредил Лосин, — и я просто пристрелю тебя.

— Спишем на Денова, — усмехнулся вертолетчик.

— Слышь, старый, — Андреев подошел к сидевшему на обледенелом камне Войцевскому, — ты встань, а то свалишься. А дочь твоя жива, верно Мухин говорил. Выведет ее беглый к кому-нибудь. И не ела она этого, — он кивнул в сторону пещеры. — Жуков дерьмо, его все терпеть не могут. Ему бы только языком почесать. А за Деновым пошел, чтоб время протянуть. Он бесконвойника убил по-пьяному делу. Так что не обращай на него внимания.

— Спасибо. Но ведь человеку что-то есть надо. — Войцевский беспомощно посмотрел на старшего сержанта. — Неужели...

— Денов хоть и бандит, — перебил его Андреев, — но не будет твою дочь человечиной кормить хотя бы потому, что ему свидетель не нужен. Выживет она.

— Я не знаю, что думать, — качнув головой, вздохнул Андрей Васильевич. — Конечно, я очень хочу, чтобы Иринка осталась жива, и одновременно ужасно этого боюсь. Понимаете...

— Давайте прекратим, — перебил его старший сержант. — Это ваши семейные дела, и другим знать о них не надо. Не забивайте вы себе голову. Встретитесь, все узнаете. Но я вам точно говорю — не станет он ее кормить человечиной. Да и сама она не будет...

— Иногда желание выжить заставляет человека...

— Все будет нормально, — уверенно проговорил сержант.

— Ты очень пожалеешь об этом, майор! — прошептал Жуков, провожая сузившимися от ярости глазами Лосина. Поднявшись, вытащил пачку сигарет. — И тебе, Мухин, я это припомню.

— Дерьмо ты, капитан! — откликнулся Федор. — Больше и сказать тебе нечего. В морду дать не могу, а с удовольствием бы сделал это.

— Так давай! — шагнул к нему Жуков. — Ну что?

— Пачкаться неохота, — процедил Федор.

— Товарищ капитан, — обратился к Жукову один из пяти прибывших с ним солдат, — там под скалой след. Снег не замел. Видно, когда проходили, ветер уже не дул так сильно.

— Лосин! — крикнул Жуков. — След нашли! Веди, — кивнул он солдату.

Медвежий Угол

— Как он? — спросил Бутов.

— Так же, — ответил врач. — Но можно надеяться на лучшее.

— А второй?

— Этот гораздо лучше.

— Значит, лучше стало, — процедил, отключив сотовый, Цыган. — Придется вас снова убивать. — Он набрал номер на телефоне.

— Ну? — посмотрела на вошедшего рослого якута симпатичная молодая женщина.

— Закопали, — кивнул тот. — Может, и Цыгана...

— Даже думать об этом не смей! Кстати, тебе, наверное, предстоит работа. Они приходят в себя. — Она выта-

126

щила из пачки сигарету. Он дал ей прикурить. — Так что надо делать их обоих.

— А второго-то за что?

— Давай без вопросов. И не забудь о Картечи, он Маятника убил.

— Тогда понятно, почему ты этих двоих угробила.

— Ты рассуждать научился, а этого мне не надо. Тебе не за мысли деньги платят. Ты меня правильно понял, Камень?

— Понял. Выпить дай. — Камень сел к столу.

Пещера в сопке

— Принеси бубен, — приказал сидевший у костра седобородый старец в медвежьей шубе. Почти сразу к нему подошла молодая женщина с вплетенными в длинные волосы серебристыми нитями и подала ему бубен. — Сегодня Ночь пьющих кровь, — напомнил старик. — Все готово к обряду?

— Да, великий, — ответила она.

— Да осветит землю свет кровавой луны, — подняв руки, провозгласил он.

Якутск

— У безымянного ручья в районе Лахти в пещере обнаружен труп Сопова, одного из пассажиров вертолета, — доложил полковник милиции. — Судя по следам, женщину Денов увел с собой. Они трое суток находились в пещере у ручья. Там же волки загрызли Сопова и ранили Денова. Денов сумел убить одного и ранить другого волка. Он же обстрогал руку замерзшего Сопова.

— Давайте без этих подробностей, — попросил прокурор республики. — Какова вероятность того, что женщина жива?

— Как утверждают розыскники группы прапорщика Мухина, такая вероятность есть, — ответил милиционер. — Правда, возникает вопрос: а что будет есть женщина? И если...

— Отставить! — бросил генерал-лейтенант милиции. — Предупредить всех — подобные разговоры категорически запретить. Если кто-то будет обсуждать это, последует строгое наказание. И не только в дисциплинарном порядке. Какова вероятность выхода на след Денова?

— Я думаю, он очень скоро засветится, — сказал полковник ВВ, — район обложен плотно. Работают вертолеты, предупреждены все находящиеся в этом районе метеорологи, охотники, оленеводы и жители небольших поселков. Правда, тут есть одно «но». Я имею в виду предупреждение. Этого не следовало делать. В том районе есть несколько поселков староверов. А также действует какая-то секта. В течение двух лет находили расчлененные трупы. Все списывали на маньяка. И двоих даже осудили на пожизненное. Но и сейчас находят расчлененные трупы. Правда, никто из проживающих в том районе не делает никаких заявлений о пропавших людях.

— Это верно, — кивнул генерал. — К сожалению, площадь республики обширна и не везде соблюдают не только закон, но и общепринятые человеческие нормы. Такие секты существуют и в Центре России. По мере возможности мы ведем разъяснительную работу и привлекаем к уголовной ответственности тех, кто нарушает закон. Что касается двоих осужденных, то было доказано участие одного в пяти убийствах, а другого — в шести. Они несут заслуженное наказание. Что касается оповещения всех жителей и находящихся в том районе людей, то это правильно. Я не думаю, что Денов связан с какой-то сектой или братством. Он бандит и бежал из колонии с целью, о которой знают все. А вот остальные могут стать жертвами собственного гостеприимства. Всем известно, что в наших краях еще живет закон — не оставь человека в беде. К сожалению, в центре республики он почти не действует, но в отдалении, где люди живут за счет тайги, существует. Женщина до сих пор находится с Деновым. Что бы это могло значить? Почему он не убил ее или просто не оставил? Только не надо говорить о том, что Денов помнит старый закон тайги.

— Я в это тоже мало верю, — высказался подполковник ФСБ. — Но пока это единственное объяснение, почему она с ним и жива. Что будет дальше, неизвестно. Возможно, Денов оставил ее как прикрытие. Поэтому я просил сообщить группам захвата о такой вероятности. Надо сделать все, чтобы не подвергать ее жизнь опасности.

— А я не верю, что Денов будет прикрываться женщиной, — заявил седой мужчина в штатском. — Денов волк, а не росомаха. Он не будет прикрываться заложницей. Он спас ей жизнь, тащил ее от горящего вертолета, а потом уже не мог бросить в снегу женщину без сознания и взял ее с собой. Да, он воспользовался третьим. Не знаю, как сказать... чтобы поддержать силы, что ли. А женщину он доведет до людей и уйдет. Он не оставит ее. Я, правда, не знаю, как будут развиваться события, если на них выйдет группа поисковиков. В одиночку Денов сумел бы уйти, а вот с женщиной... И как будут себя вести те, кто выйдет на него? Сейчас все озлоблены — информация о найденном убитом, точнее, зарезанном волками мужчине уже разошлась по группам. И многие, я уверен, будут думать, что Денов загрыз бедолагу. А с женщиной...

— Позволю себе спросить, Семен Аркадьевич, — усмехнулся фээсбэшник, — с чего это такие рассуждения? С Деновым вы не встречались и даже не знали о его существовании. Вас пригласили как специалиста по розыску. Но мне кажется...

— А вот этого в розыске как раз и не должно быть, — ответил Семен Аркадьевич. — Я просто поставил себя на его место, сумел перевоплотиться, если угодно. Представил, что моя жена бросила больного ребенка. И я бы сбежал откуда угодно, чтоб убить ее. Ну а дальше вообще легко. Я тоже почти всю жизнь провожу в тайге. Я спас женщину инстинктивно и потом уже не брошу ее. Хотя там было еще что-то. Но вот этого мне понять не дано.

— Может, он говорил с ней в вертолете, — осторожно высказалась женщина, следователь прокуратуры, — и понял, что она хорошая мать.

— Точно, — кивнул Семен Аркадьевич. — Эта версия имеет право на жизнь. А дальше все так, как я говорил. Но вот как он поведет себя, если на них выйдут розыскники? Постарается уйти и оставить ее в тайге одну. Розыскники пойдут за ним. Надеюсь, у Денова нет оружия. Я настаиваю на немедленном применении в отношении Денова огня на поражение. Денов идет, чтобы убить, и его ничто не остановит. Его надо уничтожить сразу, иначе убьет он.

Тикси

— Не могу выехать, — сообщил по телефону Эдуард. — Меня не выпускает погода. Штормовое предупреждение и...

— Подожди, — остановила его женщина, — а не связана ли твоя задержка с аварией вертолета? Ты что-то говорил о милиции.

— Меня хочет видеть Войцевский. Не знаю, зачем это ему нужно. И милиция почему-то пошла у него на поводу. У меня сложилось впечатление, что здесь нет власти.

— Может, что-то подозревают?

— Я не знаю. И при малейшей возможности умотаю отсюда. Первым рейсом, куда будет самолет. Гороховы тоже...

— У меня есть новости.

— Судя по тону, не совсем приятные для меня. И что же это?

— Ирка жива.

— Сейчас уже наверняка нет. Она каким-то чудом осталась жива после аварии, но...

— Она жива. После звонка твоя теща попала в больницу с сердечным приступом. К ней неожиданно пришли из МУРа. Сейчас пытаются установить, кто ей звонил. Машка, судя по всему, еще ничего не знает. Так вот, Ирка жива. И где-то в тайге или в сопках, ну как там это называют, путешествует с беглым преступником. Он почему-то не убил ее. Тело Петра нашли. Его загрызли волки, это точно.

— Ладно, давай пока закончим разговор. Вполне возможно...

— Перестань, у тебя мания преследования. Неужели ты думаешь...

— Представь себе, думаю, и у меня есть на это основания. Я перезвоню позже.

— Нет, — сказала Нина, — еще не звонили. А ты не волнуйся, Машенька, все будет хорошо.

— Тетя Нина, — попросила Маша, — не обманывайте меня. Бабушке кто-то звонил и сообщил о каком-то несчастье с дедушкой и с мамой. Я хочу знать, насколько это серьезно. Прошу вас, скажите мне правду.

— Да я и говорю тебе правду, — посмотрев на мужа, поскольку телефон был поставлен на громкую связь, вздохнула Нина. — Как только что-то будет известно, мы сразу тебе сообщим. А пока нет ничего серьезного. Но если что-то случится, ты сразу об этом узнаешь.

— Вы говорите правду?

— Да, — помолчав, ответила Нина. — И Антон тебе то же самое скажет. — Она протянула трубку мужу.

— Узнаем о беде, тут же позвоним, — хмуро сказал тот и вышел из комнаты.

— Антон тоже очень расстроен. Нет ничего хуже, чем неизвестность. Но как только что-то узнаем, тут же сообщим тебе, — закончила разговор Нина.

— Маятник? — Калугин пожал плечами. — Нет, не помню. Маятник... Такую кличку я обязательно запомнил бы. А вот Блина помню. Тусовался такой у нас во время путины, помогал предпринимателям на разгрузке. Тихий, не бузотер, претензий к нему не было. Нет, Маятника я не знаю.

— Блин ведь в Якутске одно время крутился, — сказал капитан. — Отсидел трешку за карабин и в Якутске бичевал. Его супруга, пока он сидел, развелась с ним и из дома наладила, так он и стал бичом. Карабин где-то стянул, чтоб за бутылку толкнуть, а его патруль взял. Потерпевшего не нашли, он и получил треху за хранение. А Рудакову интересно будет это? Как думаешь?

— Какому Рудакову? — спросил Калугин.

— Картечь, — усмехнулся капитан. — Он же у нас тогда сел, с обрезом его взяли. И сейчас он из обреза отстреливался. Посадят или...

— Отпустят. Обрез вроде как у нападавших был. Номер ружья проверили, принадлежит умершему четыре года назад охотнику. Если бы Картечь за это посадили, во-первых, его бы запросто в камере прибили, во-вторых, свидетель нужен. Вдруг остальных найдут? Хотя, думаю, их уже убрали. Ясно, что не профессионалы были. Таких сейчас запросто найдешь с десяток. Но вот кому и за что понадобилось Пузырька убивать? Он никому ничего не говорил, а очень болтлив. Значит, причина есть.

— Вот Георгий Павлович попал!..

— Вовремя там Бутов оказался. Он в этих делах спец. Но кто такой Маятник? Может, в Якутске известно?

— Получается, Пузырев что-то знает. Убиты его сожительница и ее подруга. Выходит, Пузырь что-то говорил Матрене, а она могла сказать Клавише.

— Так и есть. Вот из этого и надо исходить.

132

— Проверяем всех, — сообщил по телефону Бутов. — Никто ничего не знает. Видели Матрену Морошко, сидевшую с Туркиной в кафе. Они о чем-то говорили. Потом Туркина, не закончив трапезу, ушла. А через два часа была убита. Примерно в это же время псевдомилиционеры появились на складе, где у бичей жилье. Очевидно, это взаимосвязано. Морошко что-то сказала Туркиной, та сразу ушла, и начали убирать свидетелей. Но нам не за что зацепиться. Туркина ни с кем здесь не общалась. Пытаемся выйти на того, кто встречался с ней после встречи в кафе. Вполне возможно, она говорила по телефону. Однако сотового при ней не нашли. В общем, одни загадки. Но единственно верное направление то, о чем ты говоришь. Я тоже пришел к такому выводу почти сразу. Судя по всему, это как-то связано с вертолетом и площадкой. Но как?

— А не господин ли Гатов в этом замешан? — спросил Калугин. — Ведет он себя довольно странно для потерявшего жену мужа. Скажу больше — когда Гатов узнал, что Войцевская жива, был этим, мягко говоря, недоволен. Правда, ему полегчало, когда узнал, что она находится в компании с беглым преступником. Кроме того, он несколько раз интересовался, где его жена, но больше его интересовало, что случилось с Соповым. Мне показалось это несколько странным. Правда, я никак не могу увязать его поведение и аварию вертолета.

— Я тоже думал об этом. И тоже нет ни единой зацепки. Кроме этой странной сцены ревности и неожиданно быстрого отъезда Гатова с рыбаками. Разговор с ними был?

— Да. Подошел к ним мужик, предложил хорошие деньги и две бутылки французского коньяка. Сказал, что жена с хахалем улетела, а он едет к знакомым.

— Ничего другого он сказать и не мог. Но вот что интересно — Пузырев Лосина искал. Зачем он ему понадобился? Я выяснял, за эти дни с Пузыревым не случилось ничего такого, что было бы интересно Лосину. Вырисовывается цепочка: вертолет, посадка, отъезд Гатова. Пузырев ищет Лосина, убивает сожительницу Пузыря, ее подругу и его самого. Однако почему эти трое пришли на место сбора бичей? Ответ очевиден: они представились сотрудниками угро. Пузырь, по всей вероятности, увидев милицейские удостоверения, мог сообщить им то, о чем он хотел рассказать Лосину. Но он промолчал. Значит, его сообщение могло быть интересным только Лосину. Так что все сходится на вертолете. Сейчас на месте падения освобождают обломки из-под снега, но сколько это продлится, неизвестно. Одно хорошо — мороз сохранил все в целости.

— Ну, будут новости или понадобится помощь, звоните, — сказал Калугин.

— Непременно, — пообещал Бутов. — Очень надеюсь на положительный ответ из Якутска о Маятнике. Это, пожалуй, единственная существенная зацепка.

— А как Пузырев и второй?

— Лучше. Картечь освободили. Герой все-таки, если бы не его обрез, они бы всех положили.

Камень, сощурив и без того узкие глаза, пристально смотрел на подъезд больницы.

— Иди, — сказал он по телефону, и, отключив его, завел «Ниву».

— Видно, что-то знает, бычара, — посмотрел в сторону палаты реанимации один из двух сидящих у двери милиционеров. — Раньше никого в больничке не охраняли.

— Точно, — согласился второй. — В палате надо бы сидеть. Первый этаж, чтобы в окно заглянуть, человеку среднего роста надо только на цыпочки встать. Давай туда почаще заглядывать будем. Хотя откуда известно, в какой он палате? Окна плотно занавешены.

— Выяснить нетрудно, — не согласился первый.

— Подожди, — хмыкнул в телефон Цыган, — ты представляешь, о чем просишь? — Замолчав, нахмурился. Потом криво улыбнулся: — Это твоя идея. Мои люди сделали бы все как надо. Ладно, на этот раз осечки не будет. Но может, ты скажешь, из-за чего... — Его снова прервали. Цыган мысленно выругался.

— Ну это довольно просто, — усмехнулся Камень. — Окно палаты угловое. Все сделаю сегодня.

— Очень на это надеюсь, — ответила ему женщина.

— Но плата та же?

— Разумеется. Тем более, что я сама за это кое-что иметь буду. Но если...

— Я сказал, что сделаю, — недовольно перебил якут.

— В архиве о Маятнике ничего нет, — сообщил майор милиции. — Только что пришла телефонограмма.

— Черт возьми! — процедил Бутов. — Но не могли же бичи ошибаться? Маятник, — в который раз повторил он. — На вид около тридцати. Крепкий, на кулаках набиты суставы, наверняка занимался восточными единоборствами. Наколок нет, шрамов тоже. По фотографии не опознали. Отпечатки ничего не дали. Не сразу же он пошел на такое... И откуда знает Блина? Или, может, только Блин его знает?

— Лосин звонил. — В кабинет вошел старший лейтенант ВВ. — Нашли следы. Денов нес женщину на себе. Мы с мужиками поразились, ему о себе думать надо было, а он бабу спасал. Непонятно... Погода караул была, а он на кой-то черт и бабу потащил.

— Свободен, Киркин, — отмахнулся Бутов.

— Лосин просит выслать группу в район Пьяного Медведя. По его предположениям, там может быть Денов.

— Понятно... — Подполковник поднял телефонную трубку.

— Черт возьми, — недовольно пробурчал в телефон Цыган, — нет ее нигде. И никто не знает, где она может быть. А ее надо найти.

— Успокойся, она никому ничего не сообщит, — ответила женщина. — Только вот объясни мне, пожалуйста, почему все так неаккуратно сделали? Надо было убирать всех сразу. А ты...

— Погоди, Кира, но ведь все было по твоему сценарию. Тогда и речи не было об устранении кого-то.

— Интеллигентно говорить начал, Яша, — устранение. Раньше ты выражался проще — мокруха. Что с людьми деньги делают! Камень будет работать по устранению Пузыря. Второго, я думаю, трогать не надо.

Безымянный ручей

— Ты ведь знаешь, майор, — вздохнул невысокий мужчина, — вертолет ударился о камни. Однако я к тебе не просто так прикатил. — Он засмеялся. — Кстати, первый раз на оленях ехал, мне понравилось. Но дело вот в чем. Труп вертолетчика надо экспертам отдать. Понимаешь, майор, это мы с Николаем, помощником моим, нашли его труп. Тело искалечено, но лицо не тронуто. И вот что мы пред-

136

полагаем: спал он, когда врезался, и крепко спал. Я видел лица после разных аварий, а такое впервые вижу. Его спящего или мертвого выбросило из вертолета. Вот почему я говорю, что требуется медицинская экспертиза. Вспомни, с вертолетом связь была в четырнадцать сорок пять, в четырнадцать сорок восемь она закончилась. А в четырнадцать пятьдесят две вертушка упала. Значит, за четыре минуты вертолетчик уснул мертвым сном. Такого не могло быть. Тем более с Воротниковым. Он к делу относился ответственно и никогда не летал, если плохо себя чувствовал. Так что, майор, нужна экспертиза. Я не боюсь показаться дураком, но...

— А вот время аварии и последних переговоров почему-то никто не сопоставил. Вы там ушами хлопали...

— Да ты что, майор, мы еще и не начинали. Нашли несколько трупов, но это для криминалистов, точнее, для медиков. Нас техника интересует.

— Ну что ж, спасибо, — протянул ему руку майор.

— Как там Войцевский? — шепотом спросил эксперт.

— Потерянный он. А когда нашли Сопова, да еще с рукой этой... — Лосин выругался.

— Понятно. Ведь и с его дочерью такое быть может.

— А ты смог бы убить человека, которого спас и тащил на себе?

— Да нет, конечно. А почему ты спрашиваешь?

— Ведь Денов ее тащил. Она без сознания была, а он ее нес на себе в пургу. Что-то тут не так. Пообещать ему денег она не могла, была без сознания. Почему он ее тащил? Чтоб потом съесть?

— Перестань молоть чепуху. Ему гораздо легче было прибить ее, оттяпать ногу или руку, и все. Он бы гораздо быстрее шел. А так, представляешь...

— Ничего я не представляю. Денов сбежал, чтобы убить. И вдруг спасает незнакомую женщину. Он с людьми очень трудно сходился. А тут... Ни хрена я не понимаю. Может, Денов чокнулся? Почему она ему так приглянулась? То, что он оставил ее, чтобы слопать, исключено. Он даже у Сопова срезал только...

— Не завидую я той дамочке. Наверняка найдутся доброжелатели и зададут вопрос, вкусный был этот Сопов или...

— Хватит! Отец ее тоже только об этом и думает. Но похоже, скоро Денову конец, нашли его следы.

— Я со старыми охотниками о нем говорил. Они единодушно заявили: лучше вам Денова не трогать. Он дело сделает и сам все закончит, себя убьет. И о бабе они говорили, мол, не тронет ее Денов. Его отец волком воспитал, но и для Денова-старшего неписаный закон тайги был свят. Ивану нужна удача, и он не будет отворачивать ее от себя, поэтому и помогает бабе. Он доведет ее до людей и не будет человечиной потчевать. Надеюсь на это.

— Я тоже очень в это верить хочу. Хотя не могла она просто так выжить. Представляю, каково ее отцу.

— Врагу такого не пожелаешь.

— А ты, значит, из-за этого и добрался до меня? — вздохнул Лосин. — Интересно, почему Воротников уснул так быстро? Может, с сердцем плохо стало?

— Майор, я на своем веку видел всякие аварии. И сердечников, и прочих тоже повидал. Это потом все покойники выглядят похожими, а сначала все на лице вырисовывается — ужас и боль. Я тебе говорю, спал он. В общем, пусть делают экспертизу, и я уверен — обязательно что-то найдут в организме.

— Майор! — раздался голос Мухина. — На связь! Якутск!

138

Горный массив

— Почти дошли, — кивнул Егор. — Сейчас вверх, затем вниз, и мы на месте. Пошли. Хоть бы Ванька там оказался.

Хребет Кулар

— Вот и кончился массив, — сказал Иван. — Сейчас легче будет.

— Вертолет... — Ирина повернулась в сторону звука.

— Он стороной пройдет. Они одним маршрутом дважды не летают. Он над массивом был полчаса назад. Мы под скалой пережидали. А ты молодец, другая бы выскочила...

— Я не героиня, — вздохнула Ирина. — Кроме того, я хочу увидеть Машу. Что изменилось бы, если б я подала знак? Ты бы убил меня и ушел. И тогда бы начал убивать. Ты умеешь это делать. Мне кажется, на твоих руках есть человеческая кровь. Я имею в виду жизнь.

— Не было такого. А тебя, если бы выскочила, убил бы. И убью любого, кто попытается меня остановить. Я должен это сделать. Она растоптала все, во что я верил. Я любил ее и ни разу не изменил, делал для нее все, что мог. Я очень люблю Лешку, сына, и боюсь, что сейчас его будет воспитывать мой отец. Не хочу, чтобы сын был похож на меня. Сейчас я хочу одного: увидеть глаза Натальи и того, на кого она меня променяла. И еще тех, кто меня упрятал в тюрьму. У них не хватило мужества признать, что виновны были они. Не я начал драку, не я достал оружие. Я не убил их тогда, потому что верил в справедливость, а сейчас убью. И это будет высшей справедливостью. Что касается тебя, я трижды хотел тебя бросить. Но это было еще до того, как мы добрались до скалы. Один раз уже ушел, но вернулся. Скажу откровенно: тебя спас Петр. Я не хотел быть похожим на него.

— Иван, — решилась Ирина, — что я ела, когда была без сознания? Помню очень странный вкус...

— Мы же договорились не вспоминать об этом. Что бы я сейчас тебе ни сказал, ты будешь думать свое. Но придет время, и ты сама поймешь. Все, двинулись. И поправь ремешки на лыжах, затяни их покрепче.

— Эти валенки слишком большие, — сердито сказала Ирина, — ноги в них болтаются.

— Говорил я тебе — накручивай тряпок побольше. Ну, ладно, теперь недалеко осталось идти. Спусков почти не будет. Подъем нормально пройдешь. — Иван быстро пошел по распадку. Она двинулась следом.

— Возвращаемся, — сказал сидевший за вертолетчиком майор ВВ. — Район осмотрели, везде пусто. Сейчас след был бы очень заметен. Мы возвращаемся, — повторил он.

— Третий тоже, — услышал он. — Район Белой Совы чист.

Безымянный ручей

— А куда дальше? — спросил Мухина сержант ВВ.

— Андреев, — включив переговорное устройство, позвал тот, — ты где?

— Начали спускаться, — ответил контрактник, — там, где спуск удобен. Следов не нашли. Тут насыпало, ой, мама дорогая!

— В том-то и дело, — вздохнул прапорщик, — что мама дорогая. Возвращаемся. Идите назад по склону. Может, там что-то обнаружите. Мы пойдем назад по сопке. Она пологая, и тут мало растительности. Денов вполне мог двигаться по ней. Тем более если он нес бабу. А все указывает на то, что он ее тащил. Терпение у мужика большое, — неожиданно пробормотал он. — Ведь он знает, что его ищут. Интересно, почему он так делает?

— Почему он бежал, знают все, — послышался в рации голос старшего сержанта. — Вот почему женщину с того света вытащил, неясно. Надеюсь, выясним. А Жуков был на связи?

— Нет. Он по ложбине пошел. Не думаю, что там что-то есть. Снег особенно в углублениях скапливается. Конечно, если только труп женщины не найдет. Но не думаю. — Мухин отключил рацию. — Назад пойдем по склону той сопки. И смотрите по сторонам, любую сломанную ветку отмечайте.

— Все помним, товарищ прапорщик, — ответили ему.

— Надеюсь. И внимание. Если Денов рядом, он убьет запросто. Ножом куропаток влет бил. Пошли!

— Похоже, Иван тут был, но ушел, — сказал Егор. — И кто-то еще. Неужели так бабу и таскает с собой?

— Судя по всему, она уже ходит, — ответил Латыш. — И не отстает. — Он указал направо. — Снег следы припорошил равномерно. А уходили они, когда снег еще шел.

— Точно. — Егор приложил палец к запорошенному следу. — Еще сутки, и вообще никто ничего не увидит. Пошли в заимку. Может, он записку оставил.

— А где заимка-то?

— Иди за мной. Но давай мне свои вещи, чтоб ты легче был, след лучше засыпь накроет.

— Лучше я пойду первым, — предложил Латыш. — У меня хвоя с ветвей облетела. И второй след будет сверху по первому...

— Правильно. — Егор отдал ему рюкзак и карабин.

Выселки

— Трое пытались выйти ночью. — Сержант протянул Лебедеву список. — Но это охотники. Мы их предупредили — выходить из поселка можно только с письменного разрешения командира.

— Председатель поссовета знает, кому можно, а кому нет, — ответил Лебедев. — Что там с Торовыми? — спросил он вошедшего мужчину.

— Сидят дома. Мы за ними ведем круглосуточное наблюдение. У дядьки Луки тоже вроде все на местах. Солдатики твои молодцы, мимо них не проскользнешь. Удачно выбрали...

— Нам Денов подсказал, — усмехнулся Лебедев.

— Афанасий, значится? — вздохнул мужик. — Этого следовало ожидать. Рассчитывает, что Иван сначала в крови солдат испачкает. Вот лиходей, едят его волки! — Он сплюнул.

— Подождите, — не понял Лебедев, — как это?

— А ты, сынок, мыслишь, что твои армейцы удержат Ивана? — усмехнулся подошедший старик.

— Как он сумеет пройти, чтоб снег не скрипел? — поинтересовался старший лейтенант.

— Иван и не то могет, — ответил старик. — Так что смотри, сынок, как бы не пришлось тебе ответ перед матерями убиенных держать. Всех-то, понятное дело, он не перебьет, но тройку, а то и поболе положить могет.

— Ошибаетесь, — возразил Лебедев. — И не таких, как Денов, брали.

— Вот именно, что не таких. Ванька сейчас хуже зверя. Он и головой думает, и сердцем чувствует. Он через себя перешагнул, а это уже, считай, человека в нем не осталося. Он пацаненком был, паспорта еще у него не было, а кирпич, как в кино сейчас кажут, ребром ладони разбивал. И взрослых здоровяков колотил запросто. У него учитель шибко хороший был, офицер из морской пехоты. Почитай, четыре года с ним занимался. Вот Ванька и стал в драке ловким и опасным. Стреляет с малых лет, яко снайпер на войне, и быстро, и метко. Нож кидает на убой, топор, лопату. Я понимаю, служба у вас такая — самых опасных

142

ловить, и мы бы все хотели, чтоб Ваньку убили, опасен сейчас он для всех. И ежели б только Натку пришиб, да и Бог с ним, но он с другими расчет произведет. И через вас пройдет Ванька.

— Ошибаетесь, — уверенно заявил Лебедев. — Здесь он точно не пройдет. А вы, значит, пришли нас пугать?

— Не пугать, а предупредить, чтоб не ослабли вы ни глазами, ни ушами. Ванька — зверь в человеческом обличье. Так что дай вам Бог удачи супротив него. — Старик пошел назад. На этот раз скрип от шагов по снегу был хорошо слышен.

— А как он до нас бесшумно дошел? — спросил мужика Лебедев.

— Вот как. — Мужик медленно вдавил мысок левой унты в снег. Высоко подняв другую ногу, опустил ее мыском в снег. — Тяжело, но идешь бесшумно.

— Кто такой этот старик? — спросил старший лейтенант.

— Старейшина наш, — ответил мужик. — Сейчас он не имеет такой власти, какая раньше была, но все равно его голос слушают те, кто нормальной таежной жизнью живет. Такие есть еще, и немало.

— А правда, что Деновы из староверов? — поинтересовался Лебедев.

— Так они этого и не скрывают. Вера их отличается от нашей. Я не разбираюсь в этих религиозных делах, что слышал, то и говорю.

— Понятно. А вы как думаете, Денов придет в поселок?

— Конечно. Он сюда и идет. Убьет Натку и ее хахаля. Если успеет, то и Торовых пришибет. Из-за них он в тюрьму попал, и жизнь вся у него наперекосяк пошла. Он сына очень любит, да и Натке на него грех обижаться. Он ее жалел. А она, стервоза, хахаля нашла и мальчонку бросила. Хорошо, соседи вовремя к ним зашли, а то бы помер. Так что тут Ванюху все понимают. Вот если бы у тебя так жена...

— Не женат, — сказал Лебедев, — а понимаю, что так делать нельзя. Но согласитесь, что и убивать...

— Да понятное дело... Мсня зовут Карп Андриянович, можно просто Карп. А тебя, значит, Лебедевым кличут? Уважение ты здесь заработал. Топор с Шестом тут жути нагоняли, и никто ничего поделать не мог. Участковый наш таких не забирает. Вот ежели мужик по пьяному делу в воспитательных целях бабе в рыло заедет, он тут как тут. С ружьишком пойдешь себе зайца добыть, тоже хапнет. А ты молодец, старлей.

— Вам спасибо. Торовым я не верю. Этого, конечно, говорить не следует, но убит один из моих солдат.

— Про это тоже мнения имеются. И все на том сходятся, что к этому Торовы руки приложили. Зачем на ночь глядя он к тебе пошел и с оружием? Ведь не положено вроде...

— Учитывая опасность Денова, оружие нам выдали, — ответил Лебедев. — И даже приказали постоянно иметь при себе. А как давно здесь Олег, брат участкового?

— С месяц тут торчит. Здешние охотники, — оглянувшись, Карп понизил голос, — шепнули мужикам, что Торовы вроде золотишко ищут или алмазы. Но алмазы подальше в этих районах, да и то не всегда найдешь.

— Это вам якуты говорили?

— И мне, и еще трое сидели в нашей кафешке. Гришка, хахаль Наткин, открыл тут такое заведение, где можно посидеть. Там нас и угощали якуты. До этого у нас стычка была, вот они и пришли с мировой. В сопках часто встречаемся, а вражду держать не водится в этих местах.

— Вы и ваши знакомые должны подтвердить это следователю.

— А они скажут — брехня. И якуты откажутся.

— Зачем тогда мне говоришь?

144

— Да несмотря на то что вэвээшник, ты мужик нормальный и ненавидишь Торовых. Это и понятно, все-таки солдатика...

— Хватит, — остановил Карпа старший лейтенант. — Каким путем Денов может пройти в поселок?

— Да вроде все перекрыли. Но когда Ивана ловили за Торовых, тоже, кажись, все закрыли, а он в поселке оказался. Сам пришел в поссовет и сдался ментам. А что не было его в поселке, точно. Как вошел — хрен его знает. Он ничего объяснять не стал. Знаешь, старлей, вы возьмете, точнее, убьете Ваньку, живым он не дастся. Но прежде он угрохает кого-то из твоих, точно тебе говорю. С Торовых мы глаз не спустим, а насчет Ивана совет есть. Дайте ему грохнуть Натку, а уж потом берите. Больно солдатиков жаль. Он же как выстрелит, так труп, бьет без подранков. Оружие у него, наверное, уже имеется. Афанасий наверняка послал кого-то, чтоб встретить Ваньку, и скорее всего с оружием, Ванька без оружия опасен, а с оружием сам черт ему не брат.

Сопки

— Ну вот, — сказал Иван, — мы пришли. Сейчас поднимемся, подведу тебя, чтоб увидела оборудование, и все, пойдешь к ним. Рада?

— А чему радоваться? — Ирина вздохнула. — Станут спрашивать, как я могла...

— Это уже твои дела.

— Чем ты меня кормил? — Она пристально посмотрела ему в глаза.

— Манной кашей и пирожными. Пошли! — Иван поднялся и быстро двинулся вверх по склону.

— Как же я теперь жить буду? — прошептала Ирина.

— Ты идешь или нет? — позвал Иван.

Вздохнув, она поднялась и пошла вслед за ним. Вскоре он остановился. Подойдя ближе, Ирина увидела верхушки двух круглых антенн и три высокие мачты с металлическими ежами на верхушках.

— Вот метеостанция, — сказал Иван. — Иди, тебя примут. Наверняка обо мне тоже знают. Прощай! — Он быстро заскользил по склону. Ирина смотрела ему вслед. Потом взглянула на антенны.

— Надо жить. Но как? — Она медленно направилась к домику с антеннами на крыше, но остановилась. — А если они спросят? — прошептала она. — Что я им скажу? Господи, ну почему так получилось? Зачем ты оставил меня жить? А может, я не ела Петра? — Она передернула плечами, громко заплакала и села на снег.

— Миша, — стоя у окна, воскликнула молодая женщина, — там женщина! Села на снег и плачет.

— У тебя видения начались, Танюша! — подошел к ней рослый молодой мужчина и посмотрел в окно. — Это, наверное, та, с вертолета! — Он бросился к двери.

— Обуйся! — крикнула женщина.

Вернувшись, он сунул ноги в унты.

— А если это не она? — Татьяна оделась и вышла из дома. Михаил, обняв за плечи рыдающую женщину, вел ее к дому.

— Успокойтесь, — говорил он, — все позади. Успокойтесь. Сейчас мы вас накормим и...

— Я не хочу есть! — отчаянно закричала Ирина.

— Все хорошо! — подбежала к ним Татьяна. — Вас Ириной зовут?

— Да, я Ирина Войцевская. Господи! — Плача, она попыталась сесть на снег. — Ну что я скажу Машеньке? Что?!

— А где Денов? — спросил Михаил.

— Перестань! — остановила его жена. — Нашел о чем спрашивать.

Они повели Ирину к дому. Сняли с нее верхнюю одежду и валенки. Ирина не препятствовала, она плакала.

— Что делать-то? — шепотом спросил Михаил.

— Звони, — тоже тихо ответила Татьяна. — Ее отец, говорят, там. А если Денов рядом?

— Черт с ним! — Михаил подошел к вешалке и снял пятизарядное охотничье ружье. — Мелкашку держи рядом, — посоветовал он жене.

— Он ушел, — тихо проговорила Ирина. — Иван не тронет вас, не бойтесь.

— Успокойтесь, — сказала Таня, — все кончилось.

— Вы думаете? — вздохнула Ирина. — Все только начинается. Дайте закурить.

— Может, водки? — спросил Михаил и, увидев сердитый взгляд жены, пожал плечами. — А что? В такой ситуации это необходимо.

— Да, — кивнула Ирина, — дайте водки и сигарету.

— Вот и отлично, — он подошел к холодильнику, — и закусите колбасой.

— Не надо! — закричала Ирина. — Ничего не надо! Дайте водки и сигарету!

— Все, — пробормотал Денов, — в дом завели ее. Дура! Ты ведь осталась жива и не думай, как это получилось. Конечно, тебе лучше этого не знать, главное — выжить. — Он посмотрел на домик. — А у них наверняка есть оружие. Но тогда придется и ее убить. Ладно, посмотрим. — Он пошел к противоположному склону.

Заимка

— К утру там будем, — сказал Егор. — А он, значит, так бабу и не бросил. Я бы, например, и не взял ее с собой. А он какого-то хрена ее с собой таскает. Ладно, ему виднее. В общем, пару часиков подремлем и двинемся.

— Заводи свое корыто! — весело крикнул Федору Мухин. — Майор! — махнул он повернувшемуся Лосину. — Давай сюда! Метеоточка в Тикси звонила! Там Войцевская!

— Что?! — воскликнул Андрей Васильевич. — Ирина спасена?!

— Она у метеорологов, — улыбнулся прапорщик. — Полетели, майор!

— Господи! — Слезы покатились по щекам Войцевского и тут же замерзли. — Она жива. Иринка жива! Спасибо вам! — Он низко поклонился подошедшему майору. — Оказывается, действительно, чтобы она...

— Послушайте, — негромко перебил Лосин, — сейчас главное — дать ей выговориться. И ни о чем не спрашивать. Понимаете?

— Да, да, я понимаю. Полетели! — Войцевский бросился к вертолету, но покачнулся и прижал ладонь к груди.

— Что с вами? — успел поддержать его Мухин.

— Что-то кольнуло, — пробормотал Войцевский. — Но все сейчас пройдет. Таблетки у меня в боковом кармане пиджака, — чуть слышно прошептал он, — дайте мне одну.

— Что? — не расслышал прапорщик.

— Таблетки в кармане у него, — сказал подошедший Лосин.

— Может, лучше в больницу его? — тихо спросил Мухин.

— Нет, — возразил Войцевский, — мне к дочери надо. И ей нужно меня увидеть.

— Это точно, — согласился Лосин. — Надеюсь, сердце выдержит. Столько дней на нервах. Ну а если что, вызовем медиков, через пару часов будут.

— Метеорологи уже, наверное, вызвали медицину для женщины, — высказался Андреев.

— Не зря тебя по контракту взяли! — засмеялся Мухин. — Умеешь рассуждать. Конечно, вызвали.

— Срочно в пятый район всем группам! — приказал полковник ВВ. — Те, кто поблизости, заходите в пятый район, там Денов! Он был около метеоточки минут двадцать — тридцать назад. Из оружия у него два ножа. Остальным группам оцепить пятый квадрат. Повторяю...

— Конец Денову, — довольно улыбнулся майор ВВ. — Надеюсь, пристрелят эту гниду. Очень хорошо, что у него нет оружия. Молодец Войцевская, все заметила. Жива она, выходит. Странно... Он ее тащил, значит, хана бабе приходила. А она жива и даже сама на лыжах шла. Ведь расстояние порядочное, сутки с лишним добирались. А если от ручья, то...

— Он ее Соповым кормил, — усмехнулся капитан милиции. — Иначе...

— Так, запомните все, — жестко вмешался майор, — никто об этом слова не скажет. Ясно? И не дай Бог, если кто-то что-то вякнет прессе. Отправят на самую дальнюю точку на пару лет. Приказ начальника управления. Надеюсь, все всё поняли?

— А как же она выжила? — насмешливо поинтересовался милиционер. — Ведь...

— Заткнись, Орликов! — остановил его подполковник милиции. — Ты любишь общаться с прессой. Так вот подумай, прежде чем будешь что-то журналистам говорить. Наша цель — Денов. Женщина жива, и это главное. Как и почему Денов вывел ее — это уже не наше дело, и от комментариев на эту тему воздержитесь. Надеюсь, все понятно?

— Так точно, — ответили в один голос несколько офицеров милиции и внутренних войск.

— Главное — не выпустить Денова из района. — Полковник ФСБ обвел указкой круг на карте. — Туда вылетели группы спецназа и ОМОНа. Район будут прочесывать розыскники ВВ и спецназа. Хана людоеду. Что вы скажете, Семен Аркадьевич?

— Не говори гоп, пока не перепрыгнешь, — невозмутимо проговорил тот. — Денов не дурак и наверняка что-то задумал, прежде чем отвел женщину к метеорологам. Скорее всего он постарается пропустить мимо группы поиска и вполне может напасть на одного или двоих, ему нужно оружие. Но почему он не взял его у метеорологов? Они выходили к Войцевской, и он мог напасть на них. Странно...

— Он остался где-то рядом с метеостанцией, — уверенно заявил Семен Аркадьевич. — И повторяю: предупредите группы поиска, чтобы ходили только по трое и на расстоянии не больше трех метров друг от друга. Денов — зверь. Я узнавал о его тренере в поселке. Полковник Потапчук был инструктором на базе в диверсионном центре морских пехотинцев. Умер пять лет назад. Если он видел, что в ученике нет дара, не терял времени зря. Значит, Денов подготовленный боец. А вдобавок ко всему еще и людоед. Неисповедимы пути Господни...

— Да чему мог научить старый больной старик? — усмехнулся атлетически сложенный майор СОБРа.

— Это больной старик за неделю до смерти искалечил четверых бандитов Японца, — ответил полковник ФСБ. — Они пытались отнять у него ордена. А Денов легко справился с братцами Торовыми, которые имеют пояса по карате. Так что Денов опасен вдвойне. Он идет убивать и считает, что это справедливо. Кроме того, он не убил и не бросил Войцевскую. Значит, действует с холодной головой и умеет рассуждать. Если Потапчук научил его искусству войны, то жизнь обучила таежным законам. Вспомните его задержание. Его искали неделю. Поселок был блокирован полностью, а он сам пришел в поссовет. Так что извините, Семен Аркадьевич, я был не прав. Спасибо за информацию о Потапчуке. А теперь внимание! Метеоточка находится здесь. Где может отсиживаться Денов?

— Трудно сказать... — Семен Аркадьевич подошел к карте. — Я не бывал в тех местах. Да и изучив их, невозможно найти человека, который вырос там. Да-да, именно вырос. Иван прекрасно ориентируется на местности.

— Мы знаем район только по карте. Применение собак зимой невозможно. Будем надеяться на то, что Денов оставит следы.

— Но Войцевская рассказала, что Денов следов не оставляет. Сейчас в том районе снова пошел снег. Значит, следы Денова очень скоро исчезнут. Вполне вероятно, что он пошел навстречу группам и пройдет мимо них. Группы в основном сосредоточены на востоке, а Денов может пойти на запад. Сейчас вся надежда на вертолетный поиск.

Район пятого квадрата метеоточки

— Что с ней? — тихо спросила Татьяна.

— У нее было сотрясение мозга, — ответил врач. — Рана на ноге. И она сильно ослаблена, что вполне понятно. И нервы взвинчены до предела. Она в любой момент может впасть в истерику. Столько дней в обществе бандита, да еще и людоеда. Знаете, непонятно, как она выжила. По крайней мере трое суток она была в забытьи. Неужели этот бандит поил ее, кормил? А кормить в тайге зимой... — Он покачал головой.

— Ирина! — В дом ворвался Войцевский. — Дочь! Иринка!

— Вы кто? — шагнул к нему Михаил с ружьем в руках.

— Он отец этой женщины. — В дом вошел Лосин и показал удостоверение.

— А как вы здесь оказались? — спросил Михаил.

— Двигатель медицинского вертолета работает, поэтому вы не услышали наш, — сказал, входя, Мухин. — Как она, доктор?

— Ирочка, доченька, — присев рядом с лежащей на кровати Ириной, бормотал Андрей Васильевич.

— Я дал ей снотворное. Она измотана, крайне раздражительна, и ей необходим сон, — объяснил врач.

— Поговорите, когда она проснется. — Лосин отвел Войцевского в сторону. — Вы посмотрите его, доктор, у него что-то с сердцем. Когда к вам собирались, он за сердце держался и таблетки пил. Нитроглицерин, — вспомнил майор. — У него в кармане были.

— Непременно. — Врач подошел к Войцевскому. — Зоя, — кивнул он сестре, — измерь давление.

— С ней, — Лосин посмотрел на Ирину, — все нормально?

— На удивление, почти, — ответил врач. — Но сейчас ей необходим полный покой. Я забираю ее в Тикси. И никаких возражений.

— Да что вы, — улыбнулся майор, — конечно. Но и отца возьмите.

— Двести сорок на сто пятьдесят, — сообщила медсестра.

Врач быстро подошел к Войцевскому.

— Давайте, ребята, — усмехнулся Иван, — пошарьте. Надеюсь, район уже оцеплять начали. Это сколько же вам народу понадобится! — засмеялся он. — Я вам оставил местечко, будете думать, что я внутри. Мне бы до Натки с ее хахалем добраться, а заодно Торовых навестить. Сожгу я себя вместе с ними. Все равно это уже не жизнь, когда на тебя, как на шатуна, охоту объявили. И не хочу я вас убивать. Не хочу, чтоб чья-то мать проклинала меня. Не доводите до греха. Если один раз убью, дальше по трупам пойду. Потапчук верно говорил: кровь прольешь — поймешь, что ты тоже смертен, и все... — Иван вздохнул. — А я очень к этому близок. Хорошо еще Ирка попалась, удержала. Даже когда ее спутник... — Он покачал головой. — Я дойду и убью гадину. А там будь что будет. Сын, когда вырастет, наверное, поймет. Но если его отец воспитает, то будет второй я, только хуже. За меня мстить будет. Отцу уже шестьдесят восемь. Может, мама сумеет на себя воспитание взять. Если я эту сучку не убью, она рано или поздно постарается забрать Лешку. Убью я Натку, иначе все зря. Убью! — Иван услышал рокот вертолета и осторожно, чтобы не осыпать снег с ветвей стланика, присел под них. Вертолет пролетел низко. — Не ждут они, что я на запад двинусь. Ирка им, конечно, все рассказала. Заимку не найдут, она не помнит где. Хотя, может, и отыщут. Да заимка мне больше не понадобится. Оружия нет, жратвы дня на три хватит. Потом лунки сделаю. Правда, я не знаю местность. До границы с Эвенкией еще порядочно. А южнее — Огонек. Может, туда? Нет, не дойду, далеко очень. И нарваться могу, там постов полно. Отойду на сутки и отдохну. А может, в Сибирское плоскогорье войти? Там Тупах со своими. Он примет и поможет. Менты о нем не знают. Нет, время потеряю, хотя мысль неплохая. Попробую обойти гряду Росомахи, а если не получится — пойду к Тупаху. Или в пещеры к Монаху? Нет, а то попаду на жертвоприношение, и меня запросто жертвой пустить могут. Вот, блин, жизнь они себе выбрали! Правда, своих шаман не пускает в огонь очищения, понимает, что самого потом сжечь на хрен могут... Короче, иду на гряду Росомахи, там и отсидеться можно. А записку я оставил в заимке... Батя наверняка послал кого-то. Но до Озер-

153

ков мне не добраться. Они пройдут их, когда начнут район оцеплять. Пятый квадрат, — усмехнулся он. — Видел я карту, разбитую на квадраты. Озерки уже в четвертом. По гряде попробую обойти, — решил Иван. Он достал кусок промерзшего мяса и стал есть. Из-под взятого в заимке тулупа вынул литровый термос и сделал несколько глотков.

Сопки

— Все, — сказал капитан ВВ, — обложили зверя. Теперь прочесывать начнем. Передайте всем группам — огонь на поражение сразу. Нечего с ним канителиться.

— А если он на запад пошел? — спросил рослый омоновец.

— Не пойдет он туда, — возразил майор ВВ. — Ему в свои Выселки надо, туда он и будет рваться. От метеорологов он ушел в направлении Рыжухи. Значит, так и дальше пойдет, хана ему.

— Первый, я пятый, — раздался голос в передатчике. — Мужчина на лыжах. Пытается уйти в сторону хребта. Без оружия. Веду преследование!

— Лодкин, стреляй! — приказал майор.

— Стой! — крикнул солдат. — Стрелять буду!

Бежавший вверх по склону лыжник свернул за заснеженные кусты. Простучал автомат.

— Уйдет сука! — крикнул старший лейтенант. — Сейчас вниз и уйдет! Бей, Лодкин!

Невысокий солдат со снайперской винтовкой прижал приклад к плечу. Хлопнул выстрел. На мгновение показавшийся из-за ели лыжник, словно споткнувшись, упал.

— Есть! — крикнул офицер.

К упавшему бросились пятеро солдат на лыжах. Справа приближались лыжники в белых маскировочных костюмах. Первым к лежащему лыжнику подбежал прапорщик. Остановился, палкой повернул лицо убитого и выругался.

— Он? — спросил подоспевший капитан.

— Якут какой-то! — зло ответил прапорщик.

Капитан выматерился. Подбежавшие солдаты и спецназовцы молча смотрели на лежащего. Прапорщик снял лыжи, проваливаясь в снег по колено, подошел к убитому и стал его обыскивать. Вытащил из-за пояса сзади наган. Покачал головой:

— Не просто так мужичок бежал. Наверное, на Денова выйти хотел. Смотрите, — он вытащил скомканный платок и развернул, — семь патронов от револьвера.

— Что у тебя, Лодкин? — раздался голос из переговорного устройства. — Ушел или...

— Не ушел, — ответил капитан. — Только это не Денов, якут какой-то. Ствол у него и семь запасных патронов.

— Значит, к Денову шел.

— Не думаю. С наганом и семью патронами? Больше при нем ничего нет. Бежал он, хотя слышал, что предупреждали о том, что будем стрелять. Не Денов это.

— Опачки! — Егор присел и, сняв с плеча карабин, передернул затвор. — Не по Ваньке ли шпарят?

— Нет, — ответил Латыш. — Помнишь, лыжню у скалы видели? Его там шлепнули. Он в ту сторону шел.

— Хорошо, коли так. А если Ваньку, можно гроб готовить, нас дядька Афанасий зароет...

— Он без гроба. Яму копают, туда и суют. И потом бульдозер засыплет. Я видел, как он двоих хоронил. Они его лошадь убили. Помнишь, два года назад приезжали?..

— Да. Надо отваливать, а то и нас положат.

Тикси

— Вот и есть первый труп, — сказал Калугин. — Не верится мне, что сначала пытались остановить его криками. Наверное, сразу на поражение били.

— Говорят, что нет, — возразил прокурор. — Туда уже вылетели, разбираются. А что с Войцевской?

— Физически вроде почти в норме, — ответила женщина — капитан милиции. — А вот психологически, — она вздохнула, — на грани срыва.

— И все-таки многое там непонятно, — покачал головой прокурор. — Почему Денов спас ее, довел до метеорологов? Ведь рисковал здорово и время потерял. Вот этого я никак не пойму. И куда он, черт его возьми, делся?

— Да вроде все закрыли, — проговорил майор ВВ.

— Все перекрыть в тайге невозможно, — усмехнулся мужчина в штатском. — Надежда только на вертолеты и на случайность. Денов не зря привел Войцевскую к метеоточке. Ему это было нужно. А вот для чего? Ответ очевиден: он собрал там розыскников, а сам ушел, скорее всего на запад. Правда, он теряет время, кроме того, может нарваться на военные секреты, они разбросаны по всему району и оповещены. А тут еще этот убитый якут... Странно, не правда ли — в тайге, с одним револьвером. Надеюсь, личность его установят. Я не думаю, что он шел на встречу с Деновым. Но то, что отец Денова кого-то послал ему навстречу, — однозначно. Что слышно от Лебедева?

— Из поселка никто не ушел, — ответил Калугин.

— В четвертом районе около Плешивой сопки была замечена группа людей. Об этом сообщил летчик тренировочного центра. Люди заметили самолет и попытались укрыться. Он насчитал пятерых. Но вполне возможно, что их там больше, — доложил майор ВВ.

— Надо послать туда вертолет и выяснить, кто такие, — сказал прокурор. — Возможно, просто туристы. В связи с погодными условиями всем группам выход в тайгу запрещен. Кроме того, там Денов. В первую очередь, свяжитесь со всеми турбазами. Вполне возможно, кто-то повел людей. Узнать маршрут и, исходя из этого, принимать решение. Что там у Бутова? — спросил он Калугина.

— Да ничего, — ответил тот. — Пытаются выяснить, кто такой убитый Маятник. Устанавливают связи убитой Туркиной. К сожалению, ни у нас, ни в Якутске на Маятника ничего нет. Что касается Туркиной, то у нее прослеживается связь с печально известным нам Кучерявым. Его, кстати, так и не нашли. Была информация о его гибели, но она ничем не подтверждена. Бутов как нельзя кстати оказался в Медвежьем Углу. Значит, явно пытаются что-то скрыть. И есть основания считать, что все это связано с вертолетной площадкой Медвежьего Угла. И еще... Доставлено тело Воротникова, или Ворота, так называли вертолетчика с разбившегося вертолета. Требуется...

— Уже делают, — перебил его прокурор. — Надеюсь, с Деновым будет скоро покончено. Нельзя дать ему дойти до Выселок.

— Нельзя было давать ему уйти из лагеря, — процедил полковник. — Он копал проход по крайней мере неделю. Перед отъездом с объекта он вставлял туда камень и присыпал землей. К тому же Денову повезло с погодой. Он воспользовался бураном и вышел на вертолетную площадку. Непогода в это время уже набирала силу в районе колонии, откуда он бежал. И кроме того, все были уверены, что Денов пошел на север.

— С этим разберется комиссия, и мало никому не покажется, — сказал прокурор. — Но пока Денов разгуливает на свободе. По непонятной причине спасает женщину и даже доводит ее до метеоточки. Кстати, надо отдать должное Войцевской, она все рассказала. — Он посмотрел на Калугина, — надо найти эту избушку.

— Как только Войцевская будет в состоянии, это будет сделано.

— Доченька, — сказал Ирине Андрей Васильевич, — ты жива, а это самое главное. И все остальное наладится.

— Андрей Васильевич, — тихо проговорил вошедший врач, — вам необходим покой. Пойдемте в палату.

— Можно я еще с ней посижу? — попросил Войцевский. — Поймите, я ведь ее уже похоронил.

— Все хорошо, волноваться не стоит. Сейчас вам надо думать о себе, а то каково будет вашей дочери, если вы вдруг...

— Тоже верно. — Войцевский встал. — Пойду я, Ирина. — Он посмотрел на дочь. — Она спит.

— Вот и хорошо! — осторожно придерживая за локоть, врач вывел его из палаты.

— Господи! — вздохнула сидевшая за столиком дежурная медсестра. — Бедный мужик.

— А ей-то каково, — сказала другая, — с людоедом в сопках. Я б со страху померла. Надо ж как ей досталось! А он, гляди-ка, вывел ее к людям. Знать, не все человеческое в нем померло. А ведь говорят, — она понизила голос, — он ее мужика-то сожрал. Как есть сожрал.

— Да, так и есть. А чего она-то ела? Ведь она, говорят, совсем плохая была. Сейчас просто головой тронутая, а здоровьем вроде как и нормально. Что ж она ела-то?

— Как чего? — махнула рукой третья. — Мужа на вкус пробовала! — Она захихикала.

— Ну тебя, Сонька, — сердито бросила дежурная, — совсем на тебе креста нет. Думай, прежде чем говорить-то такое.

— А как же она выжила? — снова хихикнула Софья.

— Типун тебе на язык! — К столу подошла пожилая санитарка. — Что мелешь-то? Не станет он ее кормить человечиной.

— А что же он, — усмехнулась Софья, — в универсам бегал? Ведь вон сколько он ее тащил по сопкам-то. Говорят, она вроде с ним, с этим беглецом, знакомая давняя, вот он ее и...

— Вот что, Софья, — строго перебила ее санитарка, — если еще раз ляпнешь такое, ей-богу, к начальству в милицию пойду, пусть тебе язычок-то прищемят.

— Тетя Паша, но ты сама подумай: что же она есть могла в сопках? Не было ничего при них. А у мужика, который с ними был, нога отрезана. Его вроде как волки загрызли, а нога ножиком срезана. Вот он и сам лопал, и ей подносил. Она, понятное дело, в забытьи была, — вздохнула Софья.

— Я тебе еще раз говорю, — рассердилась тетя Паша, — укороти язычок-то, а то, ей-богу, пойду к Степкину. Он мужик серьезный и тебе язык прищемит, и твоему Тимке тоже. Это ведь он тебе такие подробности рассказал.

— Все одно правда узнается, — сказала Софья. — А если пойдешь к Степкину, смотри, тетя Паша, с тобой всякое случиться может, и тогда не проси помощи. Помнишь, сколь раз Тимофей тебе помогал? А ты...

— Если будешь языком чесать, — перебила ее тетя Паша, — я точно к Степкину пойду.

— Господи! — открыв глаза, прошептала Ирина. — Как же мне теперь жить? Что говорить? Боже мой! — По ее щекам поползли слезы. — Что же это такое? Я ела... — Ирина зарыдала и вырвала из вены иглу.

В палату вошла дежурная.

— Степан Андреевич! — закричала она. — Помогите кто-нибудь!

Примчались процедурная медсестра и няня.

— Что случилось? — выглянул из двери своей палаты Андрей Васильевич.

— С твоей дочерью припадок, — махнула рукой Софья. — Наверное, муженек съеденный приснился! — хихикнула она.

Андрей Васильевич сделал шаг вперед и, схватившись за грудь, покачнулся.

— Как я жить буду?! — стонала Ирина. — Я не хочу! Не хочу жить! Почему он не убил меня? Почему оставил?..

— Тихо ты! — прикрикнула на нее тетя Паша. — Жить она не желает! А ты о дочери своей подумала? Она телефон оборвала, все время звонит. И какие-то знакомые, Гороховы звонили. У отца твоего с сердцем плохо стало. Ишь, жить она не желает! Жизнь один раз дается, милая моя. И выкинь из головы, что он тебя человечиной кормил. Никогда этого делать никто не станет. И неужто он тебя после этого до людей довел бы? Да ни в жизнь!

— А что ж я ела? Я же жива. Помню какой-то вкус и запах... — Ирина зажмурилась. — И я уверена...

— Ну и дурища ты, милая! Я жизнь, считай, прожила и чего только не видывала. Всяких людей насмотрелась. И людоедов видела. Да ни в жизнь людоед не даст другому мяса человеческого. Кто ты ему есть-то? Он зверюга и идет для того, чтоб бабу прибить. И прости Господи, — тетя Паша перекрестилась, — стоит того его баба. Дитя больное бросила. Ее надобно было в тюрьму сажать на пожизненное!

— Но что я тогда ела? Ответьте мне.

— Да не знаю я, милая, чем тебя он потчевал, но точно не твоим мужиком.

— Мой мужик устроил сцену ревности и не полетел со мной. А этот, Петька... — Ирина зажмурилась. — Извините, я не могу говорить. Оставьте меня одну.

160

— Нет уж, милая, пока не уснешь, я из палаты не выйду. Твоя дочка завтра будет звонить в двенадцать на телефон моей дочери. Так что поговоришь с Машенькой. Мы придем с Олей, дочерью, она телефон принесет.

— Не надо, что я ей скажу?

— Дурища ты! Просто говори — жива, мол, люблю. Это сейчас Машеньке нужно больше всего. Придем мы завтра в двенадцать, и если откажешься, знать тебя не желаю.

— Но что я ела? Понимаете, не могу никак...

— А его, того супостата, ты спрашивала?

— Он ничего не ответил, только сказал, что я этого не делала. Чтоб я это запомнила.

— Вот тебе и ответ. Выходит, он знал, что ты будешь мучить себя вопросами. И сказал, что ты не ела...

— А что же я ела? Ведь он меня кормил. Я помню какой-то вкус мясной. Запах и вкус...

— Не дури, милая! Его арестуют, и все узнается. Супостат он, как Маринка говорит, — она взглянула на дежурную, — но понимает, что это значит для тебя. Да и не до того ему было, чтоб разговоры с тобой говорить. На суде все скажет.

— А если скажет, что я ела?.. — Ирина заплакала.

— Да не было этого, — уверенно проговорила санитарка.

Медвежий Угол

— Все будет нормально, — проговорил Цыган, — так что не бойся. Только услугу придется оплатить. Ведь просто так ничего не делают, тем более...

— Погоди, — сказал сидевший перед ним мужчина, — но заказ оплачен. А то, что он еще жив, — это ваша вина.

— Тормози, Воробей, вина не моя. Вы навязали мне эту троицу. А кстати, кто истинный заказчик? Только не говори мне, что тебе помешал...

— А тебе что, есть разница?

— Только в цене. Ты сколько получил за баб?

— Не было разделения, просто надо было, чтоб замолчали все, кто говорил с Пузырем. А он сам жив еще. Надо...

— Погоди, — остановил его Цыган. — А что с этого будет иметь заказчик? Почему ему так надо убрать Пузыря? Чем ему помешал бич?

— Пять тысяч получите. И Кира, и...

— С Кирой говори сам, я делиться не собираюсь. В общем, я засиделся в этой глуши. А ты, Воробей, отсюда валить не собираешься?

— Пока нет, хотя намечается кое-что, могу неплохие бабки сделать.

— Вот с этого бы и начал. Значит, что-то тебе пообещали. Зря темнишь, Воробей! — угрожающе произнес Цыган.

— Слушай, Кирилл, этих сделали, но надо будет еще двоих убрать. И тогда займемся бизнесом. Пока больше ничего сказать не могу, сам не все знаю. Но то, что сможем законно бабки делать, — точно. А сейчас нужно, чтоб Пузырев не мог никому ничего сказать. Понятно?

— Сегодня ночью он точно сдохнет.

— Надеюсь. Но потом будет работа в Тикси. Не подведешь?

— Ты, — сказал Камень невысокому якуту, — держишь вход, чтоб никто не вошел. Ты, — он повернулся к скуластому русскому, — на всякий случай вместе со мной соседнюю палату обработаешь.

— Сделаю, — кивнул тот.

— Ждем час и работаем, — посмотрел на часы Камень.

— Здорово, Пузырь! — В палату осторожно вошел Десантник. — Как ты?

— Да хреново, — ответил тот. — Правда, сейчас очухался трохи. Чуть не замочили, гниды.

162

— А за что они тебя?

— Сам не пойму.

— Значит, ты плох еще. Сейчас, когда медицина главная свалит, Картечь с Матросом придут, ну и бухнуть малость принесут. Ты не будешь, значит?

— Да немного выпью. Если крякну, так от водяры. Или что там будет?

— Самогон деда Василия.

— Это живая вода! — обрадовался Пузырь и сморщился. — Больно еще... Но все-таки еще живы мы, уже трое суток, как очухались.

— Поэтому из Тикси и отправили назад. Если бы не Картечь со своей пушкой, хана бы нам. Хорошо, что Блин признал этого... ну, как его?

— Маятника.

— А все-таки за что тебя грохнуть хотели?

— Те, кто знал об этом, убиты. Может, вас и спасло то, что не знали. Но вот что, Санек, если вдруг меня не станет, ну мало ли что... — Вздохнув, Пузырь замер. — Больно, блин. Лосина найди. Пусть он...

В соседней палате зазвенело стекло и ахнул глухой взрыв. Десантник ухватил Пузыря за пятки и рванул его к себе. Тот свалился на пол. В окно палаты, разбив стекло, влетела бутылка, раздался короткий взрыв. Сразу загорелись пол и стена. Десантник с криком вытянул Пузыря в коридор. На улице хлопнул пистолетный выстрел. И сразу бабахнул ружейный. Дежурная медсестра завизжала.

— Звони в пожарку! — крикнул кто-то из выскочивших в коридор больных.

— Один ушел, сучара! — Выбросив гильзы, Картечь вытащил из кармана два патрона и вставил их в стволы обреза.

— Там горит! — крикнул стоявший рядом с ним бич.

— Твою мать! — выбегая из дома, бормотал Бутов. — Да что это такое? Приехал, называется, для координации действий. Гони! — Он уселся в машину.

— Ну, сучара, — процедил Камень, — я тебя лично прикончу! — Он побежал по тропинке между домами.

— Ну вот и все, — глядя на зарево пожара, усмехнулся Цыган. — Теперь в Тикси, и там узнаю, что у Воробья наклевывается и на кой хрен нужен был бич с подругами.

— Палаты почти выгорели, — вздохнул пожарный. — Если бы больные сами не начали тушить, хана бы больнице. Они огнетушители взяли и с улицы огонь снегом засыпали. Кто же эти гады?

— Милиция выяснит, — отозвался сворачивающий пожарный рукав другой.

— Дождешься! — усмехнулся первый. — Так и не нашли, кто баб положил и Блина. А труп одного был. Милиционеры умные морды делают, а делов нема.

— Спасибо тебе, — кашляя, посмотрел на Десантника Пузырев. — Ты сразу среагировал...

— Увидел, как кто-то в окно посмотрел, а потом замахнулся. К тому же перед этим в моей палате махануло. Но ногу тебе припекло здорово.

— Да главное — жив остался. А Картечь опять вместо ОМОНа... — Пузырев снова закашлялся.

— Да не мой это, — развел руками Картечь. — Я с Матросом проведать Пузыря и Десантника шел. Глядь, у окна двое. Ну я туда, а этот, — он кивнул на скрюченное тело, — на меня обрез наставил и говорит, мол, свали на хрен. Я ему звезданул в челюсть, обрез подхватил и начал...

— Они первые, — вмешался Матрос. — Еще третий был. А вот тот с пистолетом и стрельнул, — махнул он рукой на лежащего человека, над которым склонились двое милиционеров. — Ну, Картечь в обратку. А этот сука тоже пистолет выхватил. Картечь ему и вкатил заряд. Третий сбег. А меня вона, — показал он пропоротый рукав фуфайки, — задел. Хорошо, только фуфайку...

— А тебе что, разрешение на изготовление, хранение и ношение обреза выписать? — спросил Картечь Бутов.

— Да я же говорю, не мой.

— Вот что, стрелок, еще раз попадешься, и я тебя награжу для начала условным года на четыре. Хотя суд учтет, что ты был ранее судим.

— А что я два раза людей спасал, когда вы телик смотрели, — усмехнулся Картечь, — учтет или мимо пропустит?

— Слушай, Рудаков, это, конечно, хорошо, что ты рядом с убийцами оказываешься. И то, что молотишь этих, — тоже. Но у меня уже четыре трупа с картечью. И что я говорить должен? Раз охотники вмешались, второй раз тоже? Да меня вместе с тобой посадят.

— Не бойсь, начальник, я тебя по делу не потащу, не ломай уши.

— Вот спасибо, — Бутов усмехнулся, — утешил. Короче, так, Рудаков: еще раз — и сядешь. Понятно?

— А чего не понять-то. Только вот что я тебе скажу, мент, если снова какие-то шакалы будут моих приятелей убивать, я опять стрелять буду. А там хоть что хошь делай. Понял?

— Дергай отсюда, — сказал подполковник.

— Да я кентов проведать пришел.

— Мы уже уходим. — Матрос потащил его за руку.

— Да я чуть было не влип, — процедил Камень. — Снова Картечь с обрезом, сучара...

— Да черт с ним, с Картечью! — закричала Кира. — Ты не убил Пузыря! Он жив, и с ним сейчас мент этот приезжий разговаривает, подполковник Бутов. Я чуть было не столкнулась с ним. А он меня хорошо знает. Пузырь ему сейчас такого наплетет!..

— Пузырь выложит все, что знает, только Лосину, — уверенно проговорил Камень. — Если б хотел, сразу бы сказал. Он уже двое суток в сознании и не заикнулся даже. А вот Лосину сольет. А до этого я их всех грохну. Картечь, сука...

— Ты уже говорил это! — зло перебила его Кира. — Представляешь, что будет, когда Цыган...

— Да на хрену я видел и Цыгана, и тебя! У меня брата убили. Поняла?

— Федора убили?

— Его. И я с ними со всеми разделаюсь. Завтра ночью всех кончу.

— Федор Камнев, — сказал старший сержант милиции. — Личность известная. Он с братом, Сашкой Камневым, по двум убийствам проходит. Но тут их не видели.

— Значит, плохо смотрели, — недовольно произнес Бутов. — Так, — он взглянул на лежащего на кровати Пузырева, — может, ты все-таки объяснишь, в чем дело?

— Ничего не знаю, — ответил Пузырев. — Больно, — он пошевелил обожженной ногой. — Сделайте укол, сестренка. Или спиртику капните, враз полегчает.

— Какой спиртик? — рассердилась медсестра. — Ты ведь только из реанимации...

— Потому там и был, что не выпил! — отрезал Пузырь. — Если б трезвый был, там бы еще пристрелили... Камень, значит? Сидел я с ним в СИЗО, под следствием вместе были. Его потом откупили, заявление забрали. А он прилично мужичка оттоптал. Потом вроде мокрушником стал. С Левым крутился. Левого вскоре шлепнули, а он пропал. И братишку его я пару раз встречал. Во, блин, вместе пайку хавали, а он, чмо якутское, на меня бутыли с зажигательной смесью бросает. Вот паскудина!

— Слышь, начальник, — к Бутову подошел мужчина с татуировками на руках, — я эту образину у соседки Куриловых видал. Какая-то шкура хату купила.

166

— Понятно... — Бутов достал сотовый телефон. — Зимин, бери людей и к Куриловым. Там соседний дом купили недавно, участковый должен знать. Бери всех, кто там окажется. И поаккуратнее. Вполне возможно, там будет находящийся в розыске за два убийства Камнев. Действуй! Желательно его живым взять. И баба там, ее тоже берите.

— Что? — зло спросила Кира. — Поняла! — Она отключила сотовый. — Уходим! — Схватив сумку и рюкзак, она шагнула к двери. — Менты сейчас придут.

Камень, нагнувшись, вытащил из-под кровати АКМ, передернул затвор.

— Уходим! — громко повторила она.

— А почему ты менту ничего не сказал? — спросил Десантник.

— Лосин меня всегда выручает, когда я с похмелья, — сказал Пузырь. — Он мужик правильный, хоть и мент. А этому скажешь, потом будет трясти — сдай того, сдай этого. Я и тебе-то не говорю, потому что не хочу впутывать.

— Ни хрена себе впутывать! — возмутился Десантник. — Меня два раза чуть не грохнули. Кстати, Картечь оба раза нас спас. А мы ни черта не знаем. Получается, что мы запросто можем или пулю получить, или нож, или сожгут. А за что, мы не в курсах. Так не пойдет, Пузырь!

— Вот что, если меня замочат, скажешь Лосину, чтоб нашел Пахома Охотника. Пусть расскажет ему, что меня замочили за то, о чем он мне говорил.

Поселок Белка

— Пустой номер, Василий Демьянович, — вздохнул лысый здоровяк, — не пройти. Менты вокруг лазают и везде солдатские посты. Нас самолет засек, летун наверняка ментам стуканул. Поэтому мы и вернулись. Иначе бы...

— Дерьмо вы, а не мужики! — презрительно хмыкнул Василий Демьянович. — Правда, Лука шестерых уже потерял. Топор с Шестом там были, лихие мужики, но попали под солдатиков. Надеялись, что вытащат их, а их спалили. И правильно сделали. Начали пужать, что сдадут всех ментам. Дураки!.. А что с вами-то делать? Ваньку там гоняют по сопкам, а вы, сукины дети, испужались, что вас арестуют. И что, если бы арестовали? Вы не в розыске, пошли прогуляться, и все дела. Что вам сделали бы за это? Да ничего. Отправили бы домой. А вы... — Старик выругался.

— Василий Демьянович, — виновато заговорил бородач, — взяли бы нас в оборот, ведь кто-то мог ненароком и про вас обмолвиться. И тогда...

— Да что обмолвиться! — усмехнулся лысый. — Все знают, что на вас мы работаем. И с нами же твои гвардейцы были. А им с ментами встречаться, сам знаешь, нет резона. По крайней мере троих менты разыскивают. Так что сам понимаешь, Демьяныч. Да ты у них спроси, они же назад поворотили, а мы возражать не стали.

— Все, — сказал Василий Демьянович, — идите по домам. Нужны станете — свистну. — Он пошел дальше. Мужики быстро разошлись.

— Верно они говорят, — встретил вошедшего в дом старика участковый.

— Вот что, — хмуро проговорил Василий Демьянович, — сходи-ка к Гвардейцу, пусть своих супостатов ко мне приведет. С ними толковать буду. Похоже, зажрались суки, пора им напомнить, кто хозяин.

— Но как я туда пойду? — вздохнул Бегин. — Ведь я...

— Мне два раза говорить надобно? — гневно произнес старик.

Бегин, натянув полушубок, выскочил за дверь.

— Зря ты, батя, с ним так, — сказал сидевший за столом бритоголовый амбал.

— Молод ты отца одергивать, — недовольно проговорил отец. — Просто тут вот дело-то в чем, сыны... — Он вытащил трубку и кисет.

— Батя, — усмехнулся мускулистый длинноволосый здоровяк, — ты что-то вообще плохой стал, на кой хрен ты нас...

— Чего?! — посмотрел на него Василий Демьянович. — Да я тебя, сукин ты сын! — Он схватил стоявшее в углу охотничье ружье и взвел курки. Мускулистый рыбкой прыгнул за угол печи. Бритоголовый отскочил к двери. Заряд, пробив спинку старого кресла, влетел в стену.

— Ты чего, отец?! — заорал из-за печки длинноволосый. Василий Демьянович снова выстрелил. В дом с улицы ворвались трое с карабинами.

— Батя! — бросился к отцу бритоголовый. Мужики, переглянувшись, поспешно вышли.

— Бушует Демьяныч, — усмехнулся один. — Ему лучше не перечить, запросто пришибет.

— Видал, как участковый рванул? — засмеялся другой. — А ведь он может и прибить сыновей.

— Да ты меня неправильно понял, — опасливо выглядывая из-за угла печи, торопливо заговорил длинноволосый. — Я просто к тому, что дело надо делать быстро.

— Я тебя, сукин сын!.. — Процедил отец. — Ежели ты еще раз рот откроешь, пришибу к чертям собачьим! Где трубка, Антон? — посмотрел он на бритоголового.

— Вот она, батяня. — Длинноволосый протянул трубку.

— Да прости ты Мишку. — Взяв у него трубку, Антон передал ее отцу. — Он привык приблатовывать.

— Кисет где? — спросил отец.

Михаил протянул ему кисет.

— Кресло испортил, — проворчал старик. — В общем, вот что, сыны, надобно подмогнуть Ивану. С Лукой у нас спор давний, и до сих пор решения нет. Но тогда ему придется мне спасибо говорить, а в благодарность и место указать. Знает Лука, где алмазы на поверхности лежат. Сам не занимается этим, но где лежат, извсстно ему. А спор у нас насчет родительских икон вышел. Помнишь, ты говорил...

— Батя, — сказал Михаил, — там досок полно...

— Тьфу ты, чертило! — Отец плюнул и перекрестился двумя пальцами. — Не смей так говорить. Доски!.. — Он протянул сыну трубку. — Набей табаком. Отрастил волосы, как английский битл, и речи такие же. Тем иконам сколь наших предков молились. А ты — доски... Тебя только цена интересует. И в кого ты такой народился? Видать, конец свой чую, чтой-то меня к иконам потянуло. А ежели откровенно, — увидев, что сыновья удивленно переглянулись, усмехнулся он, — то где-то есть молитвенная посвященных. Там ой как много чего. Помирать я не собираюсь, не дождетеся. Мне уж больно охота внука дождаться. А вы что-то не телитесь.

— Да будет тебе внук, — поспешно проговорил Михаил, — уже почти есть. Ты это, батя, поподробнее.

— А подробнее — когда Ивану подмогнете. Иначе я с Лукой никак говорить не могу.

— Подожди, — удивился Антон, — при каких тут иконы и эта молельня?

— Молитвенная, — сердито поправил его Василий Демьянович. — А при чем это все, узнаете в свое время. Сейчас надобно Ивану подмогнуть. И вот что еще: у вас свои люди в Тикси имеются?

— А для чего? — спросил Антон. — Убить кого?

— Да что ж вы за тупоголовые такие, сразу пришибить желаете! На это дело у меня свои умельцы имеются. Трубку-то зажги, дурень, — приказал он Антону. Тот поспешно прикурил и протянул отцу трубку. — Ведь ты, Антон, там вроде деловой мужик, вот и звони, пусть твой адвокат сделает так, чтоб сына Ванькиного Афанасий...

— Постой, — остановил отца Антон, — при каких тут дядька Афанасий? И ты говоришь — помочь Ивану. Но почему дядя Лука будет тебе в благодарность иконы отдавать?

— Деревянные вы! Я про то, что иконы имеются у Луки, брата моего, и у Афанасия. Наши деды друганами были. А вот родители повздорили крепко. Вот нам надобно, чтоб все иконы были...

— Погоди, батя, — вздохнул Антон, — я вообще запутался. Дядя Лука ненавидит Ивана, он его племяшей чуть не порешил. И наверняка, если Иван доберется до Выселок, добьет их. А ты приказываешь помочь Ивану. И еще внука дядьке Афанасию помочь вернуть. Я теперь ни хрена не понимаю.

— А все из-за того, что город на вас дурь нагнал! — рассердился отец. — Ваньке надо помочь. Лука наверняка хочет, чтоб Иван сгинул. Афанасий, понятное дело, не желает этого. Вот и можно обоим подмогу оказать. Найти Ваньку и припрятать. И обоим по-разному сообщить. Афанасию — мол, живой твой сын, и ежели желаешь, чтоб и далее он жив-здоров был, иконы отдай. И Луке тоже помощь окажем. Мол, Ваньку предать земле можно. Но за его смерть ты нам иконы подгони. Ясен вам день или все еще вечеруете?

Сыновья переглянулись.

— Да вроде что делать, понятно, — кивнул Антон. — А вот зачем иконы — как-то не совсем. Продавать ты их не желаешь. Хочешь найти Ивана и спрятать его.

— Укрыть, — поправил отец.

— А разница невелика. Но как это поможет выйти на молитвенную?

— А это, сыны мои дорогие, когда все будет вместе, тогда и прознаете. — Затянувшись, отец кивнул Антону. — И не забудь про сына Ванькиного, он должен быть у старика.

— Понял. — Антон вытащил сотовый.

— В поселок идти? — удивился коренастый мужик. — Да он чего, перепил, что ли?

— Он велел передать Гвардину, чтоб привел своих до него, — сказал участковый.

— Лады, передам. А ты, значится, в посыльные к Демьянычу записался? Ох, прознает твое начальство, мало тебе не покажется! Али тоже в оборотни записался? А знаешь, меня вот какой вопрос очень интересует: оборотнями считаются все менты али только те, которые с большими звездами?

— Хорош тебе, Корней. Скажи Гвардину, чтоб явился к Демьянычу. И чем быстрее, тем лучше.

Долина Убитой Росомахи

Иван, открыв глаза, коротко выругался. Пахло паленым. Он огляделся и увидел дымящуюся дыру на стеганой безрукавке.

— Искрой стрельнуло. — Он ладонью прихлопнул тлеющую ткань. Пошевелил плечами. В полуметре от него ровным огнем горело бревно. Сквозь закрывающие вход в пещеру хвойные ветви пробивался дневной свет.

Он взял замерзшую тушку куропатки и быстро разрезал ее на куски. Вытащил из рюкзака кастрюльку, положил в нее куски куропатки и снег. Кастрюльку укрепил на камнях над костром. Потом достал из кисета полоску газетной бумаги и скрутил цигарку. Закурив, лег на ветки и посмотрел на часы.

— Три часа дрых. Устал я здорово. Не врежься вертолет в камни, все уже кончилось бы. А я жив остался. Надеюсь, ей уже лучше. Конечно, она все рассказала. Заимку, наверное, найдут. Она внимательная, опишет место в распадке. Привлекут знающих местность охотников и найдут. Заимка мне уже не понадобится. Только бы добраться до Наткиного горла. Сломать ей шею, а потом пусть убьют. Хрен с ними, с Торовыми, они, наверное, свое получат очень скоро. А дядя их, Лука Демьянович, очень хочет, чтоб меня убили. Наверняка послал своих людишек. Жаль, никого я не встретил, погода подвела. Хоть бы утихло попозже. Да и с Иркой я время потерял. Зато отдохнул и думать начал. Когда вертолет стал падать, впервые в жизни страх почувствовал. Потом удар. Поднимаю голову, вижу — мужик бежит, кричит что-то. И баба. Я рванулся подальше от вертолета и споткнулся о нее. Она застонала: «Машенька, доченька!..» — Иван сел. — И я потащил ее. Мужик опередил нас. Если б не волки, я бы его прибил. Мразота! А смог бы я убить его, чтобы с голоду не помереть? Без нее наверняка, а вот с ней... Помнит она вкус мясной каши или нет? Что-то помнит, спрашивала не раз. Мясо теперь долго есть не будет. А может, и никогда. Станет... как их там? Вегетарианцы, кажется.

Зашипела выплеснувшаяся из кастрюльки вода. Иван ножом помешивал мясо. Потом достал из рюкзака закопченную кружку, набил ее снегом и поставил на огонь. Достал два кусочка сахара и пакетик с чаем.

— Задержусь здесь, — решил Иван. — Надо все мясо сварить. Больше останавливаться негде будет. Я не знаю местности. Проходил раза два, но севернее. Здесь, говорят, полно воинских постов, запросто можно нарваться. Хорошо, если просто вернут, а могут и взять. Им наверняка сообщили о побегушнике. Могут взять. Подержат на своем посту до прибытия вертолета с ментами, и все дела. Так что надо осторожнее идти.

Якутск

— Убитый — житель маленького охотничьего поселка Орха. Револьвер в розыске с девяносто девятого года, после нападения на почтовую машину около поселка Джарджан. Странное нападение, — покачал головой майор милиции. — Похищены письма и револьвер водителя. Больше ничего не тронуто. Как Семен Лепехин, убитый, оказался там, непонятно. Судя по внешнему виду, он пробыл в сопках не более пяти часов. К сожалению, откуда он пришел в пятый квадрат, установить не удалось. К Денову он не имеет никакого отношения, это точно.

— Но где же Денов? — недовольно спросил прокурор республики. — Прошло трое суток с тех пор, как он оставил у метеорологов Войцевскую. Выскочить из района ему за это время не удалось. Выходит, отсиживается. Где? — Он посмотрел на полковника ФСБ. — Что скажете, Лазавин?

— Денов вышел, — ответил за него Аркадий Семенович, — и направился на запад. Не будет он там отсиживаться, понимает, что к поиску привлечены охотники и егеря, которые прекрасно знают район. Он специально отдал метеорологам женщину. И они видели, как он спускался с сопки. А он сразу повернул и пошел на запад, в сторону долины Убитой Росомахи. Наверняка Денов сейчас выжидает. По словам женщины, у него с собой три куропатки, чай, немного сахара и сухари, кастрюлька и кружка. Два ножа, один охотничий, другой с половиной рукоятки — метательный. И два заточенных штыря. Их можно использовать как оружие в рукопашном бою. Одет он в короткий полушубок, свитер грубой вязки, безрукавку, переделанную из телогрейки. Джинсы, на ногах якутские унты. На голове шапка из волка. Надо найти заимку, но сейчас разговаривать с женщиной об этом бесполезно, она в истерике. Думает, что ела своего... — Не договорив, он махнул

174

рукой. — Разумеется, как только ее состояние стабилизируется...

— Надо спросить ее, каков на вкус был Сопов, — усмехнулся полный подполковник милиции. — Из-за него она поссорилась с мужем и...

— Заткнись, — шагнул к нему Аркадий Семенович. — Из-за таких, как ты, и считают...

— Как вы смеете? — закричал тот.

— Долин, — вмешался прокурор, — вы отстранены от работы до решения комиссии. Покиньте кабинет! — Опустив голову, тот пошел к двери. — Надеюсь, все вы понимаете, что подобные высказывания недопустимы, — строго продолжил прокурор. — И так сейчас об органах правопорядка говорят черт знает что. К сожалению, не всегда несправедливо. Что касается Войцевской, у нее сейчас очень сложный период. Если на совещании штаба по обезвреживанию особо опасного преступника высказываются о ее... — Он кашлянул. — В данной ситуации мы можем оказаться хуже Денова. Неизвестно, что ела Войцевская, это знает только Денов. Никто не понимает, почему он ее спас, но он сделал это. Именно поэтому он не стал бы кормить ее мясом. Другого слова, к сожалению, не подберу, — пробормотал он. — Поэтому я и предупреждаю вас: не будьте хуже Денова. Надеюсь, больше говорить об этом не придется. Любой, кто затронет эту тему, будет наказан. Строго наказан. Доведите это до сведения своих подчиненных и коллег. Вернемся к Денову. Получается, что беглый зэк водит нас за собой, как в игре «Зарница». Он спасает женщину, и о нем уже идут разговоры как о спасителе. Кроме того, многие открыто одобряют его стремление убить жену.

— Денова надо брать живым, и чем скорее, тем лучше, — проговорил Аркадий Семенович. — С охотниками тех мест договорились?

175

— Сказали, что да, — ответил один из офицеров милиции. — Уже начали прочесывать местность.

— Только бы Денов не нашел оружие, — вздохнул прокурор.

Пятый район

— Твою мать, — приглушенно проговорил Рябой, — их тут как куропаток. Значит, Ваньку не взяли, иначе какого бы хрена они тут сидели?

— Уходить надо к Оленьку, — предложил Латыш. — Иначе хана.

— Туда идти по крайней мере дней пять. Думаешь, там солдатни нет? Она везде, суки. Нам на Озерки надо пробраться. Ванька туда рано или поздно придет. Но как отсюда уйти?

— Надо просочиться, когда они начинают движение по своему отрезку ночью. Следов мы не оставим. А если и будут, то к рассвету все сгладится.

— У них наверняка есть приборы ночного видения. Надо на север, к Оленьку двигаться, а там по руслу пройдем. Помнишь, речонка там засохла...

— Помню, — кивнул Латыш.

— Руки за головы! — раздалось сзади. — На колени и мордами вниз!

— Влипли! — выдохнул Егор. Они положили руки на затылок и легли на землю. Заскрипел под ногами снег, и на их руках защелкнулись наручники.

— Не более десяти минут, — посмотрев на часы, предупредил плотный прапорщик. — Мороз. Через десять минут снимаете наручники и протираете запястья.

— Кто такие? — спросил капитан ВВ.

Тикси

— Иринка! — В палату вбежала Нина. За ней с халатом вошла медсестра.

— Наденьте халат, — строго проговорила она.

Нина, обняв подругу, плакала. Медсестра положила халат на спинку кровати и вышла. В палату вошел Антон. Поставил на пол большую сумку и два пакета и вздохнул.

— Как я боялась, что ты погибла!.. — сквозь слезы пробормотала Нина.

— Знаешь, — всхлипнула Ирина, — может, лучше мне было бы остаться в сопках. Я не могу с этим жить...

— Да перестань, Ирка, — сказала Нина, — все уже позади, успокойся.

— Слышь, — услышал Антон сзади тихий женский голос, — подь-ка сюда.

Он повернулся и увидел пожилую женщину в белом халате.

— Вы мне?

— Ну не им же, — сердито отозвалась тетя Паша.

— В чем дело? — Антон шагнул к ней.

— Меня тетя Паша зовут. У вас в сумках есть что-нибудь мясное?

— А что, не положено?

— Достань. Нельзя, чтоб она видела. Все потом обскажу. Достань немедленно.

— Ты, наверное, есть хочешь? — стараясь как-то отвлечь и успокоить подругу, спросила Нина. — Мы тебе твоих любимых котлеток нажарили. Антон, где...

— Не надо! — завизжала Ирина. — Нет! — Она отшатнулась к стене.

— Да нет тут ничего, — заговорил Антон. — Виноград, помидоры и огурцы. Тебе сейчас витамины нужны. И торт! — Он вытащил из сумки коробку с тортом и пакет с овощами. — Пакет заберите, — прошептал он тете Паше. Та схватила его и тут же вышла.

— Что происходит? — испуганно прошептала Нина.

— Держи! — Антон поднес пакет с овощами к тумбочке возле кровати. — Вот соль. И картошка в мундире есть. Как ты любила в деревне у наших стариков. И пюре... — Он начал выставлять банки. — Поешь.

— Нет, я не могу так. Почему он не убил меня? — Ирина, уткнувшись в подушку, зарыдала.

— Что с ней? — беспомощно спросила Нина. — Ира... — Она хотела погладить подругу по плечу.

— Не надо, — остановила ее тетя Паши. — Идите, у Андрея Васильевича все разузнаете.

В палату вошла медсестра со шприцем.

— В чем дело? — тихо спросил, выходя из палаты, Антон.

— Отец ее вам все скажет. Рита, — позвала медсестру тетя Паша, — проводи их до Андрея Васильевича.

— Укол делать надо, Ирина. — Сестра подошла к кровати.

— Тетя Паша, — прорыдала Ирина, — почему я не умерла?!

— Она даже с Машей говорить не стала, — нервно сказал Андрей Васильевич. — Все очень плохо.

— Господи, — вздохнула Нина, — неужели она действительно...

— Хоть ты-то чепуху не пори, — остановил ее муж. — Хорошо, мне бабка шепнула, а то бы достал котлеты и мясо. Фуу! — выдохнул он. — И что теперь делать-то?

— Никто не знает, — отозвался Андрей Васильевич. — А что Эдик говорит?

— Что у Ирки был роман с Соповым, — зло проговорил Антон. — Убил бы паскуду! И знаете, Андрей Васильевич, не просто так все это. Звонок тот вам домой... Я, конечно, утверждать не могу, но все здесь как-то странно.

Зачем Гатову надо было это устраивать? Ведь Иринка наладит его, и все дела. Он как будто знал, что вертолет упадет. Это на первый взгляд полная чушь, но...

— Ну почему же чушь? — вздохнул Войцевский. — Я и сам уже не раз об этом думал. Ирина никогда не изменяла Эдику, не в пример ему. И вдруг эта сцена ревности около вертолета. Почему там вдруг появился Сопов? Насколько я знаю, он не собирался в эти края, его и пряником не выманишь из Питера, и вдруг он приехал в Медвежий Угол. Зачем? Я хочу поговорить с Эдуардом.

— Вам нельзя оставлять Ирину, — покачала головой Нина.

— Она только Павлину Андреевну и слушает, — вздохнул Андрей Васильевич. — А меня узнала, но говорить не хочет. Даже с Машей разговаривать не стала.

Москва

— Все хорошо и с мамой, и с дедушкой, — стараясь казаться веселой, сказала сидящая рядом с кроватью Елизаветы Антоновны Маша.

— Машенька, — вздохнула бабушка, — ты никогда не умела лгать. И сейчас у тебя это не получается. Что случилось?

Маша заплакала.

— Я не знаю, — всхлипнула она. — Мама не стала со мной говорить. А дедушка сказал, что мама в больнице. Он тоже там, но утверждает, что только для того, чтобы быть рядом с мамой. Я не знаю, почему мама не стала говорить со мной.

— Успокойся, Машенька. — Елизавета Антоновна погладила по волосам уткнувшуюся в край кровати внучку. — Мама сейчас приходит в себя после аварии. Ты же ее знаешь. Пока она не станет полностью здоровой, ничего не будет говорить. Она не любит, когда ее жалеют. Главное, что мы живы, поэтому все будет хорошо.

— Но почему она не захотела со мной хотя бы просто поздороваться? Я бы ни о чем ее не спрашивала. Просто услышала бы ее голос. А она не стала со мной говорить. Наверное, этот Эдуард Викторович...

— Перестань, Машенька. Эдуарда Гатова больше в твоей жизни не будет. Я не знаю, что там произошло, Андрей ничего не стал объяснять, но поняла одно, что...

— Дедушка тебе звонил? — перебила ее Маша.

— Да, он очень беспокоится о нас. Тебе не позвонил, потому что не хотел расстраивать. Как я поняла, у Иры дела неважные... Он пытался сказать, что все не так страшно. Если Андрей говорит, что что-то не так, значит, лучше его не расспрашивать. Но если бы было что-то серьезное, он не стал бы обманывать.

— Я поеду туда, — сказала Маша.

— А меня оставишь одну? С мамой там дедушка, а я, получается...

— Извини, бабуля! — Внучка поцеловала ее.

— Все будет хорошо, Машенька, — улыбнулась бабушка.

Санкт-Петербург

— Как что? — усмехнулся крепкий молодой мужчина. — Петьку просто использовали. И ты все это оставишь без последствий? Я бы на твоем месте...

— Давай каждый будет на своем, — спокойно проговорила молодая симпатичная блондинка. — Я сама разберусь, а в советах, тем более в твоих, не нуждаюсь.

— Вот как? — усмехнулся он. — Ну что ж, Диана, смотри сама. А раньше...

— Я имею в виду случай с Петром. Ты не все знаешь. Хотя я не понимаю, почему ты спрашиваешь, кто подставил Петра. Произошла авария, вертолет врезался в скалы и рухнул. Погибли люди. В живых остались трое, один из них опасный преступник. Говорят даже, что он людоед.

— Ну и кличка!

— Да нет, это не кличка, он действительно ел людей.

— Да чепуха это. Сейчас что, война, что ли?

— Его отец когда-то бежал из колонии и взял с собой молодого...

— Так было. Мне рассказывали о таком. Вот оно что. Этот беглый действительно людоед?

— А я тебе что говорю!

— Вот это хрен!

— Среди уцелевших была жена Гатова.

— Ирка? Ничего не пойму! Он же вроде хотел...

— Перехотел. А если точнее, Машка не согласилась на удочерение.

— Теперь, кажется, кое-что проясняется. Хотя все равно Эдик ни хрена не получит.

— Ошибаешься, получит. Дела они вели совместно, и в случае смерти Ирки он возглавит фирму. Конечно, это будет оспаривать Иркин отец. Но пока суд да дело, он может себе приличный куш урвать.

— И ты вполне можешь получить часть этого куша, — усмехнулся он. Диана задумалась.

— А ты не так глуп, Виталий, — помолчав, проговорила она. — Со стариками Войцевскими может случиться что угодно. Машка пока не имеет права ни на что претендовать, ей только семнадцать...

— Однако скорее всего с ней будут проблемы. Но это все решаемо. Так что сразу поставь Эдику условия: или все пополам, или ты его сдашь с потрохами.

— Вот как раз этого я сделать не могу. Потому что... — Диана помолчала. — Никаких условий ставить не надо. Он так и так будет моим, следовательно, и все, что он получит, — тоже. Но сначала это надо законно оформить, а уж потом с ним что-то случится. Обещаю тебе, что до свадьбы у меня с ним не дойдет...

— Как будто ты с ним ничего не имела раньше! Но я могу потерпеть некоторое время, если ты будешь со мной.

— Конечно. Главное, мы станем наконец богатыми. Ирку, я думаю, людоед слопает, а Эдика можно будет просто поставить перед выбором: или половина всего, что есть сейчас, наша, или очень многое может стать известным. Скажу тебе откровенно, он мне никогда особо не нравился. Просто пользовалась его деньгами, и ты, кстати, тоже, через меня.

— А на кой хрен ты звонила этой бабке?

— Думала, у нее сердце остановится. Дед тогда точно не выжил бы. И... — Диана вдруг грубо выругалась.

— Ну ты даешь стране угля! — захохотал Виталий.

— Ее нашли, — сказала Диана. — Она сейчас в больнице в Тикси. Ведь я только сегодня узнала об этом. Черт возьми, тогда ты прав, надо, как ты любишь говорить, доить Эдуарда. Как же я забыла, что Ирку нашли?..

— А мы с тобой губы раскатали. Ирка, значит, и людоеду не по вкусу пришлась. Вот шкура, ничто ее не берет. Два раза пытались ее убрать, но бесполезно. Эта сволочь даже людоеда убазарила. Да и хрен с ней! Надо Эдика доить. Тем более ты хахаля потеряла. А Петенька клюнул. Сколько ему пообещал Эдик?

— Сто тысяч. Деревянных, разумеется. Кстати, эти деньги получу я. На твою помощь надеяться можно?

— И ты еще спрашиваешь? Я за тебя любому башку снесу!

— И Лаврентию Давыдовичу?

— Да хорош тебе! Лавр — он и есть Лавр. Не зря его Берией кличут, у него все увязано и с ментами, и с мафией. Хотя Лавр и мент, и мафия. Правда, у него какие-то интересы в тех краях имеются. Но об этом лучше не говорить. То есть говорить можно, но чтоб Лавр об этом не знал.

— Да мне плевать и на Лавра, и на его дела. Просто я очень хотела заполучить Иркино дело.

— Узнала, что она уже в больнице, а пела о бабках, — усмехнулся он. — И почему ты вспомнила Лавра?

— Сейчас Ирку можно убрать, да и все это семейство тоже. А когда все будет принадлежать Гатову, я поживу с ним немного, а потом...

— И я должен принимать это? Он будет тебя трахать.

— А разве этого не было? Но ты принимал это совершенно спокойно. Потому что пользовался деньгами, которые я брала у Эдика. И что же вдруг изменилось?

— Мне надоело делить тебя с Эдиком. Ты жила с Соповым, была любовницей Гатова и моей. И мне это осточертело. Надо что-то решать. Ты со мой или...

— Или, — усмехнулась Диана.

— Решай! — Виталий вышел из комнаты.

— Я уже решила. Я хочу быть богатой, и в этом мне помочь может только Гатов.

Выселки

— Давай уедем, — вздохнула Наталья. — Боюсь я, ужасно боюсь, что он вот-вот войдет...

— Во-первых, сейчас дороги еще не расчищены, — сказал Григорий. — А во-вторых, нас просили остаться, ну вроде приманки. А в-третьих, — он понизил голос, — я лично не хочу уезжать. С этим делом надо кончать самим, иначе так и будем бояться. Думаешь, Ванька не узнает, что мы отсюда уехали, и здесь не появится? Ему в первую очередь нужна ты, твоя жизнь. Точнее, наши, — поспешно добавил он. — Нам лучше, если его кончат здесь. Ясно?

— Боюсь я его, он меня убьет. А если его тут убьют, Афанасий нас все равно прикончит.

— Не думаю. Афанасий внука хочет, и он его получит. А если нас убьют, то в первую очередь за него примутся. Не пойдет он на это сейчас. Попозже, конечно, он может кого-то прислать. Но к этому времени, я думаю, мы покончим с ним руками староверов. Сама понимаешь почему! — Григорий подмигнул Наталье.

— Ну? — Лука Демьянович посмотрел на вошедшего мужика.

— Пасут, суки, — ответил тот. — Поселок закрыт, заяц не проскочит.

— Заяц, может, и не проскочит, — проворчал Лука Демьянович, — а Иван сможет, он же в тот раз прошел. Как — никто не знает. Старики рассказывали, когда я молодым был: есть сюда подземный ход. Пытались тут золото мыть и сделали вроде шахты. Но потом засыпали все, но вполне может быть, что и не до конца. Отец Афанасия знал что-то. Афанасий скорее всего и показал ментам и солдатикам, как поселок перекрыть. В поселке их меньше будет. Вот что, ты сходи-ка к племянникам, пусть сюда идут. Мы с Ванькой и сами управиться сможем. А по отдельности он им бошки отвернет. Пусть сюда идут, — повторил он. — Да и решать надобно, как дальше быть. Дела, чувствует мое сердечко, хреновые ожидаются. Что-то затевают племяши, мать их за ногу! Батькой меня звать перестали, а ведь я им сколь лет заместо родного отца был. Изменились они. И Васька, брат, чтой-то молчит. — Он посмотрел на вошедшую старушку. — Чего тебе, мать?

— Филька звонил, деньги требуются, чтой-то там у него не сладилось с законом.

— Вот едрена мать! — Лука Демьянович покачал головой. — Сызнова на чем-то попался. Бизнесмен, едрена вошь! И сколь надо?

— А ты с ним сам поговори. — Женщина вышла.

— А ты, Полина, не особо нос вороти, — строго проговорил он. — А то насмотрелась сериалов, и дамой она, видите ли, стала!.. Тарас, дай-ка телефон, поговорю с сыном.

Могучий бородач вышел из комнаты и, набрав номер, протянул мобильник хозяину.

— И чего снова стряслося? — сердито спросил Лука Демьянович.

— Да все путем, батя, — прозвучало в ответ. — Пока меня здесь не было, в общем, мне пятьдесят тысяч надо в темпе, товар тут по дешевке попался, а у меня бабки...

— Лады, вышлю. Завтра и отправлю с почтальонской машиной, у них вездеход. Встретишь их и получишь. Я тебе семьдесят пошлю. Понял?

— Да. Кстати, Иван ушел, даже следов его найти не могут. Баба, которая с ним была, в Тикси сейчас в больнице. С головой у нее не в порядке. Подруга ее с мужем улетали куда-то, но сейчас вернулись и были у нее. Да, мужик этой бабы в Тикси, но к ней не приходит.

— Погоди, а на кой ты мне все это рассказываешь? И зачем сам интерес проявляешь? Ты-то при каких там?

— Да просто чтоб в курсе быть.

— Ты мне пургу-то не мети, выкладывай, что за интерес у тебя в этом?

— Да просто знаю я немного Гатова, знакомый мой один с ним...

— Вот что, сын, мне такое знакомство твое ни к чему. Ладно, об этом опосля говорить будем. Ты когда в Выселки заявишься?

— Да вот как с делами малость управлюсь, сразу и приеду.

— И как скоро ты с этими делами управишься?

— Думаю, через недельку приеду и деньги привезу.

— Значит, не взяли Ваньку? — усмехнулся Афанасий Семенович. — А то уж все говорят — погиб твой сын. Вот хренушки вам! Ванька вам просто так не подставится. Уж если сбежал, так надо до конца дело доводить. А то поймают, и, считай, все, не увидим мы с тобой, Томка, сына... — Он вздохнул. — За побег добавят и за мужика с вертолета. Разговор идет, вроде как питался им Ванька. И бабу, бают, кормил. Только не верю я. На кой хрен он ее тянул по сопкам в такую непогоду? И на кой хрен она ему сдалась? Но потом все прознается. А сейчас ему, конечно, лучше в Долину Росомахи идти. Там и найти трудно, и места для укрытия и отдыха знатные есть. Оттуда тем же путем через пару деньков назад, к Озеркам. А вот тут ему подмочь треба...

— Господи, — Тамара Васильевна, спрятавшись в темной комнатушке, молилась перед иконой Иисуса Христа, — не отворачивалась я от Тебя. Если делала что не так, накажи меня, но помоги сыну. Я же все грехи свои и мужа замаливала. По любви за Афоньку вышла, а веру ихнюю так и не приняла, но притворилась. Господи, прости Ты меня. Я не могла понять, почему они двумя пальцами крестятся. Я не принимала их веры, хотя вера вроде бы и одна.

— Тамарка! — послышался голос мужа. — Ты куда запропастилась?

Перекрестившись, Тамара Васильевна быстро убрала икону под висящий в углу тулуп, поклонилась и вышла из комнатушки.

— Пошли кого-то из девок к Самойлу, — сказал муж, — пусть записку отдадут и тут же возвращаются. Ответ нужен сразу.

— Хорошо, сейчас кликну Прасковью, она и пойдет. У нее там сестра живет, выпустят ее.

***

— Как дела? — подходя к двум солдатам, спросил Лебедев.

— Все хорошо, товарищ старший лейтенант, — ответил ефрейтор.

— Не холодно?

— Никак нет.

— Кто-нибудь пробовал выйти?

— Два мальчика лет по пятнадцати кататься на горы шли. Мы их не пропустили.

— Никого не выпускать. Список председатель поссовета дал, но все равно — только с моего разрешения.

— Как дела, служивые? — улыбнулся подошедший к пустому коровнику прапорщик.

— Да все отлично, — раздалось в ответ. — В крайних домах собаки, они никого без лая не пропускают, очень удобно.

— На собак надейтесь, но и сами не плошайте. Денов может заявиться в любое время. И еще, сынки, раз крикнули и сразу бейте. Рисковать и становиться героями не надо, матерям вы живые нужны.

Молодая женщина на лыжах быстро подошла к околице.

— Стоять, красавица! — раздался голос. — Куда направляемся?

— К сестре на часик. Приболела она, вот и иду проведать. Бумага есть от вашего командира. — Она протянула сложенный вчетверо листок.

— Солдат взял листок и прочитал: «Выпустить на пять часов».

— А не боитесь? — вернув ей пропуск, спросил он. — Мало ли что или кто может...

— Тут всего-то семь километров, — улыбнулась женщина, — а вашего брата кругом полно. Да я и сама за себя постоять сумею, если придется. — Она быстро пошла дальше.

— Во живут, — глядя ей вслед, сказал второй солдат, — ни хрена не боятся! А тут и медведи есть, и росомахи, и волков немало. Да и вдруг на Денова нарвется? Он ее в заложники возьмет, что тогда делать?

— Пусть командир думает, — отмахнулся напарник.

Хутор Олений Выгон

— Ну что, — усмехнулся якут, — не попался вам Ванька-то?

— Чайку бы, дядя Самоил, — сняв рукавицы, попросил один из трех солдат.

— Это пожалуйста, — кивнул якут. — Веруня, — сказал он вошедшей в комнату светловолосой женщине, — поставь самовар, напои защитничков наших. А вот вы мне правду скажите, — повернулся он к солдатам, — не страшно вам такого...

— И круче брали, — отмахнулся скуластый солдат. — С «тройки» вон с автоматом ушли двое. Часового ранили и ушли. И то взяли. Одного. Второго, который стрелял, положили в сопках. А у этого...

— Все-таки немного не по себе, — перебил его старший сержант. — Этот же, говорят, и нож отлично кидает, и сила есть, и приемчики знает и без следов ходит. Ни разу еще на его след не вышли. И наверняка у него оружие уже есть. Стреляет Денов отлично, а мне осталось до дембеля три месяца.

— И не жалеют вас командиры, — сказал якут.

— Может, поедите чего? — спросила женщина.

Солдаты переглянулись.

— Если немного, — смущенно проговорил один.

— Картошки жареной с мясом. — Она подошла к печи. — И салат. Сейчас подам.

— Дядя Самоил, — заглянула в приоткрытую дверь девочка лет двенадцати, — вас мама зовет. У нее сердце снова болит.

— Сейчас иду, — ответил Самоил — Извините, ребята, жена вас покормит, а у меня вызов.

— Фельдшер он, — пояснила женщина. — А у соседки что-то с сердцем в последнее время плохо. Родителей похоронила недавно, вот и прихворнула.

— Как ты, Роза? — входя, спросил Самоил.

— Нормально, — проговорила, выйдя из кухни, женщина лет тридцати пяти. — Тут Афанасий Семенович Прасковью прислал. И записка для вас.

Самоил прочитал записку и бросил ее в горящую печку.

— Передай, — сказал он Прасковье, — все сделаю. У меня есть кое-что для Ивана. В общем, через пару дней он услышит.

— А почему у него, у мужа вашего, — спросил солдат, — имя такое необычное?

Вера рассмеялась:

— Отец его так назвал — Самоил. Его спас в тайге какой-то человек по фамилии Самойлов, и он сына в память об этом человеке назвал Самоилом. А мне нравится.

— Но вы русская, — сказал другой, — красивая молодая женщина. А тут такая глухомань и...

— Я выросла здесь, — улыбнулась Вера.

Тикси

— Смотри! — Антон остановил Нину. — Эдуард с какими-то мужиками. Не думал, что у него тут знакомые есть.

— А одного я видела, — сказала Нина. — Сосед наш, Мохов, освободился месяц назад. Его все Мох зовут. Помнишь, ты с ним и с его товарищем еще чуть не подрался?

— Толик Мохов. И что же у них общего? А почему Эдуард не идет к Иринке? Сейчас спрошу.

— Не надо, — остановила его жена, — ну его к черту. Мы-то тогда не вовремя улетели. Хорошо, Тоня, соседка, позвонила, и мы сразу тоже в больницу звонить стали.

— Только бы с Иркой все хорошо было. — Антон завел машину. — Она даже с Машей говорить не захотела.

— Боится она, что ела...

— Да что тут говорить... А ты веришь в это?

— Не знаю. И не хочется верить, но чем он ее кормил? Я не знаю, что и говорить ей. Конечно, мы никогда про это не вспомним...

— А другие? И если говорить откровенно, как-то не по себе.

— Да ты что мелешь-то? Вот что я скажу — с ней все будет как прежде. Я имею в виду наше к ней отношение.

— А у вас что, — недовольно спросил Гатов, — знакомых в больнице нет? Делов-то — сунуть...

— А чего сам не сунешь, — с усмешкой спросил худощавый молодой мужчина, — если так просто? Сам прикинь, земеля, надо с кем-то из больнички добазариться. Все-таки жмура делать — не зубы рвать.

— Какого жмура? — не понял Гатов.

— Труп, — ответил сутулый пожилой мужчина. — А к ней сейчас верняк ментов приставлено полно, она же свидетельница по делу Денова. Так что, земеля...

— Сто пятьдесят тысяч, — сказал Гатов, — сразу же, как она помрет. В общем, вот что, надумаете — звоните. Жду три часа. — Он пошел дальше. Мужчины смотрели ему вслед.

— Ну что, Мох, — буркнул сутулый, — бабки неплохие.

— Я откинулся месяц назад, — откликнулся Мох, — и в больнице у меня знакомых нет. Да если б и были, вряд ли кто подпишется за двадцать кусков. А отдавать половину нам невыгодно.

— А где ты еще хапнешь такие бабки? Да и делов-то хрен да немного. Передачку ей послать, а во что-нибудь крысиного яда сыпанем. И сами не понесем, дадим какой-нибудь шкуре, пусть она еще кого-то попросит. И все дела. А такие бабки мимо себя пропускать не годится.

— Но все ж жмура сделаем, а это...

— Да ты боишься, Мох! Зря я к тебе этого фраера привел. Ты же базарил, что в централке у тебя знакомая есть, которая что хошь сделает. Или порожняк базарил? Ладно, сам все сделаю.

— Да есть знакомая, — Мох поморщился. — Просто...

— А она и знать не будет, — перебил его сутулый. — Сунем ей шоколадку и скажем — отдай обязательно такой-то.

— Да как-то не в жилу. Она же потом сдаст на хрен. Я не подписываюсь. Ты, Горбатый, как хочешь, а я — пас.

— Ништяк. Но если делюга сорвется, я тебя, Мох, под ножи подведу. Ты в курсе, что у меня в...

— А вот жути на меня гнать не надо, — усмехнулся Мох.

— Да ты прикинь, по семьдесят пять кусков обломится. Где ты такие бабки еще хапнешь?

— Бабки неплохие, конечно, но...

— А за двести подпишешься? По сто на рыло.

— По сто? За стольник подпишусь.

— Все! Значит, добазарились.

— Что же ты, девонька, — строго сказала Павлина Андреевна, — с дочкой не говоришь? Она же извелась вся.

— Не могу я, — ответила Ирина. — Поймите наконец — не могу! — закричала она. — Что я ей...

— Да ты и не говори ничего, — перебила ее тетя Паша. — Просто поговори, хотя бы пару слов ей скажи. Мол, болею, но скоро все хорошо будет. Сколь лет дочке-то?

— Семнадцать вот-вот исполнится. Она хочет в медицинский институт поступать. Я ее родила рано. И не знаю я, тетя Паша, что ей говорить.

— Дурища ты, мелешь незнамо чего. Оно, конечно, понятно, сомнения в голове твоей. Но не кормил он тебя человечиной, вот тебе крест, не кормил. Я потому говорю так уверенно, что со знающими людьми разговаривала. Если бы он тебя кормил, то не отпустил бы живую. На кой ляд ему свидетель нужен.

— Но он же говорил мне, почему сбежал. И избушку я видела. И как найти ее — знаю. Господи, — застонала Ирина, — я как только подумаю...

— А ты не думай! — прикрикнула на нее тетя Паша. — А то тебя в психушку запихнут. Просто выбрось из головы...

— А вы думаете, я не пыталась? Я и его несколько раз спрашивала. Он однажды просто сказал: ты этого не делала.

— Ну вот, чегс ж тебе еще надобно-то? Изводишь себя...

— Мне жить с этим.

— И что?

— А что я отвечу на простой вопрос — как я сумела выжить? Что ела? Ведь все знают, что он людоед. И Сопова нашли, — Ирина заплакала.

— Ох, хоть бы арестовали ирода этого! Может, тогда ты успокоилась бы. Я тебе не раз уже говорила — не кормил он тебя...

— А что я ела? Я помню какую-то мясную жижу. Отвратительный вкус и запах. Я помню это. И уверена...

— Господи! — Тетя Паша положила ладонь на руку Ирины. — Ну и досталось же тебе, девонька. Почему Господь такое допускает? Ну не знаю я, что тебе сказать, чтоб ты...

— Ответьте мне просто — что я могла есть? Что у него могло быть? Ведь нашли Сопова и...

— Погодь, девонька, как ты себе это представляешь? Он сам, значит, ел твоего знакомого и тебя кормил? Что ж это такое-то? Зачем ему это надо было? Я уверена, что не ела ты этого знакомого. Прости меня, Господи! — Тетя Паша перекрестилась. — И давай об этом больше не говорить.

— Значит, мне так и жить с этим? Почему я выжила? Ну за что мне все это?!

— Ты бы об отце подумала и о дочери.

— А кто обо мне думать будет?! И что думать будут? Папа и мама промолчат, да и Маша тоже. Но они же будут думать, что я... — Ирина зарыдала.

— Она потрясена, — сказал врач, — поскольку уверена, что ела мясо своего знакомого.

— Ну может, гипноз применить? — спросил Андрей Васильевич. — Ведь не выживет Ира с этим.

— Если говорить откровенно, — вздохнул врач, — да. Сотрудники милиции сказали, что в расщелине нашли...

— Перестаньте, — попросил Войцевский. — Она же моя дочь. Я этого с самого начала боялся. И даже думал, что будет лучше, если найдут ее труп. Но увидел живой и... — Он тяжело вздохнул. — Как теперь нам жить, доктор? Что делать?

— Я разговаривал с психиатром. Все зависит только от нее. Никакими лекарствами ей помочь нельзя. Я понимаю, каково вам, но что делать — решать вам. К сожалению, ей не раз напомнят об этом.

— А как же нам быть? Что нам делать? Она наша дочь и мать нашей внучки. И как же нам с этим жить?

— Ничем утешить не могу, — помолчав, ответил врач. — Она разговаривает только с санитаркой Павлиной Андреевной. И все время задает один вопрос: что я ела, когда он тащил меня по сопкам?

— Значит, дочь мы потеряли, — прошептал Андрей Васильевич.

Иван осторожно выбрался из ямы, видимо старой медвежьей берлоги, и прислушался. Ветвью стланика стал осторожно заметать следы.

— Ружьишко бы какое-нибудь, — прошептал он. Услышал рокот вертолета и, прижавшись к отвесной скале, замер. Выждав, пока не стихнет рокот, осторожно двинулся вперед. Вышел в распадок и остановился. По распадку тянулась лыжня. Он прислушался. С ножом в руке подошел к лыжне и кончиками пальцев дотронулся до нее. — Полчаса назад прошли, — прошептал он. — Ну может, чуть меньше или больше. Трое шли один за другим, без палок. С грузом. — Иван встал на лыжню. — Шли вправо, не служивые. Охотники скорее всего. Ходить умеют и не торопились. Служивые один за одним не пошли бы. И так близко к зарослям не держались бы. — Он быстро двинулся вслед прошедшим ранее. Впереди раздалась короткая автоматная очередь.

— Руки в стороны! — послышался крик. — И сели! Дернетесь — перестреляем.

Иван усмехнулся и, опустив замет на лыжах, начал подниматься по склону.

— Да вы чего, мужики?! — закричал, плюхаясь в снег, шедший первым мужчина. — Мы...

— Тихо, Леха, — остановил его сидевший в снегу рыжебородый крепыш. — Пусть возьмут, потом все объясним.

— Верно Серега говорит, — поддержал его третий. — Пусть вяжут.

К ним с двух сторон подходили по три солдата с оружием на изготовку.

— Это недоразумение, — быстро заговорил первый. — Я...

— Закрой рот! — посоветовал ему старший сержант.

— Мордами вниз! — приказал, подходя, прапорщик.

— Да вы не смеете! — возмущенно крикнул Алексей. — Мы...

Резкий тычок прикладом между лопаток свалил его лицом вниз. Двое других поспешно уткнулись в снег сами. Солдаты забрали у них карабины, вытащили из ножен охотничьи ножи.

— Подъем! — приказал прапорщик. — Руки в стороны и вперед!

Пробираясь между деревьями так, чтоб не потревожить снег на ветках, Иван осторожно шел вперед. Остановившись, присел.

— Спасибо, мужички, — усмехнулся он. — Иначе бы я не прошел. С вами разберутся, но не так быстро, как вы хотели бы! — Он беззвучно рассмеялся.

— Алексей Тимофеевич Рокин, — держа в руке удостоверение, сообщил по мобильнику прапорщик. — Красноярский цирк. Есть разрешение на отлов зверей.

— Не тарахти, Кротов, я записываю.

— Да они это, судя по мордам и фотографиям. Что делать?

— Подержи их часик. Как выясним, есть ли такие, свяжемся. Они не в наручниках? Кротов, ты людей на место поставь, как бы Денов не проскользнул. Там к поиску привлекли местных егерей. Связь у них имеется, но чем черт не шутит. Они где-то в твоем отрезке должны появиться. Трое. В маскхалатах. Луканов, Суров и Быков. Им нужно оказывать всяческое содействие. Нельзя одним им было идти, но вышли. Только бы чего не случилось. Эти трое не видели никого?

— Вы никого не встречали? — спросил прапорщик.

— Хорошо ты придумал, Луканов, — усмехнулся коренастый плечистый мужик, — вроде как на ментов работаем. И завалим Денова, имеем на то полное право. Есть приказ на поражение бить. А нам это и нужно. Лука Демьянович по двадцать пять тысяч пообещал.

— Ага, как же! — кивнул смуглый рослый мужик. — Денов не заяц и даже не волк. Шатуна легче положить. Если б маманя не приболела, хрен бы я подписался на эту охоту.

— Да брось ты, Суров, — хмыкнул плотный бородач, к которому обращался коренастый, — все нормально. У Денова ствола нет, на расстояние броска мы не подойдем. Кроме того, мы не солдаты, которые пересекут его след и не заметят. Заяц хорош, когда снег идет. А сейчас погода на нашей стороне. Он тут где-то, в долине. Бывал Ванька здесь с папаней своим. И вот что, — он взглянул на коренастого, — ты, Быков, забудь о том, чтоб валить Денова, за труп двадцать пять тысяч обещано. А за живого по пятьдесят. Неужели мы втроем его не повяжем? Сделаем мы Ваньку. И по пятьдесят хапнем. Надеюсь, ты, Санек, согласен? — посмотрел он на Сурова.

— А куда деваться-то? Если уж вышли, надо брать больше. В конце концов угробить его всегда успеем. Я вот что мыслю, мужики. Скорее всего Ванька в низине был, а сейчас за нами идет. Не полез он на камни, с вертолета сразу бы засекли. Давайте на спуске вроде вниз, а как с вершины след виден будет, вернемся. И тогда он наш будет.

— Верно говоришь, — согласился Луканов. — Так и сделаем. Есть возражения? — посмотрел он на Быкова.

— Нет, — ответил тот. — Но только не верится мне, что Ванька по следу пойдет. Он...

— Держаться за кем-то для него самое то, — перебил его Луканов. — Если пост, он услышит. Так что пошли чуть вперед, там спуск круче. Как перемахнем выступ, сразу влево и назад.

196

— А если он все-таки в грыже был? — спросил Быков.

— А ты бы что выбрал? — поинтересовался Луканов.

— Денов не я и не мы, вместе взятые. Кто бы бабу волок столько времени в буран? А он волок.

— И она направила ментов туда, куда ему надо, — усмехнулся Луканов.

Иван остановился и вытащил нож. Впереди взмыли вверх куропатки. Он выругался.

— Это местные, — пробормотал он, — близко к куропаткам подошли и идут следом. Не розыскники. Кто ж такие? Без ведома ментов не пошли бы. Охотники Василя, — криво улыбнулся он. — У него троица есть. К гвардейцам Гвардина отношения не имеют, сами по себе. Вроде даже егерями считаются. Наверняка они. К одному у меня пара вопросов есть. У Быкова спросить надо, что они у Широкого ручья делали. Ну ладно, твари, трое вас, а значит, придется бить сразу. Только бы третьего успеть до выстрела положить. Шум мне сейчас ни к чему. Они от низины идут. Не ждали, что я в скалы полезу. А если кто-то другой? Тех троих солдатня повязала. Но они не местные, так здешние не ходят. Первым шел не таежник. А эти точно по мою голову идут. Значит, надо узнать, на кой я им сдался. Убивать меня не желают, иначе бы на подходе к Лучке ждали. Я им живой нужен. Только бы третий выстрелить не успел. — Иван посмотрел на засыпанные заметом следы. — Они увидят. Ну ладно. — Он приподнял заметы. Быстро пошел вверх. Задел ветви стланика, с них ссыпался снег. Продрался мимо двух елей, сломал ветки. Зайдя за сугроб, опустил заметы. — Сразу не засекут, а я успею свалить двоих и постараюсь достать третьего. Только бы интерес к следу проявили.

— Извините, — возвращая документы троим, сказал прапорщик. — Не знаю, как вас пропустили. Беглеца ловим, особо опасного. Кроме того, он людоед. Уже одного слопал. Не всего, а частично.

— Постойте, — нахмурился Алексей, — вы имеете в виду медведя-людоеда?

— Мы имеем в виду того, кого имеем. Денова Ивана Афанасьевича. Сбежал, чтоб убить свою жену. Сумел попасть на вертолет, пытался захватить его, и вертолет врезался в сопку. В живых остались бандит и двое, мужчина и женщина. Мужика он частично попробовал, женщину отпустил. Видать, для того, чтоб со следа сбить. Здесь же буран гулял.

— Знаем, — кивнул Рокин. — А мы думаем, почему постоянно летают вертолеты? Нас дважды останавливали, но ничего не объясняли. Проверяли документы, делали запрос и отпускали. Вы первые, кто так нас...

— Извините, — повторил прапорщик. — Но вполне возможно появление его подельников... сообщников, — увидев удивленный взгляд Алексея, поправился он. — Поэтому будьте осторожны.

— А мы, значит, можем идти? — спросил один из них.

— А вы кто по профессии? — поинтересовался прапорщик. — Он из цирка, а вы?

— Звероловы. Там же написано, — кивнул мужчина на документы.

— Да я не встречал таких, как вы, — улыбнулся Кротов. — Интересно, как вы их ловите?

— Усыпляем. Стреляем из духового ружья иглой со снотворным, и все, зверь спит. Здесь главное не перепутать. Доза на медведя убьет волка, а волчья — зайца и даже лисицу может. К тому же важно время не упустить, а то зверь проснется, и чем это закончится, если его не спеленают, один Бог знает, и то не всегда.

— У вас, выходит, работенка хлеще нашей, — сказал прапорщик.

198

* * *

— Зря мы сюда пошли, — проворчал Егор. — Надо было на север топать.

— Там ментов как в очереди в пивнушку во времена Горбачева, — усмехнулся Александр. — А тут, похоже, хрен да немного. Здесь же где-то точки военные. Вот поисковики сюда и не суются. Наверное, настучали по точкам, что беглый может объявиться. Поставили пару-тройку постов, и все дела. А мы пройдем севернее, там уже и по своим документам запросто идти можно.

— Лыжня, — сообщил идущий первым Суров.

— Кто-то один шел, — подошел ближе Луканов. — Налегке.

— Может, тот, кого шаманы ищут? — предположил Быков. — Он что-то у них увел и свалил налегке. Скорее всего он. Недавно прошел. Может, догоним, пока солдатики его не хапнули? У него с собой что-то ценное, иначе бы шаманы не подняли такой шум. Считай, ко всем обратились, кто веру поддерживает на местах.

— Верно! — Глаза Луканова азартно блеснули. — Пошли. Давай вверх, Суров. Ты по следу, а я слева. Он свернуть мог. Да, у него пукалка. Так что запросто можно на пулю нарваться. Он наверняка знает, что его ищут.

— Пошли! — заторопился Быков.

— Давайте отдохнем, — предложил Алексей Тимофеевич, — а то все настроение прапорщик испортил. Уж очень не хочется с этим беглым встречаться.

— Да и у нас тоже желания нет, — сказал русобородый. — Он же людоед. А припасы, наверное, на исходе. Так что запросто может навалиться. Хотя нас трое, но голод не тетка. — Опасливо озираясь, он крепко сжал карабин.

— Ты хоть заряди его, — хмыкнул рыжебородый.

— Да уже зарядил.

199

— Ты, Серега, не дрожи, как листва на осине, — усмехнулся рыжебородый. — Не полезет он на троих вооруженных. К тому же пост рядом. И...

— Ты слышал, что солдаты говорили? — перебил его Сергей. — Ему оружие нужно. Так что всего ожидать можно. И не исключено, что его сообщники нашли.

— Тогда они ему оружие принесли, — сказал рыжебородый.

— Ставьте палатку и не забудьте включить обогреватели, — решил Рокин.

— Что случилось? — прошептал Александр. Остановившийся Егор приложил руку к губам и снял с шеи ремень карабина. — Ты чего? — снова спросил Латыш.

— Там трое, — ответил Егор. — Одного я знаю, Сурова, на Василя работает. Точняк на Ивана вышли. Надо их...

— Стрелять нельзя, — остановил его Александр.

— Твою мать! — процедил Егор. — Они же как бы егеря. Завалят Ивана, и все у них в порядке будет. Черт побери! Если бы двое было, а с тремя нам не управиться. Мужики они быковатые и силенку мают. Гвардин обучает всех мужиков Василя разным кьякалкам. Но и уходить нельзя, они же точно Ивана пасут. И что делать будем?

— Для начала поднимите лапки! — послышался насмешливый голос. Они повернулись и увидели Быкова с направленным на них карабином. — Сюда, мужики! — позвал он. — Двоих взял. Видать, дядька Афанасий послал их на помощь сыну.

К ним подошли Луканов и Суров.

— Во, — усмехнулся Луканов, — привет, Рябой! Где Ванька?

— Да иди ты, сука! — процедил тот.

— Ну что ж. Значит, придется потолковать. Давно я желал тебе ребра пересчитать. Сейчас это и сделаю. Только особо не шуметь, — предупредил он своих. — Не надо, чтоб менты нарисовались. — Положив карабин, он вытащил нож. — Еще раз спрашиваю, где Ванька?

Сзади на них прыгнул Иван. Руками сбил Сурова и Быкова, грудью Луканова, на которого сразу навалился Рябой с ножом. Иван, сгибом локтя обхватив горло Сурова, душил его. Быков подмял под себя Латыша и, вцепившись ему в горло, свободной рукой пытался вытащить нож. Латыш дернул плечом. Вздрогнув, Быков свалился с него. Перевернувшись вместе с ним, Латыш еще раз ударил его ножом, на этот раз не в живот, а в горло. Иван, свернув шею Сурову, выхватил нож и всадил его в спину Луканова, подмявшего Рябого под себя.

— Привет, Ванька! — Рябой поднялся.

— Значит, не пройти там? — вытирая нож об одежду Луканова, спросил Иван.

— Нет. Похоже, они плотно обложили. Ты правильно сделал, что на запад пошел, а то бабенка, которую ты...

— А вы как прошли? — взяв карабин Луканова, спросил Иван.

— Через шахту. Но ее наверняка закрыли. Еще два вертолета были и высаживали солдат.

— Теперь хоть ствол есть. — Иван отстегнул с пояса Луканова ремень с подсумком. — Не так грустно умирать будет. Вы уходите, это моя жизнь, и вам нечего за компанию подыхать. Бате записку отнесете. Нет, лучше на словах передадите...

— А то ты батю своего не знаешь, — сказал Егор. — Он же...

— Ладно, напишу, бумага есть. Вы были в заимке?

— Да, — кивнул Егор, — зря ты бабу...

— Все, — остановил его Иван. — Не суйся туда, куда не просят.

— Тут шурф. — Егор прикладом провалил снег под стлаником. — Этих туда, малехо присыпать, и до лета не найдут. Давай в темпе.

— Зря стараетесь, — сказал Иван. — По запаху росомаха найдет, и весь ваш труд насмарку. Просто под стланик их суньте, чтоб кровь не было видно. И трогайтесь...

— Без тебя не пойдем, — покачал головой Егор. — Мы чуток впереди, а ты за нами. У нас все-таки документы имеются. Ну подержат пару-тройку деньков и отпустят. Так и сделаем. Первым иду я. Метрах в двадцати от меня Латыш, а уже за ним ты.

— Не гони лошадей, Рябой, — остановил его Латыш. — Смотрите. — Он показал вытащенное из бокового кармана Луканова удостоверение. — У каждого такое есть. По ним и пойдем. Бороду обрежем этому, — он кивнул на Быкова, — тебе приклеим и вперед. Морды на фотографиях для любого сойдут, не разглядишь. Давно, видно, снимались. Их-то все знают, вот и не переделывали фотографии. А ментам наверняка сообщили о помощниках, так всегда бывает. Конечно, не сто процентов, что пройдем, но рискнуть можно. Если пост какой и остановит, то в случае чего положим их. Теперь нам без разницы, вот они, убиенные. И хватит базарить. Сейчас бороду остригу и тебе приклеим.

— Соплями, что ль? — усмехнулся Егор.

— И соплями на морозе можно, — засмеялся Латыш. — Но мы чем-нибудь получше прихватим бороденку! — Шагнув к рыжебородому, он вытащил нож. — А ты уж потерпи малехо, — сказал он Ивану. — И брови надо рыжие сделать.

— И чем же ты приклеивать будешь? — спросил Егор.

— Разведи костерок маленький, — срезая бороду почти под корень, проговорил Латыш. — И соскобли с кореньев стланика смолу.

202

— Мать честная! — ахнул Рябой. — Башковитый ты мужик, Санек!

Иван начал засыпать снегом следы крови.

— Значит, решили у нас под боком передохнуть? — войдя в палатку, улыбнулся прапорщик. — Во! — удивился он. — А у вас теплынь. Как это вы устроили?

— Палатка с подогревом, — ответил Рокин, — японская. А вам разве не дают такие?

— Нам нет, — усмехнулся прапорщик. — Везет же представителям цирка!.. В общем, если кого увидите, сразу дайте знать. Например...

— Ракетница у нас есть, — перебил его один из ловчих. — Да и оружие тоже. Отобьемся.

— Лучше давайте сигнал ракетой, — сказал прапорщик. — Беглый очень опасен, и это не просто слова.

— Ну, олень, ударь меня рогами, — пробормотал изумленный Егор, — я бы тебя не узнал. Точно говорю, не признал бы. — Перед ним стоял рыжебородый, с выбивающимися из-под малахая рыжими волосами мужик. — Ну ты и чудило! — сказал он довольному своей работой Латышу.

— Да я давно этим занимаюсь, — признался тот. — Помните, раньше леший бабок пугал, когда они ягоды собирали. А это я и был. Они ведра с ягодами побросают и тикать. Я соберу и домой. Ну не за раз, конечно, а дней за пять. Мать довольна была. Потом мужики на того лешего вышли, пришлось перестать.

Иван подошел к камню, очистил его от снега и увидел свое неясное отражение на ледяной корке.

— Рискнем, — сказал он. — Может, и проскочим.

— Трупы надо убрать. — Рябой кивнул на шурф под стлаником. — Присыплем снегом. Может, найдет росомаха, может, и нет. Сейчас отсюда, наверное, все сбегли, люди появилися. А зверь запах пороха и дыма не выносит. Это мы ничего не чуем. Так что можно курковать, заберем документы и вперед.

— Вы по своим идите, — предложил Иван, — а то...

— Их было трое, — перебил его Латыш. — Значит, и должно быть трое.

Поселок Белка

— Да найдут они его, — уверенно заявил по телефону Василий Демьянович, — и тогда с тебя причитается. Я тебе его голову, а ты мне иконы стариков. Конечно, если нет, то я и сам могу с Иваном перетолковать насчет Торовых. Что-то племяши, которых ты даже сынами звал, совсем от родни отошли. Так что обмозгуй мое предложение и звякни, если надумаешь.

— Хорошо, — ответил Лука. — Как услышу голос Ванькин, тогда и разговор будет.

— Вот и сбываются мои планы, — подмигнул сидевшим за столом сыновьям Василий Демьянович, — ежели эти егеря хреновы не оплошают. С живых шкуру сниму и солью посыплю!

— Слышь, батя, — сказал старший, — а на кой тебе эти доски нужны? Ты, может, все-таки скажешь нам?

— Всему свое слово и время, — ответил отец.

— А я думаю, не справятся с Иваном эти трое, — высказался Михаил.

— А ты, Мишутка, думай поменее, — посоветовал отец. — Ежели они не управятся, вы пойдете. Людишек подберете и пойдете. Нужен нам Ванька, очень нужен. Как только он будет в камере, я вам все обскажу, а дальше уже сами станете дела делать. Подсказать, помочь людьми — это я сделаю. Долго я мечтал об этом. И кажется, пришло времечко, когда я могу все это начать. А уж заканчивать вам, сыны, придется.

— Ну ты, батяня, заинтриговал, — сказал Антон. — По самое некуда втянул. Правда, не знаем, во что именно, ты про какую-то молитвенную говорил, а теперь об иконах. Но раз ты говоришь, значит, это того стоит.

— Наконец-то ты как умный мужик заговорил. Все будет как надо. Мне-то уже немного осталось. Но вы обязаны довести дело до конца. Поздновато я прознал про это. Прознал-то раньше, но не верил. А тут вот кое-что выяснил и понял — это правда. Убивать брата не хотелось. Хотя отношения у нас с Лукой не сложились, все ж кровь родная, куда ни кинь. Да и с Афанасием Деновым вступать в войну не было желания. Афанасий силен мужик. Но сейчас вариант имеется, и потому все у нас получится.

Медвежий Угол

— Майор, — пожимая руку Лосину, улыбнулся Бутов, — значит, вернули. И правильно сделали, нечего там милиции делать. Ну, кроме СОБРа и ОМОНа. Возьмут, как думаешь?

— Не знаю, что и сказать, — ответил Лосин. — На него даже не вышли ни разу. Имелся шанс — о том, что Денов был около метеоточки, узнали через тридцать четыре минуты. Через двадцать три там была группа. Но без толку. А я вернулся по другой причине. Как Пузырев?

— Да вроде живой. Чем же ты его к себе расположил? Уперся — только Лосину скажу, и все тут. А видно, что-то серьезное, раз уж дважды его убить пытались.

— Пошли, — кивнул Лосин, — сейчас и узнаем.

— Ты хотя бы переоделся, — засмеялся Бутов, — да побрился и жене позвони. Она уже все телефоны оборвала.

— С вертушки звонил. Все, говорит, или уходишь из милиции, или развод. Так уже десять лет условия ставит! — Лосин засмеялся. — Ну пошли?

— Там машина. — Бутов кивнул на стоящий около магазина джип.

— Хочу пешком пройтись, а то эти сопки и белое безмолвие во где сидят! — Майор похлопал себя по шее.

— Пойдем пройдемся. И все-таки расскажи, что ты там видел?

— Как Войцевская? — не отвечая, спросил Лосин.

— Хреново. Мяса не ест и почти все время в истерике. Ну сам понимаешь, она же выжила, хотя это было невозможно. И...

— В расщелине, под камнями, — перебил его майор, — где они первый раз делали затяжной привал, волки загрызли Сопова. И видно, что с руки срезаны мышцы, — морщась, проговорил он. — А зачем, надеюсь, объяснять не надо. Но знаешь, не верю я, что Денов кормил Войцевскую мясом, тьфу ты... Как и сказать, не знаю. Вот черт возьми! — Он достал сигарету. — Не думал, что придется говорить такое. Так вот, не верю я, что он ее кормил Соповым. Хотя, с другой стороны, что же она ела? Она-то что сама говорит?

— Ничего, в истерику сразу впадает. В общем, попала женщина в передрягу, врагу такого не пожелаешь. Хотя нашему врагу этого желать не надо. Для него кусок руки слопать — что для нас банку шпрот.

— Знаешь, я многое в жизни повидал. И в Чечне в командировке был, когда там еще полным ходом воевали, но увидел руку обтесанную и не мог даже тушенку есть. Да и все, кто это видел, мяса не ели. Поэтому Войцевскую я понимаю. А как отец ее?

— А как ты думаешь? — вздохнул подполковник. — Видел я его перед отправкой в Тикси, такое впечатление, что он всех похоронил. Понять его можно. Я думаю, что лучше бы для них было, если б Ирину мертвой нашли.

— Андрей Васильевич не раз об этом говорил. Я его успокаивал и даже порой старался поделикатнее остановить его. Говорил — ведь она ваша дочь, а вы ее мертвой хотите видеть. Странно все-таки жизнь устроена. На Денова устроили охоту, чтобы он не убил бабу, которая бросает больного сына. И неожиданно этот бандит, к тому же еще и людоед, неделю тащит на себе незнакомую ему женщину. Доводит ее до своей охотничьей избушки, спасает ей жизнь. А она совсем этому не рада. Но тут вопрос в другом: кто мог ожидать от Денова подобного? Почему он это сделал?

— Сначала, как это ни странно звучит в подобной ситуации, — просто человечность. А вот потом... — Бутов достал сигарету. — В Денове, когда он сбежал из лагеря, главными были гнев и желание отомстить. Он должен был добраться до Выселок, но не успел. Конечно, скорее всего так никто и не узнает, почему он спас Войцевскую, но она невольно помогла ему.

— Она ему? Да он с ней время потерял.

— Вот именно. Прикинь его возможности. Ну двинулся бы он от вертолета к Выселкам. Его подстегивала ярость, и он не пошел бы к заимке, вымотался бы и стал добычей волков или росомахи. А он отдохнул в расщелине три дня, а потом направился к заимке. Там взял продукты и в конце концов начал думать... А вот и больница. Интересно, как тебя встретит Пузырев? И как думаешь, что он тебе сообщит?

— Да я уже не раз думал об этом, но даже представить не могу. Что может знать Пузырь?

— Тем не менее его дважды пытались убить.

— Пузырь, — сказал стоящий у окна Десантник, — Лось приканал. И с ним подполковник тот.

— Наконец-то, — вздохнул лежащий на кровати Пузырев.

— Может, все-таки скажешь, почему он тебе так нужен? — спросил Десантник.

— Сейчас услышишь. А если наладят...

— Наладят? — возмутился Десантник. — Ни хрена себе! Я дважды жизнью рисковал. В Чечне и то легче было.

— Здравствуй! — В палату вошел Лосин. — Ты, говорят, хотел меня видеть?

— Да, — кивнул Пузырь. — Тут дело вот в чем, начальник...

— Я ушел, — увидев покосившегося на него Бутова, усмехнулся Десантник.

— Пусть останется, — попросил Пузырь.

— Товарищ майор! — В палату, оттеснив Бутова, вбежала молодая женщина в белом халате. — Заключение экспертов. Оказывается...

— Дай! — Лосин протянул руку.

Бутов рассмеялся.

— Переводи, — попросил врача майор.

— Воротников действительно спал, — проговорила она. — У него обнаружено...

— А я для чего тебя звал?! — приподнялся Пузырь. — Кирка Воротникова дала мужу термосок с чаем. А там снотворное.

— Понятно, — кивнул Бутов. — Это точно?

— Так мне Митька Лупатый говорил, — ответил Пузырь. — Спроси его.

— Лупатый убит пять дней назад, — сообщил Бутов. — Башку ломиком проломили. Мы думали, разборки между бичами. Его же в Вялом нашли.

— Вот именно. А меня, выходит, просто так и пристрелить, и спалить хотели. Мафия это, точно говорю.

— Во попал под прочес, — пробормотал Десантник. — Да я этого козла в вечную мерзлоту закопаю!

— Значит, Кира, — сказал Бутов. — А я думал, показалось мне. Я видел ее, она же с Воротниковым вроде в разводе. Чуть было мы не взяли ее, но они ушли прямо перед прибытием группы. Знаешь, их кто-то предупредил, я уверен в этом. А вот на кого думать, ума не приложу.

— Так это Павлюков, — сказал Десантник. — Он же с ними вась-вась. И с Камнем в шоколаде. Тот ему меха приносит, которые у охотников отнимает.

— Воротникову надо брать, — посмотрел на Лосина Бутов. — И Камня. Где-то рядом они. Участковый здесь нормальный нужен. Возьмем Воротникову и все выясним. Вот только где она? Из поселка она не ушла, не для нее сопки в такую погоду. Весь поселок прочесывать, что ли?

— Найдем, — ответил Лосин. — Ты в Тикси позвони, пусть Гатова не упустят.

Тикси

— Павлина Андреевна, — умоляюще произнесла Ирина, — вы же наверняка знаете...

— Да Господь с тобой! — Тетя Паша махнула рукой.

— Не жить мне с этим, поймите. Мне нужно, — помолчав, сказала Ирина, — убить его. Убить людоеда. Может, хоть тогда мне легче будет. Я умоляю вас, Павлина Андреевна! — Она вдруг опустилась на колени. — Пожалуйста...

— Да встань ты, оглашенная! — Санитарка стала поднимать ее. — Да куда ж ты пойдешь-то? Ведь сил у тебя нет.

— Есть силы. — Упав на руки, Ирина начала отжиматься от пола. Прыжком встала и, вытянув руки, пять раз присела. — Я уже несколько дней это делаю. Я очень прошу вас, ну, пожалуйста, Павлина Андреевна, помогите.

— Вот что, поговорю я с племянником. Два их у меня. Но один, бандитская рожа, в поселке Белка живет. Хозяин евонный, Василий Демьянович, тот еще гад. А вот Савелий — мужик нормальный, охотник. Он, кстати, здесь сейчас. Сам он из Топи, маленького поселка, недалече от того места, где метеорологи сидят, к которым тебя Ванька вывел. Всего километров пятьдесят. По нашим меркам это недалече, — увидев удивленный взгляд Ирины, засмеялась тетя Паша. — А чего ты желаешь?

— Погодите, — Гатов отступил на шаг, — что вам нужно?
— Для начала, чтобы вы вели себя спокойно, — ответил один из трех молодых мужчин в штатском. — Сейчас вы поедете с нами. И не советую делать резких движений. Я тебя, гниду, с удовольствием пристрелю!
— Да пусть бежит! — усмехнулся другой. — Народ как узнает, что по его вине вертолет с Медвежьего грохнулся, на куски порвет.
Гатов осел и закрыл лицо руками. Оперативники переглянулись.
— Я не хотел этого, — промычал он и, подняв голову, посмотрел на оперативников. — Ей-богу, не хотел. Просто когда... — Не договорив, он помотал головой.
— Собирайся и пошли, — приказал первый опер.

— И чего ты хочешь? — спросил бородатый здоровяк. — Куда я с ней пойду-то? Ты думаешь, тетка Паша, что...
— Да ты меня слухай! — сердито перебила она. — Не жить молодке, если не помочь ей. Она же не просто за спасибо пойдет, заплатит. Ты ее по сопкам поводишь, а потом вот что сделаешь. И ты слухай... — Павлина Андреевна посмотрела на стоявшую в дверях женщину с длинной косой.

— А долго нам еще ждать? — сердито спросила Нина проходившего мимо капитана милиции. — И зачем?
— Сколько надо, — не останавливаясь, отозвался тот, — столько и будете.
— Но мы ждем уже полчаса, а нам надо в больницу.

— Сейчас с вами поговорят, — улыбнулся вышедший из кабинета полковник. — Вы Гороховы?

— Да, — гневно посмотрела на него Нина. — Может быть, вы объясните, зачем нас вызвали?

— Смотри! — Муж дернул ее за руку. Повернувшись, она увидела входившего в дежурную часть Гатова в наручниках.

— Заходите, — открыв дверь кабинета, пригласил Гороховых полковник. — Рубахин Анатолий Васильевич, — представился он. — Вы давно знаете Эдуарда Гатова?

— Да года четыре точно, — ответила Нина.

— С девяносто пятого, — улыбнулся Антон, — как стали партнерами Ирины Войцевской. Мы ей морепродукты поставляем. А раз в год мясо и меха из тайги.

— А что Гатов за человек? — спросил полковник.

— Да дерьмо собачье! — в сердцах высказался Антон. — И подстроил все он.

— Поэтому вы здесь, — сказал Рубахин. — Напишите все, что знаете. И почему не сообщили об этом сразу, как вам стало известно?

— Как не сообщили? — рассердилась Нина. — Мы и вашему, который приходил, говорили, что ничего у Иринки с Соповым быть не могло. Видно, договорились, чтоб Петька Иринке при нем цветы подарил, а тот...

— Подождите, — остановил ее полковник, — какие цветы? Я говорю о падении вертолета. А вы про какие-то цветы.

— Вертолет-то при чем? Эдик ведь не полетел... — Антон взглянул на жену. Та удивленно смотрела на полковника.

— Извините, — мысленно выругавшись, буркнул тот.

— Значит, Эдик во всем виноват? — спросила Нина. — Но как ему это удалось?

— Я этого не говорил.

— Но вы ясно дали понять, — сказал Антон, — что...

— Все, — Рубахин подписал пропуск, — можете идти.

— Вот! — Эдуард отложил в сторону исписанный листок. — Но это все она предложила. Мы с ней встретились...

— С кем с ней? — спросил майор милиции.

— Там написано. Кира Воротникова. Она хотела забрать у мужа машину, квартиру в Тикси, дом в Медвежьем Углу и...

— Как давно вы ее знаете? — перебил его майор. Стоявший около двери мужчина в штатском вышел и быстро поднялся по лестнице.

— Воротникову надо брать, — сказал он, — Гатов раскололся. Она передала бывшему мужу термос чая с лошадиной дозой снотворного. Гатов знал ее по Питеру. Точнее, знал Сопов, он познакомил Воротникову с Гатовым. Он все валит на нее, но термос с чаем летчику дал он, предварительно насыпав в чай снотворное. Хотел, чтобы жена погибла, тогда он прибрал бы к рукам ее дело. Звонила в Москву его любовница, Диана Эдуардовна Пятницкая. Он хотел, чтобы теща с сердцем слегла. И очень надеялся, что тесть тоже умрет. Думает, что его Воротникова сдала, поэтому написал явку с повинной. Представляю его разочарование, когда он узнает, что Воротникова только на основании его показаний будет объявлена в розыск.

— Ее еще найти надо, — сказал сидевший за столом подполковник милиции. — Надеюсь, Лосину с Бутовым это удастся.

— Привет, сосед, — кивнул поднявшемуся на площадку Антону Мох.

— Чего тебе надо? — Нина загородила собой мужа. — Я сейчас милицию вызову!

— А вам и придется это сделать, — усмехнулся он. — Он купил нас с Горбатым, чтоб мы бабу его в больничке кончили.

— Что? — отстранив жену, спросил Антон. — Что ты сказал?

— Да вот! — Мох вытащил из кармана диктофон и включил.

«Подсыплете что-нибудь в еду, — раздался голос Гатова. — Или зарежете — дело ваше. Мы уже говорили об этом, поэтому получите по пятьдесят тысяч сразу и еще по пятьдесят через месяц».

Мох выключил диктофон.

— Узнали голосок? Держите, соседи! — Мох протянул диктофон Антону. — Ты, Нинка, мне вчера на опохмелку дала, да и узнали мы о бабе Гатова, Денов ее спас, а мы, что же, хуже его? — Он пошел вниз по лестнице.

— А в милиции подтвердите? — спросил Антон.

— Без базара, — ответил Мох.

— А ходить-то она хоть может? — покосившись на тетю Пашу, спросил бородач.

Ирина подпрыгнула, села на шпагат и снова вскочила.

— Я спросил про ходьбу, — проворчал бородач, — а не про художественную гимнастику.

— За каждый день вы получите по пять тысяч рублей, — сказала Ирина. — Если поможете найти Денова — сто тысяч. Мне нужно его увидеть.

— Она что, — удивленно посмотрел на тетю Пашу бородач, — головой больная? Я...

— Пятьсот тысяч, — сказала Ирина.

— Точно тронутая, — пробурчал бородач. — Вот что, меня тетя Паша просила, иначе послал бы я тебя подальше с твоими тысячами. Завтра с утра до нас вертолет летит. К шести будь у портовых складов. Припоздаешь — не взыщи. — Он вышел.

— Это Савелий, — кивнула ему вслед тетя Паша. — Может, и дурость я делаю, но да простит меня Господь! —

перекрестилась она. — Может, тебе и подмогнет это. Я тебя в пять подыму. — Она тоже вышла.

— Спасибо, — прошептала Ирина. Она еще в заимке, когда Иван выходил, начала выполнять некоторые знакомые упражнения. Ирина занималась дзюдо и для самозащиты рукопашным боем. Она хотела одного — убить Денова. Он спас ее, но лучше бы она умерла, так думала Ирина и желала его смерти. Она вызвала нотариуса и все завещала дочери.

— Ты, Савелий, — предупредила тетя Паша, — при ней мясо не лопай и не убивай ни птицу, ни...

— Погодь, тетя Паша, а что жрать-то? Ведь не на день туда идем.

— Да лопай что хошь, но при ней не ешь мясного. Я ж тебе рассказала, как она ест.

— Лады.

— А с деньгами-то не обманет она? — спросила молодая женщина. — А то сгинет в тайге...

— Типун тебе на язык, Варвара, — сердито перебила ее Павлина Андреевна, — только о деньгах и думаешь. Расплатится, даже ежели не возвернется. И тогда всю оставшуюся жизнь корить себя стану, дуру старую.

— А ловко она прыгает, — признал Савелий. — И не подумаешь...

— Да телом-то она здоровая, — вздохнула тетя Паша, — а вот на душе у нее... — Она покачала головой. — Что будет, как хватятся ее?..

— Вот это да!

Выключив диктофон, Антон кивнул головой.

— А где вы это взяли?

— Я же говорил, Мохов принес. Не знаю почему, но тем не менее вот эта запись. Он готов подтвердить то, что записал.

214

— Ты чего приуныл, земеля? — Лысый молодой мужчина подсел к понуро сидевшему на полу у стены Гатову. — Курнуть нет?

— Да есть немного. — Гатов достал сигареты.

— Ого, богатенький, видать, Буратино. Из новых русских или как?

— Сука он! — зло проворчал сидевший в углу голый по пояс мужик, покрытый татуировкой. — Вертолет угробил, сука, для того, чтоб бабу свою грохнуть.

— Ни хрена себе! — удивился лысый. — Вот мразота!

— Сейчас получит, — кивнул третий. — Пар, — махнул он рукой на дверь, — стань на атас!

— Помогите! — закричал, бросаясь к двери, Гатов. Дверь почти сразу открылась.

Поселок Оленёк

— Только бы снова не замело, — выйдя из магазина, посмотрел в небо крепкий мужчина и сунул в кольца на двери замок. Сильный удар по голове оглушил его. Замок вынули и распахнули дверь. Подхватив мужика за руки, кто-то втащил его в магазин. В его горло воткнулся нож. Подсвечивая себе зажигалкой, убийца начал складывать в рюкзак консервы, сахар, чай, сигареты. Подошел к стоящему в углу под прилавком заменяющему сейф железному ящику и легко свернул замок монтировкой.

Медвежий Угол

— Как? — удивленно спросил по телефону Лосин. — Не мог он туда...

— И тем не менее частный магазин в Оленьке — дело рук Денова. Убит владелец магазина. Найдена монтировка с отпечатками пальцев Денова. Там сейчас работает группа из Тикси. Судя по всему, Денов пересек хребты и вышел на Оленёк. Здесь отсидел день в заброшенном доме, из которого, кстати, хорошо виден магазин. Когда хозяин закрывал дверь, шарахнул его по голове монтировкой. Затащил внутрь, набрал продуктов и курева, нашел ящик с деньгами и сбил замок. Денег, правда, там было немного, около пяти тысяч, так жена убитого сказала. Денов ушел, а монтировку оставил. В доме, где он выжидал, нашли его старые рукавицы. Буквы краской написаны. Ф.И.О. Это он. А у тебя что? Ты, похоже, майор, дуру там...

— Позвоните в Тикси, — перебил Лосин. — Вам там все объяснят.

— Ладно тебе, майор, не заводись. Тут два глухаря. А Денов снова всех обдурил, прошел все посты. Вот и обложили район. Так что там у тебя?

— Ищем Воротникову. Она передала мужу, бывшему мужу, термос с чаем, в котором было снотворное. Термос дал ей Гатов, который и всыпал снотворное. Он написал признательные показания. А Воротникову, к сожалению, найти не удается. Каменева тоже.

— Как там Бутов? Работает или?..

— И довольно успешно, — ответил Лосин. — А что еще есть по Денову? Я не думаю, что магазин ограбил он. Во-первых, очень уж грубо — ударил по голове, втащил в магазин и там убил. А почему не сразу? В конце концов, почему оставил монтировку? И какого черта он высиживал в этом заброшенном доме, да еще оставил там рукавицы? Денов опытный таежник, и я не думаю, что он что-то забывает или оставляет. Тем более рукавицы. Кто-то пытается дать Денову возможность выйти из кольца. Хотя он скорее всего находится где-то в районе Убитой Росомахи. Там он бывал, наверняка прекрасно знает район и сможет выждать некоторое время.

— Но к поиску привлечены опытные охотники и егеря. Они тоже знают...

— А вы найдите того, кто может отыскать заимку Денова, в которой он был с Войцевской. И почему до сих пор Денова никто даже не видел? И если привлечены опытные, знающие местность люди, как он сумел выйти к Оленьку и убить хозяина магазинчика? Кстати, я разговаривал с Петренко, он опрашивал жителей поселка, особенно детей, разумеется, при родителях, чужих они видели, но никто не смог опознать Денова. Что касается привлечения к поиску егерей, то, как мне стало известно, на поиск вышли пятеро. Двое из Выселок, что понятно. У них семьи в поселке. И трое из Белки. Но они люди Василия Демьяновича, дяди Торовых. Вам не кажется это странным? Скорее всего они его просто убьют и...

— Знаешь, Лосин, чем скорее это произойдет, тем быстрее мы вернемся домой и будем докладывать о ликвидации особо опасного преступника. Если б позволили, я бы и из лагерей людей, которые ненавидят Денова и знают тайгу, послал на его поиски. Шучу, конечно, но хочется скорее узнать, что Денов мертв. Взять его живым не удастся, в этом уверены почти все, в том числе и начальство. А вот опасения, что он кого-то из поисковиков может убить, имеются. А ты занимайся Воротниковой и Камнем, их надо брать.

— Надо, — отключив мобильник, кивнул майор. — Но как и где?

— Он уже раскололся, — раздраженно буркнула Кира. — Меня разыскивают по подозрению в заказном убийстве.

— Уезжай, — сказал Цыган, — иначе возьмут и нас.

— Боишься? — усмехнулась она.

— А ты бы что чувствовала, если б меня искали?

— Мне нужны деньги, иначе я не смогу уехать. Пока побуду у тебя, а потом ты поможешь мне умотать. Вот гад этот Гатов!

— А о чем ты раньше думала?

— Что все будет моим. И дом здесь, и квартира, и деньги Воротникова, вот о чем я думала. И все получилось бы, если б не этот беглый.

— Думаешь, экспертиза не узнала бы, что мужик твой бывший принял лошадиную дозу снотворного? И не только от мужа ты все, что у него было, получила бы. Сколько тебе Гатов заплатил?

— Об этом ты договаривался. Так что, Яшенька, придется тебе помогать мне, иначе, если меня вдруг возьмут, я могу не выдержать и о тебе ментам рассказать.

— Это ты зря, потому что придется тебя убить.

— Что? — усмехнулась Кира. — Я... — Вздрогнув, она покачнулась, попыталась обернуться, но не смогла и рухнула лицом вниз. Под ее левой лопаткой торчала рукоятка ножа.

— Я говорил тебе, она сдала бы нас. Надо было ее убирать раньше и Гатова тоже, — процедил Камень, — а не мочить свидетелей. Я потерял брата, и теперь меня разыскивают.

— Гатов не видел ни тебя, ни меня.

— А у кого ты брал заказы?

— Это тебя не касается. Там все нормально, опасности для нас нет. И вот что... — Цыган вытащил из-под дивана кейс. — Здесь твоя доля. — Он начал отсчитывать пачки рублей.

— А что насчет меня? — спросил Камень. — Где я буду?

— У меня. Мои парни тебя знают, а чужих здесь без моего разрешения не бывает. С ментами я лажу, и если они вдруг соберутся ко мне с обыском, хотя это маловероятно, я сразу узнаю. Так что тебе здесь ничего не грозит. До весны посидишь, а там будем думать.

218

Пятый квадрат

— Трое, — тихо проговорил лежавший на снегу мужчина в белом маскхалате. — Идут открыто, следы от лыж видны.

— Наверное, егеря, — послышался ответ по рации. — Проверьте: Суров, Быков и Луканов.

— Понял, — кивнул он и поднял руку.

Трое лыжников шли один за другим.

— Стоять! — крикнули справа.

— Мы егеря, — остановившись, отозвался первый. — Суров, — назвался он.

— Луканов, Быков, — представились двое других.

— Откуда идете? — спросил старший лейтенант.

— Ясно, — кивнул омоновец, — троих пропускать и оказывать помощь. Понял. Как дела, Зарин?

— Да надоело порядком в следопыты играть, — проговорил старший лейтенант. — Обещали сменить, и ничего. Сколько нас тут еще держать будут?

— Обещали послезавтра сменить. «Белых волков» из Якутска бросили к поселку Оленёк. Там вроде Денов светанулся. Но «Белые волки» хороши, когда след есть, а искать они не умеют. Воевать — да, а вот поиск у них неважно получается. Мы с мужиками тут говорили — пропустили бы его к бабе, голову ей открутит, и все, наш он был бы.

— Ты не вздумай это подчиненным сказать.

— Хорошо, — сказал Егор. — А то хрен его знает, попадется какой-нибудь бюрократ, тогда придется со стрельбой уходить, ножами мы их всех не сделаем. Минимум шестеро в секрете. Значит, идем к Озеркам и ты там отсиживаешься. А мы смотаемся в Выселки и все узнаем.

— Не в Выселки, — возразил Латыш. — Для всех мы дома и болеем. В Топь идем. Там Лешак, он все и расскажет. Топь, надеюсь, не обложили. Но там больно честные живут, только на Лешака можно надеяться. И то порой он отказывается от работы. Кстати, и брат Быкова там, Савелий. Но с ним не договоришься и не купишь. Ему, говорят, в прошлом году по весне предлагали большие деньги, чтоб сводил на волков, но он не повел. Это, говорит, работа, а не забава. Афанасий Семенович сколько раз хотел его к себе взять — бесполезно. Упертый, как...

— Хрен на него! — перебил Иван. — Кожа чешется, а почесать боюсь.

— Потерпи, — сказал Латыш. — В свете фонарей рыжая борода отсвечивает, и сразу к тебе интерес пропадает. Но я вот что думаю: а если кто знакомый попадется?

— Будем стрелять, — заявил Рябой.

— Да вам-то не надо, — сказал Иван. — Если уж придется валить, то потом сразу уйдете. Я ваши карабины заберу. Я на четырех стрелял быстро, так что из трех точно смогу. А вы сразу к Озеркам и оттуда на Выселки. Светанитесь оленеводам, чтоб подтвердили, что вы там были, и домой. Как попасть в поселок, я скажу. Давайте сейчас...

— Не надо, — перебил Егор. — А то если мы влипнем, ты не пройдешь. И получится все зря.

Метеоточка

— И долго вы еще у нас будете? — спросила Татьяна.

— А что, — посмотрел на нее пивший чай у окна омоновец, — надоели уже?

— Да нет, но все-таки страшно — вдруг он заявится? И почему до сих пор его не поймали?

— Во-первых, погода мешала. Во-вторых, вполне может быть, что он уже вышел из района, а мы торчим тут.

Пока даже следов его не обнаружили. Но скоро выйдут на него, тогда точно ему конец.

— А правду говорят, что его жена сына больного бросила?

— Правду. Но он хочет ее убить, поэтому...

— А вам не кажется, — перебил его Михаил, — что таким действительно незачем жить? Как это может мать оставить своего ребенка?..

— С этим разберутся, — вздохнул омоновец. — А Денов сбежал из лагеря, ел человека и очень опасен. Возможно, это он убил в поселке Оленёк...

— Да слышал я ваши переговоры, — отмахнулся Михаил. — Не мог он до Оленька добраться, если только ему не помогли оленья упряжка или вездеход. Иначе он не смог бы там оказаться. Я понимаю, если летом, по рекам и ручьям на лодке или на плоту, а сейчас...

— Спасибо за объяснение, — насмешливо поблагодарил его омоновец. — А сейчас вы вот что мне скажите... Вы первыми видели Войцевскую Ирину, которая...

— А что вы хотите знать? — спросила Татьяна.

— Ела она человечину или нет?

— Если говорить откровенно, — вздохнул Михаил, — то как иначе объяснить то, что она выжила и находилась в неплохой физической форме?.. Конечно, не скажешь, что она была на полном довольствии, но ее организм не был ослаблен голодом. И ее отвращение к мясу... Так что я не могу утверждать, что Войцевская...

— Да не ела она, — сказала Татьяна, — я уверена в этом. Хотя бы потому, что она ничего не помнит. Да, она говорила, что Денов кормил ее мясной кашей. Но на сто процентов сказать нельзя...

— Почему он ее кормил? — спросил муж. — Вот на какой вопрос надо искать ответ. Если бы подобное, не дай Бог, конечно, приключилось с моей женой и она бы выжила, мне было бы все равно...

221

— Ой ли? — усмехнулся омоновец. — Представь, что это произошло, она в сопках с Деновым и со мной и выжила. Меня нашли с перекушенным горлом, а жена вернулась в том состоянии, в котором была Войцевская...

— Хватит! — воскликнул Михаил.

— Вот то-то и оно. Но ей, говорят, не легче от того, что она жива. Она того и гляди головой тронется. В общем, хреново ей. Извините меня за этот разговор, но все-таки...

— Давайте больше об этом не говорить, — остановила его Татьяна.

— Верно! — Омоновец поднялся. — Пойду сменю напарника. А вы тоже не расслабляйтесь, Денов тот еще зверюга.

— Умеете вы успокаивать, — пробормотал Михаил.

Выселки

— Оказывается, отвлек от Ваньки ментов! — зло воскликнул Афанасий. — Еще бы в Якутске убил кого и оставил там рукавицы. Дурень хренов! Верно бают: заставь дурака богу молиться — он лоб расшибет. Вот что, Тимоха, — сказал он длиннобородому здоровяку, — доберись до оленеводов, пусть скажут...

— Так он туда будет дня три идти самое малое, — несмело вмешался молодой парень. — Лучше позвоните Бригадиру, чтобы он пустил байку, будто от Озерков Ивана на упряжке кто-то из его людей к Оленьку доставил.

— Умно, Толик, — подумав, согласился старший Денов.

— Да никак не получается выйти на него, — раздраженно сказал Олег. — Мы слышали, будто бы он в поселке Оленёк магазин обобрал, хозяина убил. Немного денег взял и продуктов. Хотя в это слабо верится. Если только Бригадир не помог. Афанасий его сына спас, и он запросто может Ивану помочь. Они как раз сейчас в том районе болтаются. Если Ванька выбрался оттуда сразу, то запросто мог до Бригадира добраться, и тот его подбросил к Оленьку. Но тогда на кой хрен ему магазин понадобился, непонятно...

— Иван из совхозного стада угнал оленью упряжку, — сообщил вошедший Василий. — Ее только что нашли. Наверняка он магазин грабанул и хозяина грохнул. Фору ему дали пять часов. Жена убитого с хахалем развлекалась, вот и хватились около пяти утра. Она вроде к маме ездила, — усмехнулся он. — Упряжку нашли около Черного ручья. А там трасса идет. Где теперь Денов? Хотя есть сомнения насчет того, что он магазин ограбил. Начальство...

— Дурни твое начальство, — проворчал Лука Демьянович. — Неужто непонятно, к Натке Иван шел, до ее горла добраться желание имеет. И на кой ему Оленёк сдался? Вы-то хоть умом мыслите, а не глупостью своей. Кто-то желает, чтоб менты на север бросились. А ведь он как раз оттуда и пришел к метеоточке. Хотя Ванька все могет. И кто его разберет, что он надумал. Варежки его там нашли и отпечатки на монтировке. А как же без него все там оказалось? Что-то мои егеря, ядри их корень, молчат. Прознаю ежели что, шкуру спущу!

— Погоди, батя, — вздохнул Василий, — какие твои егеря?

— Да есть такие. Брат мой мыслит, что они только на него работают, а они мне все сообщают. Он их послал, чтоб, значится, Ваньку за горло взяли и к нему доставили. Ну а ежели не смогут живым притащить, пусть положат. Вот они и угрохают его, а то Васька мне чесал что-то насчет обмена. Иконы ему надобны!.. Просто так Василий ничего никогда не просит. А на кой икона нужна, не говорит. Ну это я со временем прознаю. Сейчас бы с Ванькой кончить. Вот ядрена корень, не могут никак беглого поймать. Вроде делов-то кот наплакал, а поди ж ты, не удается его прихватить.

«Выходит, стукачи у дядьки Луки есть, — подумал Олег. — Знал, что у них нелады, но тут, видно, уже и бойней пахнет. Но мы свое успеем выхватить, только бы Ваньку грохнули, иначе соваться в сопки нельзя. Во-первых, поисковые группы вокруг, а во-вторых, на него наскочишь — порвет пополам».

— Ну что, племяши, — усмехнулся Лука Демьянович, — почему помалкиваете? Похоже, крепко вас Ванька запугал, язык проглотили.

— Да говорить не о чем, — сказал Василий. — Вот меня в честь дядьки Василия назвали, а отношения какие-то...

— Васек хитер, как кот. И злобен, как волк матерый. К нему ни у кого уважения нету, а страх имеют многие. Так и в семье было. Когда ваш батька погиб, я вроде вашим отцом стал. Вы совсем недавно меня перестали батей называть. А Васька что-то темнит. Надобно выяснить, зачем ему вдруг икона понадобилась. Не просто так он о ней разговор повел. Да и вам бы, племяши, пора исповедаться, а то, похоже, вы меня за дурачка держите. Что это там за дело у вас с Гришкой Постановым наметилось? Выходит, не зазря вы Ваньку-то в лагерь отправили, задумка у вас такая была. Я это только теперь и понял. Может, поведаете старику, что там у вас за дела такие? Сроку вам даю до утра завтрашнего. Али вы меня оповещаете, али я вас более знать не желаю.

— Да что мы тебе, Лука Демьянович, сообщить можем? — сказал Олег. — Прав ты насчет того, что Денова мы на срок крутанули. Гришка нам денег дал, по десять тысяч. Что там у него с Наткой, хрен его знает. А нам деньги предложил, а с Ванькой мы всегда на ножах были. Вот и...

— Завтра утром слухать стану! — отрезал Лука Демьянович и вышел.

224

— Козел старый, — процедил Василий, — за горло берет. Что делать будем?

— Да ничего, — усмехнулся Олег. — За двадцать тысяч мы и усадили Денова. Не верит, пускай Гришку спросит. Тот подтвердит. Надеюсь, помнит наш уговор.

— А если не подтвердит? — спросил Василий.

— Подтвердит, — уверенно ответил брат.

— Я вас, племяши, — бормотал идущий по двору Лука Демьянович, — на чистую воду выведу. Чтой-то вы мне правды не баете. — Он остановился и крикнул отгребавшим снег от бани троим мужикам: — Да вы что как не жравши?! Шустрее надобно! Ежели через час в парную не попаду, я вами баньку истоплю!

Мужики заработали активнее.

— Вот так всю жизнь, — проворчал Лука Демьянович. — Не взмахнешь кнутом, не поедет ничего.

— Не верю я в это, — сказал прапорщик. — Не мог он пройти посты, да и если чудом смог, не успел бы. Кто-то просто пытается нас отвести от пятого квадрата. Денов сюда идет, это все знают. Так зачем ему на север двигаться? Кто-то пытается нас запутать. Видно, хана там Денову.

— Но ведь рукавицы его, — сказал Лебедев. — И монтировка с отпечатками. Это-то откуда взялось?

— Наверное, его отец передал кому-то и рукавицы, и все остальное.

— Денов бежал в таких рукавицах, — возразил Лебедев. — Я тоже понимаю, что не мог он выйти из квадрата, пойти на убийство и грабеж, тем более оставить такие улики. Но с другой стороны, в этом есть смысл. Все-таки без внимания это не останется, следовательно, поиск в пятом квадрате не будет так активен. Неужели Денов сумел выскочить?..

Якутск

— А что думаете вы, Семен Аркадьевич? — спросил полковник ФСБ.

— Я не исключаю возможности того, что Денов ушел из квадрата. Но с другой стороны, он не оставил бы рукавицы и монтировку, а кроме того, не стал бы вести наблюдение в заброшенном доме. Это не в его характере. Он зверь, и засада не по нему. Кто-то пытается дать ему возможность выскользнуть. Побег, конечно, совершил он один, договоренности ни с кем не было, иначе его встречали бы. А дальше все пошло не так, как хотел Иван. Почему он вышел к Медвежьему и сел на вертолет? Вертолет летел в Якутск с посадкой в Джарджане. Что говорит по этому поводу Войцевская?

— Войцевская исчезла из больницы! — В кабинет вбежал капитан милиции. — В семь утра санитарка вошла в палату, а ее нет.

— Срочно свяжитесь с Тикси! — закричал прокурор. — Только этого не хватало!

— Записка есть? — спросил Семен Аркадьевич.

— Так точно! — Капитан прочитал: — «Спасибо за лечение. Чувствую себя прекрасно. Еще раз спасибо и не волнуйтесь. Ирина Войцевская».

— Войцевскую надо найти, — сказал прокурор. — Она единственный свидетель.

Топь

— Вот здесь мы и живем, — кивнул Савелий на небольшой дом. — Уйдем завтра вечером. Вернее, поедем. Небольшое стадо оленей перегоняют, вот нас и возьмут. И доберемся мы до хребта Кулар за сутки с небольшим. Ну, не до самого хребта, там пройти останется малехо, километров двадцать. Заночуем и на другой день дойдем. Ты баньку прими, а мы с Варькой по дому управимся. Комнату тебе Варька покажет.

— Пошли! — Варвара с двумя сумками в руках и рюкзаком за плечами пошла к дому.

— Савелий, — сердито сказала Ирина, — поможешь, может?

— Это запросто! — Кивнув, он подошел к ней и взял пакет и спортивную сумку.

— Это я сама донесу, — остановила его она. — Варе помоги.

— Да я сама, — обернулась та.

— Я плачу тебе деньги, Савелий. Помнишь пункт договора: выполнять мои просьбы.

Савелий забрал у жены сумки и рюкзак. Варя, смущенно улыбаясь, посмотрела на Ирину:

— Давай вещи.

— Пакеты возьми. Сумку я сама понесу.

— Спасибо, — прошептала Варя. — Впервой он помогает. Пока в невестах ходила, все носил. А потом... — Она взяла пакеты и пошла к дому.

— Я баньку затоплю, — хмуро проговорил вышедший из дома Савелий.

— Сейчас поесть приготовлю, — отозвалась жена.

— Варька! — крикнул он. — Поди сюда.

— Ну что еще?

— Поди сюда, говорю.

— Ты заходи, — сказал Ирине Варвара. — Там кухня. — Она пошла к мужу.

— Да, — входя на кухню, вздохнула Ирина, — жизнь здесь не заскучаешь, как папа говорит. — Поставив сумку, она села на табурет и осмотрелась. Увидела топящуюся печь. — Они что, — удивилась она, — оставляют печь без присмотра?

— Ты мясо не готовь, — сказал Варе Савелий, — и не упоминай даже. Поняла?

— Погодь, Савелка, а что же...

— Без мяса, пост у нас, понятно?

— Нет. Ты ж завсегда супротив поста был.

— Ну и дурища ты, баба, тебе ж тетка Паша объясняла, что к чему.

— Ой! — Варя всплеснула руками. — А я и запамятовала. Сделаю все, достану...

— Да что хошь доставай, — недовольно перебил он. — Но чтоб мясного ничего не было. Ну и попал я на таежку. Не убивать при ней и не есть. Во, блин, выход на природу. Но и понять ее можно. Не хотелось бы мне оказаться на ее месте. Ты поняла? — строго спросил он жену.

— Ну конечно. Просто запамятовала.

— И чем же у тебя башка-то занята, если такое забыть можно?

— Мишуткой, — всхлипнула Варвара и побрела к дому.

— Ради него и я эту дамочку туда поведу, — пробормотал Савелий.

— Вот тут располагайся. — Варя ввела Ирину в небольшую комнату. — Сейчас помоешься, поедим, и можешь отдохнуть. Ведь ты рано встала, — улыбнулась она.

— Это вашего сына игрушки? — Ирина взяла в руки висевшие на спинке стула детский автомат, ковбойскую шляпу и револьвер в кобуре на широком поясе. — А где...

— Отдыхай... — Варвара отняла у нее игрушки и выбежала из комнаты.

Ирина растерянно смотрела ей вслед. Однако ей стало легче. Перестали беспокоить мысли о том, что она ела, будучи в полузабытьи.

228

— Я это узнаю, — прошептала она. — Я убью людоеда, убью.

— Савелий привез кого-то, — сказал пожилой мужчина. — Бабу какую-то. Видать, городская дамочка. И чего ей тут понадобилось?

— А тебе, старый хрен, все интересно! — сердито проговорила, переворачивая блин на сковороде, пожилая женщина. — Все тебе знать надобно. Лучше дровишек махоньких принеси, а то блинцы лопать любишь, а дровишки, мол, ты, Сонька, сама тягай.

— Не видал я раньше тут такую, — натягивая полушубок, пробормотал старик. — Может, с проверкой какая врач прилетела? Так чего ж она к Савелию направилась? Он же Медведь.

— Шустрее давай, — поторопила его жена.

Пятый квадрат

— Пока везет нам, — подмигнул Ивану Егор. — Уже троих прошли. Так, глядишь, и выскочим. Правда, Выселки закрыты наглухо, мышь не проскочит. И все ищут, где и как ты можешь в поселок войти. К дядьке Афанасию несколько раз приходили, но он их послал подалее, и все дела.

— Слышь, Егор, — вздохнул Иван. — О сыне чего не говоришь? Что с Лешкой?

— А чего зря болтать? В Тикси он в больнице был. Родителям твоим его вроде не отдают. А эта сучка так и живет у Гришки. Хотели мы ему петуха красного подпустить, но дядька Афанасий не позволил. Мать твоя собирается ехать в Тикси, чтоб забрать Лешку.

— Но Натка говорила, что не получат его Деновы, покамест ей деньги не заплатят, — вмешался Латыш. — Адвокаты, мол, у Гришани имеются.

— Трупам адвокаты не нужны, — процедил Иван.

— А вот мент этот, Лебедь, ну не мент, а из какого-то подразделения специального, говорил, что обязательно добьется того, чтоб Натку лишили, к едрене фене, материнства и отдали Лешку твоим старикам.

— Я ее всего лишу, — буркнул Иван. — Только бы добраться, а я доберусь.

Поселок Оленёк

— Понятно, — сказал майор милиции. — Но тут человек, не двигаясь, сидеть не смог бы, задубел бы. Да и как он мог рукавицы забыть и монтировку? Ведь два раза за колючкой был, а тут нате вам, подарок. Кто-то просто уводит от него поисковиков. Видать, вот-вот на него выйти могут.

— Но там отпечатки Денова, — возразил участковый. — Кто же их мог оставить? Значит, он где-то поблизости и просто отдал монтировку кому-то...

— Был бы поблизости, — ответил майор, — не светился бы. Понял Денов, что хана ему. Вот отец сыну и помогает. Значит, кто-то вышел из поселка.

— А телефоны на что? — спросил мужчина в штатском.

Тикси

— Да вот так и ушла, — пожал плечами врач.

— А как же ее выпустили? — спросил подполковник.

— А она спрашивала кого? — сердито вмешалась тетя Паша. — Мы ж все-таки тоже люди и, когда тяжелых больных нет, отдыхаем часика два-три. Я поднялась в четыре с половиной и начала уборку производить. В семь к ней в палату вошла, чтоб полы вымыть. А глядь, нету ее. Я свет включила и записку увидала. Кликнула девчонок. Вот тебе и тяжелая больная. Но ведь и одежды у нее не было. Знать, принес

230

кто-то. Вы бы знакомых ее проверили. Наверное, к ним она ушла. А может, просто головой тронулась, вот и упорхнула.

— Послушайте, — обратился к ней мужчина, — вы единственная, с кем она хоть о чем-то говорила. Что она хотела-то?

— Да у нее в голове одно было, что она... — Посмотрев на врача, тетя Паша вздохнула. — Вы ж знаете, что у нее в голове-то было, людоедкой боялась стать. А ей тут напоминали про это постоянно. Поэтому, наверное, и убегла. Дочь ее приезжает на днях, вот чтоб с ней не видеться, и сбегла. «Прости меня, Господи, — подумала она. — Не во вред ей это говорю. Может, и подмога ей будет, ежели она Ваньку увидит».

— Подождите и послушайте! — Нина остановила старшего лейтенанта милиции. — Как могла больная исчезнуть из больницы? Ира ослаблена и...

— Она оставила записку, — вмешался мужчина в дубленке. — Вы ее почерк знаете?

— А что Андрей Васильевич говорит? — спросил Антон.

— У него сердце прихватило, — ответил оперативник.

— Да, — кивнула Нина, — это почерк Ирины. Но куда она могла...

— Что она вам говорила? — перебил ее опер.

— Она боялась узнать, чем ее кормил Денов. Вы поняли, что она имела в виду?

— Да это понятно, — кивнул опер. — Такого и врагу не пожелаешь. Только у нас все уверены, что не лопала она Сопова. У него шоколад нашли, маленький кусочек. Вот, наверное, и кормил Денов вашу подругу шоколадом. У нас так говорят. Хотя, конечно, и другие высказывания имеются. Если уж думаешь такое, держи при себе. Ведь с этим ей жить. В общем, извините и до свидания. Если вдруг что-то узнаете о Войцевской, сообщите.

— Разумеется, — пообещала Нина. — И вы тоже, пожалуйста, если что-то выяснится, передайте.

— Хорошо. Я позвоню участковому, и он вам передаст. Обязательно, как только что-то узнаю.

— Плохо ему, — тихо сказала медсестра. — Как узнал о том, что дочь ушла, сердце и прихватило...

— А что же она-то думала? — сердито проговорила другая. — Ведь мы...

— Так такие, как ты, Сонька, ей житья и не давали, — сердито перебила ее процедурная медсестра. — Забыла, что ли, как заглянешь и спрашиваешь: мясо будете, Ирина Андреевна? Тебя давно уволить надо! Другие молчат, а я скажу. И тетя Паша еще не знает. Она тебе...

— Да тише ты, Зойка, — испуганно проговорила Софья. — Пошутить уж нельзя. Я же без...

— Тварь ты, Софья! — воскликнула первая. — Тебе в морге нужно работать. Там все равно, что ты говорить станешь. А я тоже Анатолию Ильичу скажу, что ты делала.

— Как не сидит? — удивленно спросил Гатов худощавого мужчину в очках.

— Ее не нашли. Так что вы, Эдуард Викторович, поторопились дать правдивые показания.

— Я думал, это она все рассказала, — прошептал Гатов. — Они так убедительно говорили, что я...

— Идиот! Я согласился быть вашим адвокатом только ради хорошего гонорара. Но не стану вас обнадеживать, срок вам светит приличный. Конечно, можно было бы сослаться на то, что вас запугивали, даже били. Не секрет, что такое практикуется. Но вы сообщили сведения, которые милиции были неизвестны. В конце концов, вы назвали Воротникову, передавшую термос со снотворным вертолетчику. И термос ваш. В общем, все против тебя, Эдик.

— Но тогда зачем нужен ты, Сорокин? Если бы все было так безнадежно, тебя бы не прислали в эту глухомань. Что нужно от меня?

— Об этом чуть позже, — ответил адвокат.

— Вот что, Яшенька, я понимаю, зачем ты здесь. Передай Диане, что я, если дело дойдет до суда, усажу ее рядом с собой. Ну, совсем рядом, наверное, не получится, но на скамью она сядет. У меня есть запись двух разговоров, которые будут очень интересны милиции, прокуратуре и суду, разумеется. Ясно?

— Ну что ж, — кивнул адвокат. — Я обязательно доведу до сведения Дианы твои слова, и, думаю, она правильно на них отреагирует. А я могу узнать, что это за разговоры и как они...

— Не делай из меня дурака, ты же все прекрасно знаешь. И вот что еще, Яша, если ты вытащишь меня из этого дерьма, получишь миллион деревянными и два обменных пункта. Устраивает?

— Вполне. — Адвокат поднялся. — Я приеду послезавтра.

— Надеюсь, с хорошими новостями.

— А ты откажись от показаний. Скажи, что тебя принудили дать их на предварительном следствии. Понял?

— А такое возможно?

— Разумеется. И держись этого и на судебном заседании. Мы добьемся, чтоб был суд присяжных. Тогда отказ от якобы выбитых ментами показаний, побольше скорби о разбившемся вертолете, конечно, неописуемая радость, что жена жива. Я, в свою очередь, заявлю, что ты сломлен методами допросов, поэтому и дал обвиняющие тебя показания.

— А если Воротникову найдут?

— Стой на своем.

***

— Ты, Маша, не вздумай уехать от бабушки, — сказала по телефону Нина. — Вполне возможно, Ирина скоро приедет домой. Поняла?

— Если откровенно, — ответила девушка, — то нет. Мама разговаривать со мной не хочет, дедушке снова плохо, а вы, тетя Нина, говорите...

— Подожди немного. — Нина беспомощно посмотрела на мужа. — Все обязательно наладится. Просто твоей маме сейчас надо успокоиться.

— Но вы только что говорили, что мама скоро может приехать домой. Что происходит, тетя Нина? Что с мамой? Почему она не хочет говорить ни со мной, ни с бабушкой?

Антон взял трубку.

— Тут непростая ситуация, Маша. Похоже, во всем виноват Гатов. Этот гад через жену вертолетчика передал ему чай со снотворным. Летчик уснул, и вертолет упал. Твоя мама и еще двое мужчин выжили. Один из них беглый опасный бандит. Непонятно почему, он и спас Ирину. Правда, есть еще кое-что, но об этом говорить рано. Как только ситуация прояснится, мы тебе...

— Да говорите же вы, что с мамой! — закричала Маша.

— Ну, вроде как любовь у них с этим бандитом, — неожиданно произнес Антон.

— Что? — после непродолжительной паузы растерянно спросила Маша. — Мама с каким-то бандитом?

— Ты что городишь? — прошипела Нина и вырвала у него трубку. — Маша...

— Я поняла, — вздохнула девушка. — Но как только все выяснится, обязательно сразу же сообщите.

— Да-да, конечно. А дедушку мы постоянно навещаем. Мы уверены, что с мамой все будет хорошо.

— Ладно. До свидания и спасибо вам.

— До свидания, Машенька, — торопливо попрощалась Нина. — Привет бабушке.

— Только бабушке не говорите о бандите и маме, — попросила Маша.

— Конечно, нет. — Нина повернулась к Антону.

— Да я как-то нечаянно ляпнул, — виновато сказал тот.

— Ее это успокоило, — удивленно сообщила Нина.

Топь

— Я готова, — кивнула Ирина.

— А ты стреляла когда или нет? — спросил Савелий.

— Нет.

— Все начинают когда-то. Ну, давай. Плотнее прижимай приклад к плечу, у ружьеца отдача приличная. Варька! — Савелий повернулся к дому. — Неси мелкашку. Из нее и бить легче, отдачи почти никакой, и носить удобнее. Бери на память. Вечером поедем. С утреца не вышло у якутов. — Савелий объяснил Ирине, как обращаться с ружьем. — Видишь банку на столбе? Стреляй в нее.

Долина Убитой Росомахи

— Вот его лежбище. Ушел он трое суток назад, — уверенно сказал спецназовец. — Утром. След скользнул. Значит, до снега. Пепел в снег не вошел. Значит, ледяная корка была. Следов у выхода не видно. Снег пошел трое суток назад. Двинулся он в сторону Лысой сопки. На лыжах заметы, — усмехнулся он. — Но на камнях поднимал их, чтоб не содрать. Пошли! — Он стал подниматься по сопке. За ним двинулись еще пятеро.

— Внимание всем! — сказал в рацию сидевший в вертолете наблюдатель. — На правом склоне сопки в квадрате четыре третьей линии стая ворон постоянно кружит и пытается опуститься. Их поднимает росомаха. Рядом были несколько волков. На снегу вроде человеческие фигуры. Опуститься не можем, нет места для посадки. Просим проверить. Кто меня слышал?

— Группа «Лиса», — ответили ему. — Мы поднимаемся на сопку, видим вертушку. Будем там через десять — пятнадцать минут.

— Зависли, — отозвался наблюдатель, — ждем. Группу вижу.

— Да, — кивнул старший лейтенант, — проходили егеря двое суток назад. О них сообщили из штаба поиска.

— Документы проверял? — спросил плотный капитан спецназа.

— Нет. Они назвались, как принято, и ушли. Один рыжебородый, как и...

— Всем группам! — раздался голос из передатчика. — Обнаружены три трупа. Личности устанавливают. Учитывая татуировки на руках одного, есть предположение, что это егерь из поселка Белка Степан Луканов. У другого мужчины срезана борода. Цвет волос рыжий.

Распадок Черной Куропатки

— Товарищ капитан, — спросил сержант ВВ, — а почему название такое странное? Это где же черную куропатку увидели? Они же все...

— Это давно было, — перебил его коренастый якут. — Тут бандиты на золотой обоз напали, много народу перебили. Остались трое — казак-конвойный, старый якут-проводник и женщина. Избитые, их специально не убили, чтоб помучились, раздетые почти. И куда идти, не знают. Метель сильная началась. А тут вдруг видят — птица черная. И вроде как зовет их. Они за ней стали пробираться. И вывела их птица к людям, к оленеводам. А птицу все видели и сильно удивились — куропатка, только черная, в снегу ее заметно

236

было. Больше не видели такой птицы, оттуда и название. — Он указал влево. — Вон там, у входа в распадок, и перебили охрану казачью. Там частенько золото ищут. — Он засмеялся. — Всякий приезжий, кто легенду эту услышит, начинает у камней золото искать.

— А ну-ка молчок, — насторожился капитан.

— Внимание, — послышался тихий голос из рации, — в распадок спускаются трое. Вооружены. Идут открыто. Останавливать не стали.

— Понятно. — Капитан снял варежку и показал три пальца. Четверо солдат почти бесшумно по двое разошлись в стороны. — Ты тут сиди, — приказал якуту капитан.

— Скоро к реке выйдем, — тихо проговорил Егор. — Тогда уже легче будет. Там наверняка постов нет, и вдоль берега запросто пройти можно, там что-то вроде каменного навеса. Конечно, если подтаяло чуток, придавит лед со снегом. Но зато не увидят.

— Замерли! — крикнули слева. — Руки в стороны и присели!

— Да хватит, командир, — выполняя команду, усмехнулся Рябой. — За одним зверем ходим. Егеря мы из Белки.

Из кустов справа ударила автоматная очередь. Пули пролетели над головами троих. Они рухнули на снег.

— Да ты что делаешь?! — заорал Рябой. — Мы...

— Денов! — раздался крик. — Есть приказ бить на поражение! Дернешься...

Иван дважды выстрелил на голос. Рябой и Латыш тоже начали стрелять. Одновременно ударили четыре автомата. Раненый Латыш закричал от боли. Иван, перекатившись, несколько раз выстрелил.

— Товарищ капитан! — раздался отчаянный крик.

Рябой, ухватив Латыша за шиворот, пытался оттащить его к кустам.

— Стоять! — Из зарослей, откуда вели стрельбу солдаты, хлопнул винтовочный выстрел.

Иван увидел падающего сверху человека.

— Это я, Ванька! — услышал он. — Долго я тут вас дожидался. — Из зарослей вышел якут.

— Твою мать! — изумился Иван. — Умка! А ты давно ментом стал?!

— Не время разговоры разводить. Вы двоих подстрелили, капитана я ножом сработал. Двоих оглушил. Прирежь их и возьми это. — Он протянул ему трехлинейку. — И его я тоже положил, в секрете он сидел. Дальше идите прямо, постов там нет. У Валунчика сверните влево и в камни, там переждите. А его упокоить нужно. — Он кивнул на Латыша.

— Да ты что мелешь? — процедил Рябой. — Он же...

Умка выстрелил из винтовки и попал Латышу между глаз.

— Гнида! — заорал Егор, вскидывая карабин. Он и Иван выстрелили одновременно. Пуля из карабина Денова попала Рябому в лоб. Умка рухнул на снег. Иван подскочил к нему.

— Так и надо, — простонал тот. — Добей солдатиков и уходи. Быстро! — Иван, выхватив нож, бросился в заросли. — Вот и я героем стал. Торопись, Ванька! — крикнул Умка. — И уходи оттуда, бесследно уходи. Я им направление укажу!

— А как я успею их ножом достать?!

— Отстегни рожки и сунь каждому в левую руку запасной! Менять начали, молодняк, растерялись, ты и успел!

— И все-таки лучше так, — отозвался Иван, и раздались два выстрела.

— Тоже верно, — морщась, кивнул Умка. — Уходи! — крикнул он. — Скоро тут поисковики будут.

Иван, опустив замет на лыжах, стал быстро уходить вдоль зарослей.

238

— Ну вот и свиделись, — промычал Умка. — Должок я тебе отдал, Иван. Идут милые. И не жаль командирам матерей ваших... Стой, зверюга! — через пару минут крикнул он и выстрелил в сторону, противоположную той, куда ушел Иван. Пуля попала в тонкий ствол молодой ели, деревце сломалось. Умка с силой ударил себя кулаком по ране и потерял сознание.

— Там выстрел! — донеслось с вершины сопки. — У Поливанова!

Через несколько минут в распадок с сопки спустились пятеро. Увидели три тела. Трое с автоматами на изготовку встали вокруг подошедших к Умке двоих.

— Ранен, — сказал один.

— Денов, — простонал якут, — туда пошел... — Приподняв руку, он хотел указать направление, но снова потерял сознание.

— Командир! — крикнул кто-то. — Пуля в деревце попала. Он ему вслед стрелял.

— Зимонов, Аркадьев, за мной, — сказал командир. — Тынов и Рубашкин здесь. Окажите раненым помощь и вызывайте вертолет. — Он побежал к надломленному пулей деревцу, двое бросились за ним.

— Если б не Белый Медведь, хана мне, — бормотал быстро идущий Иван. — Егора с Сашкой жаль, конечно, но выбора не было. Я не для того ушел, чтоб взяли меня или убили. Это смогут потом сделать. Сначала я этой кукушке и ее хахалю головы отверну. — Ветер бросил ему в лицо снежную крошку с лапы стланика. — Поземка началась, — довольно пробормотал он, — сумею уйти. Бог на моей стороне покамест. Хотя не верю я ни в нового, ни в старого. Сколь их есть-то? Аллах, Будда какой-то... Тут вроде христиане, но одни староверы, а другие... — Он махнул рукой. — Но готов в кого угодно верить, только бы до Наткиного горла добраться и отцу спасибо сказать. Если б не его наука, пропал бы я в буран. Сейчас выйду. Так... — Он остановился. — Пора вправо и под козырек. Похоже, обвала бояться нечего.

— Да мы его потеряли! — закричал в переговорное устройство спецназовец. — Они успели положить пятерых и подранили проводника. Он завалил двоих и сам ранен. Тяжело ранен. Вертушка его забрала. Метель начинается. Похоже, погода на его стороне. К тому же его три поста пропустили. Фамилии егерей называют и вперед. А они тех егерей недалеко от долины Убитой Росомахи положили. Ножами работали. Хорошо, росомаха живая раскопала и воронье слетелось. Двое других устанавливаются. Проводник говорит, что у третьего клокастая рыжая борода. Видно, состригли и сумели чем-то приклеить. Умельцы таежные, мать их! В общем, Денов к Озеркам рвется. Он в том направлении пошел. Мы его, тварину, на месте кончим! Как только на расстоянии выстрела будет — все, хана ему!

Якутск

— Пять человек, — процедил фээсбэшник, — и один ранен. Кто те двое? И как они мимо трех постов прошли?

— А в этом мы виноваты, — сказал Семен Аркадьевич, — приказали не останавливать егерей. А эти воспользовались такой безответственностью. Значит, у Денова есть помощники. Эти двое и неизвестно, сколько еще. Устроил все это Афанасий Денов, тот еще зверюга. Я с ним знаком. Надо слетать в Выселки и поговорить с Афанасием Семеновичем. Без его помощи Ваньке давно была бы крышка. А погода снова не балует. Денов взял оружие?

— Нет, — ответил фээсбэшник. — Он передатчик прихватил. Надеюсь, не сможет включить.

240

— А чего ему мочь, — усмехнулся Семен Аркадьевич, — передатчик стоит на общей связи. Оружие не взял, потому что автомат в руках не держал. Да и передатчик наверняка выбросит, зачем он ему нужен, у него свое чутье.

— А что с Войцевской, — спросил прокурор, — нашли?

Поселок Топь

— Ты смотри, Савелий, — тихо попросила Варвара, — уж не оставляй ее...

— Да что ты мелешь-то? — сердито перебил он. — На кой хрен я с ней пошел-то? Чтоб в сопках бросить? Конечно, особенного желания на Денова охотиться нет, но она деньги пообещала. Может, сумеем вылечить Мишутку.

— Помоги вам Бог! — Варя перекрестила садящихся на оленью упряжку Ирину и мужа.

— Ни разу так не ездила, — сказала Ирина. — Наверное, как-то надо...

— Просто держись, и все, — посоветовал Савелий. — Понравилась ты Варьке. А для чего Денова найти хочешь?

— Убить. Иначе я не знаю, как мне жить, просто не знаю. Как представлю, что я ела... — Не договорив, она вздрогнула. — Сейчас мне как-то полегче стало. А в больнице, как только засну, виделось одно и то же: он срезает с руки Петра кожу с мясом и дает мне. А я... — Ирина зажмурилась.

— Да не думаю я, что он тебя мясом этого Петра кормил. Конечно, непонятно, на кой хрен он вообще тебя волок, спасал то есть. Ему же надо было в Выселки пробраться. А он тебя зачем-то к гряде потащил. Да еще к метеорологам привел. Странно это. О тебе уже разговоры ходят, но мало кто верит, что он тебя мясом того мужика кормил. Хотя, если с другого края подойти, жива ты. Значит, что-то лопала. А ты вообще ничего не помнишь?

— Я в забытьи была. Помню, он тащил меня и матерился, если не мог места найти, где ветра нет. Как в тумане все было. Врачи говорят, я сильно ударилась головой, но обо что-то мягкое. И ногу немного повредила. Я помню, как в вертолете все закричали, пришла в себя на какое-то мгновение, меня кто-то тащит, а потом он лег на меня, и взрыв сзади раздался. Еще помню, что лежу на чем-то непонятном. Странное такое ощущение. Вроде как на диване, тепло. Воздух дымный и теплый. Потом ненадолго холод и снова тепло. И какую-то кашу я ем мясную. Вкус странный и запах. Я его хотела спросить, но...

— Давай пока не будем об этом, — остановил ее Савелий. — Тебе это больно, а мне и не нужно. Но если ты мыслишь, что Денов тебя успокоит, то заблуждаешься.

— Мне от него ничего не надо, я убью его. Не знаю, поможет ли мне это пережить, но...

— А хуже не станет? Человека убить в полном рассудке очень непросто. Даже куре башку отрубить и то не у всех хватает духу. А уж человека... Было у меня раз такое. Защищался я. Вроде правильно поступил и по закону, и по людской совести. Но хреновато было. На людях, понятное дело, героем ходил. А как вспомню последнего, — Савелий шумно выдохнул и тряхнул головой, — его глаза и голос плачущий: не надо, не убивай! Долго не мог в себя прийти. А ведь так было — или я их, или они меня. Трое на меня навалились. Ну, по запарке я одного ножом приколол, другому в горло тоже нож всадил. А третий вроде бежать хотел. Стрельнул в меня из обреза, не попал. Я схватил винтарь и за ним. Он упал, повернулся на спину, руки расставил и слезы на глазах. А глаза такие большие... — Не договорив, он закурил. — Так что не знаю, сможешь ты убить али нет.

— Я сама не знаю. Но наверное, смогу. Впервые в жизни ненавижу человека, мечтаю о том, что увижу его мертвым. Странно... — Ирина вздохнула. — Он спас меня, но за это мне пришлось заплатить своей прежней жизнью. Когда мне предлагали мясо в больнице, мне хотелось умереть. Все-таки люди очень и очень жестоки. Почему так? — Ирина посмотрела на Савелия. — Ведь меня никто из них не знал. Я никому не сделала ничего плохого. Так за что же меня так?! Я не могу говорить с дочерью. Ужасно боюсь, что она прочитает в какой-нибудь газете, что ее мама людоедка. Людоед — это слово из сказок. А тут... — Ирина заплакала. — Ты не понимаешь, как это ужасно! И ничего, совершенно ничего нельзя исправить! Я хочу увидеть его лицо и спросить: за что ты меня так, Иван Денов? Я тебе ничего плохого не делала. Я даже не знала тебя. Если бы он не рассказал, что дважды ел людей, я бы, наверное, не мучилась сейчас.

— А ты думаешь, тебе бы этого не рассказали? Обязательно. Тогда тебе было бы еще хуже. Сейчас время такое, что чем хуже кому-то, тем лучше другим. И не из-за чего-то конкретного, а просто потому, что миром зависть правит. Вот ты имеешь деньги, живешь в городе, дочь подрастает, и все у тебя хорошо. А у других этого нет. Ну не дано, такое бывает, хоть ты тресни. И начинают болтать всякие гадости про тех, кому в жизни удалось чего-то достичь. Вот с тобой так и вышло. Беда у тебя, а вместо сочувствия начинают плести что ни попадя, только б задеть побольнее. Когда мне тетя Паша о тебе сказала, я не сразу согласился. Сын у меня болен, и мы ищем пути-дороги, чтоб помочь ему. С печенью у него что-то. Поэтому чужое горе меня не касается. Я от людей подальше держусь. Живи один, дольше без бед проживешь, так дед мой говорил. И знаешь, верно говорил. Что касаемо Ваньки Денова, знал я его. По делу вместе шли, когда по малолетке срок получили. Правда, тогда Ванька все на себя взял, мне год условно дали. Но дружбу с ним больше не водил. Батя его, Афанасий Семенович, сущий зверь. И из Ваньки такого же сделал. Иван запросто перешагнет через кого хошь. В общем, совершенно непонятно, почему он тебя спасал. Ежели приглянулась как баба, почему просто так отпустил? Денег он не возьмет, Деновых купить невозможно. Вот над чем я голову ломаю. Ведь он и себя под удар поставил. А ты тоже объяснить ничего не можешь и в благодарность даже убить его собираешься. Но это понятно почему. А отчего он тебе жизнь спас, никак я в толк не возьму.

— Он говорил, что я без сознания дочь вспоминала.

— Тогда ясно. Он же бабу свою прибить мечту имеет. Тебя он волок от вертушки инстинктивно, а ты дочь вспоминала перед кончиной. Вот в нем и проснулось сочувствие, ведь он любит своего сынишку. Понял он тебя. Да еще, наверное, он и себе этим самым отдых дал.

— Он тоже так говорил.

— Денов вам нужен? — не поворачиваясь, заговорил правящий оленями якут. — Он у реки сейчас. Побил солдат насмерть и к реке ушел. Ему Умка помог. Умка — волк в человеческом обличье, но тому, кто спас ему жизнь, поможет всегда. У реки Оленёк он, рядом с Ссыльной сопкой идет.

— А мы сейчас куда? — спросила Ирина.

— Город учит женщин не только тратить деньги, — помолчав, ответил якут, — но и спрашивать. Мы едем к долине Зимнего Ягеля. Вы сойдете у берлоги шатуна. Пути вам будет день и еще немного. Ночевать станете у белочников. Ты знаешь, где это? — Он взглянул на Савелия.

— Помню, — кивнул тот.

Берег реки Оленёк

— Здесь можно пару суток отсидеться, — пробормотал Иван и сел на рюкзак. — Что наши доблестные воины едят? — усмехнулся он, открывая мешок из тонкого бре-

244

зента. Достал оттуда три шоколадки, две банки сгущенного молока, банку тушенки и пакет сухарей, небольшие пачки сахара и чая, три таблетки сухого спирта. — Припасы сами они собирали, контрактники, наверное. Ну вот, теперь и на мне кровь человеческая есть. Егора с Сашкой жаль, но Умка прав — выхода не было. Дурень Рябой, что не понял этого. Умка специально от выстрела не ушел. Спас я его однажды. Шатун его подмял, и хана бы Умке, если б не я. Оказывается, и хорошие дела иногда хорошим возвращаются. Следов я не оставил, значит, не найдут. Это, видимо, рация армейская. — Он достал из кармана передатчик. Вытащив антенну, нажал клавишу.

— ...убил, — проговорил голос. — Сейчас прочесываем... Иван с силой ударил передатчик о камень.

— В кино показывали, как по рации находили, — пробормотал он и проверил винтовочный обрез и карабин. — Надо было патроны взять. К карабину двенадцать, к обрезу пять, и все. — Он подошел к выходу из пещеры, прислушался и вернулся вглубь. Вытащил из рюкзака кастрюльку и кружку, набил их снегом. Сложил и разжег маленький костер. Положил два заточенных с одной стороны штыря на камни, поставил на них кастрюльку. Пламя клонилось в сторону, противоположную входу.

Выселки

— Конечно, знаю, — кивнул старейшина. — Латышев Сашка и Рябов Егор. А зачем ты их морды кажешь?

Майор милиции, усмехнувшись, выложил на стол еще несколько фотографий. Старик, подслеповато щурясь, посмотрел на снимки.

— Они того?.. — удивленно произнес он. — Когда же их и где?

— Далеко отсюда, — ответил майор. — Денова они вели. Троих егерей убили и пятерых наших положили, сволочи!

— Ну, ты это, — проговорил старик, — погодь лаяться-то, они ж дома уже двенадцать дней лежат, болеют.

— Пошли к ним. — Майор поднялся. — Посмотрим, что за болезнь у них такая.

— Пятерых убил? — переспросил Афанасий Семенович. — Значится, выхода не было у Ваньки, — вздохнул он. — Ежели не он их, они б его убили. И Латыша Сашку, значит, там же положили, и Егора Рябого. Отходили свое мужики. Надо будет бабам ихним деньжат подбросить.

— Ты всегда чужую жизнь деньгами меришь, — вздохнула жена.

— Понимаете, — испуганная и растерянная молодая женщина развела руками, — он болел все эти дни, а тут встал с утречка и куда-то...

— Хватит, Галина Ивановна, — остановил ее Лебедев. — Кто надоумил вас говорить, что ваш муж болен? И как давно его нет?

Она опустила голову.

— А сколько ему дадут? — тихо спросила она.

— Пожизненно, — усмехнулся майор милиции. — Узнаете? — Она достал пять фотографий. Женщина несмело шагнула к столу. Посмотрела на фотографию, ахнув, отступила назад и опустилась на диван.

— Кто его послал за Деновым? — спросил майор.

— Так зверь этот, — заголосила Галина, — Афанасий! Денов! — Она уткнулась в ладони.

— Хватит! — рявкнул майор. — Пиши, — он положил на стол бумагу, — как узнала, что твой муж, Александр Латышев...

— Ничего писать не буду, не заставишь. — Она сухими глазами уставилась на милиционера.

— Вот и верь бабским слезам, — хмыкнул майор.

Лебедев изумленно посмотрел на женщину:

— Но ведь ваш муж погиб из-за Афанасия Денова, а вы...

— Он им денег даст, и все дела, — усмехнулся майор. — А если она слово вякнет, то вполне может и с жизнью расстаться. Пошли к Рябовой, хотя и там то же самое будет. Вот и закрыли поселок, ядри твою в корень! Видно, Рябов с Латышевым сразу вышли. Вполне возможно, они и в поселке Оленёк сработали. И догадались же гады, бороду рыжую сумели Денову приклеить. Поэтому особо и не проверяли их на постах. Тем более указание было — пропускать, если назовут свои фамилии.

— Но как Денов мог это знать? — спросил Лебедев.

— Латышев участвовал в поиске двух бежавших с поселения. Они по пьяной лавочке троих зарезали и в сопки подались. Тоже привлекали егерей. А Латышев как раз тогда и был егерем. Да и кто будет тщательно проверять, если из штаба поиска о них сообщили? Конечно, без сопровождения нельзя, но многие «нельзя» нарушаются постоянно. Поэтому и чехарда у нас такая. Но вот мне непонятно, как они могли пост перебить. Пять человек и наблюдатель на сопке. Что-то там странное случилось, не могли парни так легко подставиться. Тем более капитан Востряков — опытный мужик, воевал в Чечне. Странно...

— Да ничего они ментам не скажут, — уверенно заявил Афанасий. — А вот Ивану тяжеловато будет. Он сейчас в скалах у Оленька, больше негде ему быть. Жаль, понятное дело, Рябого и Латыша, но рано или поздно все одно им конец наступил бы. Кровушки они много пролили, а расчет, один хрен, будет. Ты когда за Лешкой отправишься?

— Так невозможно пока, Афанасий Семенович, — напомнил парень. Все уже готово, но никого из поселка не выпускают. Но как только, так сразу и поедем.

— Башковитый ты, Пашка, мужик будешь, — кивнул Денов. — Ежели хозяина не поменяешь, вполне можешь годков через десять и сам руководством заняться. Правда, хлопотное это дело. Но без хлопот сухим будет рот, — подмигнул он парню. — Ты мне вот что ответь, только правду режь, не люблю тех, кто лукавит. Бога-то уважаешь?

— Да не то чтоб готов жизнь положить за веру, — пожал плечами Павел.

— Понятно. Ванька так же говорил. Жениться еще не надумал?

— Да нет, сначала надо в жизни место занять.

— Верно мыслишь, парень! — Денов хлопнул его по плечу.

— Афанасий Семенович, — в дом вошел бородач, — Галка Латышева и мать Сашкина до вас пришли.

— Пусти, — откликнулся Денов. — И когда Рябовы появятся, тоже пусть зайдут.

— Что ж ты, старый хрен, сына моего на погибель отправил? — ворвалась в комнату седая женщина. — Сашка за тебя жизнь свою положил, а ты...

— Бедствовать не станешь, — сурово проговорил он. — А слова твои прощаю как матери, сына потерявшей. Отведите ее домой.

Женщину силой вывели из комнаты.

— Ну а ты что, голуба, скажешь? — спросил он Галину.

— Да что я скажу... Без мужниной опеки и без мужской силы я осталась. Двое детей, один другого малее. Вы бы, Афанасий Семенович, посодействовали, чтоб кто-то из ваших захаживал и работу мужицкую исполнял.

— По двору али в постели тоже? — подмигнул он. Галина опустила голову.

— И конечно, деньгами чтоб не обидели, — негромко проговорила она.

— Вот бабы пошли! — хмыкнул Денов. — Все у тебя будет, я семьи своих верных мужиков не оставляю. Иди с миром.

Тикси

— Да, — сказал врач, — у обоих сильные ушибы в области височной кости. К смерти такие удары не приведут, но потеря сознания обеспечена.

— Подождите, док, — нахмурился мужчина в штатском — то есть вы хотите сказать, что солдат сначала оглушили, а уже потом...

— Именно так.

— Я вам говорил, Михаил Павлович, — напомнил капитан ФСБ, — мне сразу там что-то не понравилось. Не могли солдаты, находясь в сознании, подпустить того, кто в них стрелял. И след. Там, конечно, все затоптали, но след через кустарник. Кто-то подошел к ним, а потом вернулся на открытое место и...

— Где Умкин? — спросил Михаил Павлович.

— Он ранен и находится в хирургическом отделении, — ответил подполковник милиции.

— Кстати, о его ранении, — вмешался врач. — Он получил пулю метров с трех, то есть там, где лежал. Это мне тоже показалось странным.

— Спасибо. — Михаил Павлович вышел. Капитан и еще трое офицеров последовали за ним.

— Кто это? — тихо спросила женщина в белом халате.

— Федеральная служба безопасности, — ответил врач. — Михаил Павлович Толин, боевой мужик. По молодости Афганистан прошел, в Чечне был не единожды.

«Кажется, пора уносить ноги, — мысленно усмехнулся лежащий на кровати Умка. — У дверей двоих поставили. Я понадеялся на свой ум, а менты, видать, тоже не топором деланы». — Придерживая заклеенную рану на боку, он осторожно поднялся и подошел к окну. — Пятый этаж плюс мороз, — пробормотал он. — Далеко не уйду. Похоже, кончился твой фарт, Умка, Белый Медведь. — Он осторожно сел и закурил.

— В какой он палате? — спросил Михаил Павлович.

— Девятая, — ответил врач. — На пятом этаже.

— Охрану у палаты поставили? — спросил подполковник старшего лейтенанта милиции.

— Так точно.

— А что это столько милиции вокруг? — встревоженно спросил пожилой мужчина в больничном халате.

— Ловят кого-то, — ответил мужчина в спортивном костюме. — Видать, крупную рыбешку захомутали. Вон их сколько.

Распахнув дверь палаты, в нее вбежали капитан и двое молодых мужчин в штатском. Следом ворвался Толин, выругался и вышел.

— Доктор, — сказал один из оперов, — посмотрите, можно что-нибудь сделать?

— Ничего, — ответил врач. — Прямо в сердце нож воткнул.

— Но почему он сделал это? — спросил идущий рядом с Толиным подполковник. — Ведь даже неизвестно, знакомы ли они. Я говорю...

— А меня интересует, почему не обратили внимания на слова капитана Васильева! — зло перебил его Толин. — Упустили мы Умкина. А почему он пошел на это, ответ, думаю, не найти. Денов вряд ли живым сдастся. Если говорить откровенно, то у меня нет никакого желания видеть его живым. Таких надо уничтожать сразу. А если его возьмут, дадут пожизненное. Хотя и говорят, что это для человека хуже смерти, но я уверен, что хуже смерти нет ничего. Поэтому я порадуюсь, когда узнаю о смерти Денова. Что у нас с Воротниковой?

— Ничего, — ответил милиционер. — Подождите, вы о Воротниковой спросили? Я подумал, что о Войцевской. Воротникову нашли мертвой. А Войцевскую до сих пор найти не могут.

— Значит, Гатов узнал о смерти Воротниковой и отказался от показаний. Но это ничего не меняет, он все равно получит свое. Как он узнал об убийстве Воротниковой?

— Адвокат из Санкт-Петербурга приехал. Гатову несладко в КПЗ, его уже дважды переводили в другие камеры.

— Я порой удивляюсь, как уголовники в тех местах чувствуют человека. Конечно, бывают отморозки, беспредельщики, но случается, заключенные бьют сокамерника за то, что он совершил на воле. Вот Денов задал нам задачу! Мы не можем выйти на его след. Единственная попытка кончилась тем, что погибли пять солдат и офицер. Правда, там ему помог Умкин, но это уже наша оплошность. А кто убил хозяина магазина в Оленьке? И почему эти двое, Латышев и Рябов, так легко пошли на убийство сотрудников правоохранительных органов? Умкина ранил один из этих двоих. Почему? Вопросов много, а ответов мы скорее всего не получим. И вот что еще. Почему сразу не стреляли на поражение? Ведь ясно было, что это Денов. Но их попытались задержать. Что это — дурацкая смелость или просто идиотизм? Денов сейчас затаился, но где? И погода снова портится. Если он проберется в Выселки, уйду в ночные сторожа или просто буду сидеть дома. И Войцевская. Куда она могла исчезнуть? Она умна и не авантюристка. Самостоятельная женщина с высшим образованием, но дня не проработала по специальности. Заболела мать, отец был в длительной командировке, и Ирина Андреевна занялась частным предпринимательством, чтобы прокормить семью. А Гатов действительно тварь. Она дважды спасала его от банкротства, то есть от возможной тюрьмы. Где же вы, Ирина Андреевна? — тихо спросил Толин. — Неужели отправились искать Денова, чтобы узнать правду? Вот что, подполковник, передайте поисковикам — в тех местах может появиться Войцевская Ирина Андреевна. Пусть оказывают ей всяческое содействие. На нее Денов может выйти сам. Не убил же он ее и не бросил. А ей нужен ответ на вопрос, от которого зависит ее дальнейшая жизнь. Этот ответ может дать только Денов.

— Вы думаете, Михаил Павлович, что Войцевская ищет Денова? — спросил подполковник. — Но ведь...

— Тогда скажи мне, где она? — перебил его Толин.

— Нашли Ирину? — тихо спросил Андрей Васильевич.

— Нет, — вздохнула Нина. — Нет ее нигде. Она не вылетала из Тикси. Как будто испарилась. Может, она просто сняла квартиру, чтобы побыть одной? Вы же знаете, что журналисты пытались...

— Нина, — облизнув пересохшие губы, тихо сказал Войцевский, — а если она убила себя? Ведь в последнее время...

— Перестаньте. Ира знает, что вы в больнице, а ее мама...

— Но сейчас ее беспокоит только одно, и я хорошо это понимаю. Как с этим жить? Я не знаю, что ответить, если меня спросят, как ваша дочь выжила? Что она ела в тайге?

— Господи, — прошептала стоящая около двери тетя Паша, — прости меня. Но не могу я им сказать. Прости, Господи! — Перекрестившись, она отошла. Стоявший у двери своего кабинета врач внимательно посмотрел на нее.

Тайга

— Кто эти люди? — спросила сидящая у костра Ирина.

— Охотники на белок, — ответил Савелий. — В этом районе много этого зверька. И они в основном отстреливают белок. Беличьи шубы всегда в моде. Рукавички тоже очень хорошо продаются, детская одежда. Конечно, не всегда удачно у них выходит, но жить можно. Например, я не

252

мог бы этим заниматься. Стрелять надо так, чтоб не испортить шкурку, обычно дробинкой в глаз. Я стреляю неплохо, но так не сумею. Да и терпения нужно много, так что это не для меня. Отстрел волков, медведей-людо... — Он притворно закашлялся.

— И такие бывают? — помолчав, спросила Ирина.

— Бывают. Например, поднимут медведя зимой из берлоги, он почти наверняка будет нападать на людей. Но давай не будем об этом.

— Спасибо тебе и тете Паше с Варей. Я сейчас себя чувствую намного лучше. Оказывается, и с этим можно жить. Правда, когда вижу мясо, — Ирина вздрогнула, — начинаю представлять...

— Хватит, — буркнул Савелий. — Сама говорила, что забывать стала, так зачем что-то представлять? Просто дыши свежим воздухом, грейся у костра, пей чай с травами, ешь овощи из банок, сушеные фрукты. В общем, что есть сейчас здесь, то и лопай. Конечно, летом было бы лучше, тут ягоды полно. А грибов вообще завались. Да и растений разных полнехонько. Ты ела хлеб из лопуха? Из корней лопуха? Такой хлебушек, пальчики оближешь! Знаешь, если не полегчает тебе, оставайся. Хочешь, у нас живи, а хочешь — домик купи. Конечно, жить в наших краях непросто. Но живем и не жалуемся. Вот взять меня или Варю мою. Да никаким калачом нас отсюда не выманишь. Вот только Мишутка, три года ему... Печень у него больная...

— Надо им поесть отнести. — Невысокий молодой якут вытащил из котла кусок мяса.

— Не надо, — сказал куривший трубку старик. — Они не едят мяса.

— А что же им дать? — спросил парень. — Закон тайги...

— Картошки свари. Достань банку болгарских огурчиков и помидорчиков. И сделай мягким хлеб.

— Сейчас поедим и пойдешь в лачугу. — Савелий кивнул на похожую на шалаш будку с дымящейся трубой. — Поспишь там, потом тебе поесть принесут. Спасибо не говори, в этих местах не принято. Откажешься — обидишь хозяина. Хозяин тот, кто остановился первым. Что у нас тут? — Он шагнул навстречу молодому якуту.

— Овощи, вареная картошка и пакеты с лапшой быстрого приготовления, — ответил тот.

— Годится, — подмигнул ему Савелий.

— Хочешь мяса? — прошептал парень. — Приходи к нам.

— Приду и поговорим. И узнай у своих, где можно найти беглеца?

— Придешь — поговорим, — повторил якут и, поклонившись Ирине, пошел назад к трем кострам.

— Хлеб, — удивилась Ирина, — теплый и мягкий. Откуда?

— Замерзший хлеб кладут на сетку над кипящей водой. Когда оттает, воду выливают, хлеб слегка сушат, и получается вот такой, как из пекарни.

— Хорошо, что никто не знает, кто я.

— Почему не знают, здесь про тебя в любом поселке известно. По тайге такие новости быстро расходятся.

— И как я выжила, знают?

— А подробности никого не интересуют. Захочешь, сама расскажешь, не захочешь — вопросов не будет. В тайге не расспрашивают человека, который сам о себе не говорит.

— Значит, поэтому Денов и рассказал мне о себе?

— Да. Согласись, что когда человек молчит, он невольно вызывает подозрение. А это очень плохо в таких условиях. И врать о себе тоже не следует. Тайна высвечивает человеческое нутро. Ну что-то вроде рентгена. Тот внутренности определенные высвечивает, а тайга — суть человеческую. Как и война. Ты ешь быстрей, а то остынет все.

254

А лучше давай все отнесем в лачугу, там тепло и раздеться можно, умыться. И еще, — Савелий кивнул на мелкокалиберный карабин, — никогда не оставляй оружие. Нигде и никогда.

— Значит, она хочет узнать у людоеда, как выжила? — выпуская дым, пробормотал старый якут. — Видно, что лихо ее в тайгу привело. Людоед ей нужен!.. Садись, — кивнул он подошедшему Савелию. — Ты не в себе был, когда согласился проводником у нее стать?

— Давай не будем. У нее душа болит и на сердце кровь густеет. Ей правду надо знать. Пусть страшную, но правду. Где сейчас может быть Денов?

— Он убьет вас. Нельзя останавливать случайно раненного оленем медведя, который идет за слабым обидчиком. Нельзя не дать волку вспороть оленю шею. Людоед идет за жизнью двоих, и его не остановить.

— Ясно. Значит, ты не скажешь...

— Давай пить чай с травами. Мы не помогаем искать двуногих хищников, потому что не хотим иметь врагов.

Раздался короткий свист. Савелий посмотрел на схватившего карабин старика.

— Давайте решим все спокойно, — послышался насмешливый голос. — На фоне огня вы отличная мишень, поэтому умрете одновременно. Отдайте шкурки, и мы уйдем.

— Сколько их? — по-якутски шепотом спросил старик.

— Четверо, — ответил плотный русский. — С карабинами. Банда Кривого.

— Пусть забирают, — решил старик.

И вдруг оттуда, где стоял бандит, раздался громкий крик. Савелий, схватив карабин, прыгнул вправо. Якуты с оружием в руках приподнялись на снегу и увидели троих вооруженных мужчин и одного лежащего на снегу стонущего человека.

— Бросьте оружие, — громко проговорил старый якут, — и будете живы!

Трое бросили оружие и встали. Якуты, поднявшись, накинули на них арканы. Кожаные петли туго затянулись, прижав руки бандитов к бокам. Старик стал быстро обматывать ремнем одного из них.

Савелий присел около раненого.

— Мать честная! Ему кто-то задницу продырявил. Выстрелов не было слышно. Вот это хреновина!

— Перевяжи, — промычал тот, — больно.

— Сколько вас? — спросил Савелий.

— Пятеро, — со стоном отозвался раненый. — Хромой, сука, в лачугу пошел. И видно, свинтил, падаль!

— В лачугу? — Савелий побежал в ту сторону. За ним бросились парень и русский охотник.

— Если он убил женщину, — вытащив нож, старик приставил острие к шее связанного бандита, — мы разденем вас и привяжем к деревьям, а для запаха пустим кровь из отрезанных пальцев на ногах.

От лачуги раздался громкий хохот.

— Да что тут смешного?! — послышался громкий женский голос.

— Посмотри за ними, — сказал старик русскому охотнику и пошел к лачуге.

— Да что вы смеетесь? — сердито спросила Ирина.

Старик увидел лежащего у лачуги мужчину. Его руки за спиной были стянуты ремнем, на ноги натянут мешок. Во рту — платок. Старик удивленно посмотрел на хохочущего Савелия.

— Она, — кивнул на Ирину смеющийся парень, — по башке этого. И из мелкашки того подстрелила. Она, ха-ха-ха! — Парень повалился на снег.

Старый якут с удивлением взглянул на женщину.

— Я услышала, — сказала Ирина, — что подошли четверо и говорят, мол, мы тех возьмем, а ты осмотри лачугу. И четверо туда пошли, а этот, — она взглянула на связанного, — хотел дверь открыть. Я выбежала и стукнула его прикладом. Слышу, они вам угрожают. Я винтовку направила на них и нажала на курок, там кто-то закричал. Выстрел был почти бесшумный. Потом я взяла винтовку этого, но она не стреляет.

Мужики катались на снегу, держась за животы. Старик склонил голову и прижал ее руки к своим плечам. Она удивленно смотрела на него.

— Так в старые времена охотники-якуты выражали благодарность за спасение и за готовность прийти на помощь в случае опасности, — негромко сказал старый якут.

— Не завидую я людоеду, — прошептал парень. — Это твоя жена? — спросил он Савелия.

— Подруга жены, моя сестра.

— А что с ними будет? — спросила старика Ирина.

— Здесь много солдатских и милицейских постов, — ответил он. — Вызовем вертолет и передадим. А ты смелая. Но не надо тебе искать людоеда. Он спас тебя и этим помог и себе. Но сейчас он уже пролил кровь. Не надо тебе видеть его.

— Он убил жену? — удивилась Ирина. — Но ведь...

— Он и трое его сообщников убили пятерых солдат и офицера, — перебил старик. — Вернись назад.

— А как я жить буду?! — отчаянно воскликнула Ирина. — Я не могу жить здесь, где меня понимают и поэтому не отворачиваются и не предлагают мяса. У меня дочь, ей семнадцать лет. Что я ей скажу? Где гарантия, что кто-то не нашепчет ей, что ее мать людоедка? Я не могу так жить, понимаете? — Ирина заплакала. — Я хочу увидеть Денова и услышать ответ, честный ответ. Я не могу ждать, пока его арестуют. Он говорил, что живым его не возьмут. Я должна найти его. Пусть он убьет меня. Из-за него я сейчас нахожусь в этом кошмаре. Неужели вы не понимаете?!

Старый якут молчал. Женщине надо было дать выговориться. Ей нужен был слушатель, а не советчик. Но он также знал, что Денов убьет эту женщину и Савелия. То, что он не бросил ее в тайге и даже довел до метеостанции, объяснялось просто: он отдохнул, а кроме того, не желал брать на душу лишний грех. Женщина невольно навела погоню на ложный след.

Показав на раненого Савелию и двум охотникам, старик кивнул в сторону стоянки. Те понесли его туда. Ирина прижалась к старику. Он по-отечески гладил ее по голове.

— Слышь, — обратился к парню Савелий, — не надо про это весть по тайге рассылать.

— Не надо, — согласился тот.

— Никто про это не узнает, — сказал Савелию русский.

— А с этими что? — Савелий кивнул на связанных.

— Передадим милиции, — подошел старик. — Меня Таягу зовут, — представился он. — Завтра вас отвезут к Озеркам, покажут место, куда людоед придет. Стреляй первым, сразу, как увидишь, иначе вас ждет смерть. Сейчас он где-то у Черного ручья. Белый Медведь его туда направил. Жизнь ему людоед спас, а тайга таких долгов не любит. Увидишь людоеда — стреляй сразу, — повторил он, — в ногу. Потом в правую руку и снова в ногу и в руку. Она говорить с ним хочет. Дай ей такую возможность.

— Таягу, — подошел к нему второй русский, — я вышел на милицию. Через полчаса обещали прислать вертолет из Ударного.

— О том, что было, никому ни слова, — строго предупредил Таягу. — Это ты стрелял от лачуги, — сказал он парню.

— Как она? — спросил Савелий.

— Слезы душу ей облегчают, — вздохнул старик. — Но она сильный человек и понимает, что слезами делу не поможешь. Ей ответ нужно знать. Правильный путь она выбрала, опасный, но правильный. Лучше ей погибнуть, чем с этим жить. Вот, — он взял с повозки мелкокалиберный карабин, — отдашь ей. Винтовку возьмет Огулян, — кивнул он на парня.

— Пойду к ней, — сказал Савелий.

— Нет, — старик покачал головой, — ей лучше побыть одной, потом пойдешь. Сейчас надо выпить для успокоения и за победу. Как говорили наши предки, огненная вода согревает душу, успокаивает мысли. Конечно, в разумных дозах. — Он улыбнулся.

— Я ранила человека и чуть не убила другого, — прошептала Ирина. — И удивительно, но мне стало легче. Если бы я могла остаться здесь... Прошло бы какое-то время, и я забыла бы... Нет, никогда не смогу это забыть. Я узнаю ответ или умру. Странно, но я не чувствовала страха, только злость от того, что не могу выстрелить из карабина. Надо будет все узнать о таком оружии. А все-таки в одного попала, — удивленно фыркнула она. — Ее губы впервые за многие дни тронула легкая улыбка. Она вспомнила смех охотников. Потом взяла кружку с водой и сделала несколько глотков. — Я есть хочу, — удивленно прошептала она. — Да, раньше этого не было. Я хочу есть, — отчетливо проговорила она. Подсела к маленькому столу и взяла еще теплую картофелину.

Тикси

— Вертолет с группой вылетел к лачуге белочников, — сообщил по рации капитан милиции. — Там пятеро бандитов пытались захватить беличьи шкурки. Охотники сумели ранить одного и взять остальных. На перевале задержаны двое без документов. Вооружены. Охотничье ружье двенадцатого калибра, двустволка и карабин «Тайга». Сопротивления задержанные не оказали. Они говорят, что вышли поохотиться из поселка Таежный. Перевал перекрыли.

— Задержанных белочниками доставить в Тикси, — послышался ответ. — И вот что, Солодов, возможно, в твоем районе находится женщина, Войцевская Ирина Андреевна.

— Слышал, — откликнулся капитан.

— Оказывайте ей помощь, если будет нужно.

— Понял, — ответил Солодов. — Она с охраной?

— Неизвестно, с кем она, может, ее и нет здесь. Но если встретишь, ты должен оказать помощь, если потребуется.

— Погодите, товарищ майор, так это та баба, с которой Денов от вертолета ушел?

— Она.

— Понятно. — Солодов кивнул, но по его лицу было видно, что вопросов у него появилось куда больше, чем было.

Берег реки Оленёк

— Да здесь все видно, — остановившись, сказал мужчина в маскировочном костюме. — Не сунется он сюда. Знаешь, старлей, раньше интерес был, азарт. А когда узнали, что нашли мужика обглоданного, злоба появилась. Людоед... В сказках и то нечасто встретишь. А тут нате вам, вот он! А уж когда он, паскуда, шестерых наших положил, наверное, каждый себе слово дал сразу на поражение его бить. И в то же время чувство опасности появилось, как в Чечне. В первые две операции я пару очередей выпустил, и все. А вот когда при мне одного из группы убили, понял, что я на войне и что убить могут. В этот момент главное —

не дать страху в тебе поселиться. Иначе все, спекся воин. Вот и сейчас, если солдатики страх почувствуют, хреново будет. Некоторые уже боятся, начнут палить в кого попало. Я бы убрал молодняк — и призывников, и контрактников, не для них такая работа. Он ведь уже шестерых угробил. Сам понимаешь, что сейчас...

— Каждая группа усилена, — перебил его командир, — теми, кто прошел боевые действия.

— Чисто, товарищ командир, — доложил один из трех лыжников.

— У нас тоже, — сообщил с другого берега старший группы.

— Снег снова идет, — недовольно сказал прапорщик. — Если он и оставил след, минут через пять уже ничего заметно не будет.

Иван, сжимая в правой руке ложе карабина, а в левой — обрез, слышал разговор проходивших мимо военных. Увидел совсем рядом троих лыжников в белом. Никто и подумать не мог, что в укрытой снегом пещере уже двое суток сидит тот, кого разыскивают все службы республики. Иван, отступив от входа, сел и положил рядом оружие. Он вдруг понял, что к Выселкам ему не пройти и все его усилия теряют всякий смысл. Он мучительно искал возможность на минуту попасть в дом к Григорию Постанову и убить его и свою жену. Но прекрасно понимал, что такой возможности у него не будет. Он крыл себя последними словами за то, что потерял столько времени, помогая той бабе. Еще пара дней, и ему нечего будет есть. Делать лунки для куропаток не решился. Их могли обнаружить. Играя желваками, он свернул цигарку и отошел к кострищу. Костер он разводил, только когда ветер дул с севера, а значит, дымок от высушенных веток, почти невидимый, уходил вверх, на скалу. Была опасность, что будет виден подтаявший снег, но снег валил почти не переставая.

— Надо было сразу убить и его, и ее! — Он выругался. Иван и сейчас не смог бы убить женщину. Если бы она не была без сознания, он бы ушел, но, оттащив ее от горящего вертолета на безопасное расстояние и при взрыве машинально закрыв собой, он уже не мог бросить женщину, которая, на мгновение приходя в себя, звала дочь. Иван снова выругался. Он любил свою Натку. Но то, что она оставила Лешку умирать... Иван зарычал, словно раненый зверь. — Не верил я никогда и ни во что, — подняв голову, зашептал он. — Но если ты есть, Бог, дай мне силы и возможность дойти до Выселок. Убью ее, и пусть будет что будет. Иначе я зря жил. Да нет, человек может надеяться только на себя. Я дойду и убью ее. Я любил ее, она дала жизнь моему сыну и оставила его умирать. Убью я ее. — Иван осторожно подошел к выходу и прислушался. Высунул руку, проверяя направление ветра. — Трое суток сильной метели, вот что мне сейчас надо, иначе через четыре дня я начну уставать от голода. Сейчас я не выйду, но что-то делать надо.

Долина Убитой Росомахи

— Скоро будете на месте, — сказал старый якут. — Я покажу место, где вас никто не увидит. Костерок разводите ночью. Точнее, на рассвете, когда висит утренняя дымка. Где разводить, тоже покажу. Мимо этого поворота никто незамеченным не пройдет. Но здесь почти никто не ходит. Людоед придет сюда. Если в течение трех дней его не будет, не ждите, значит, он мертв. Дам вам приемник. Включайте каждый час. Передают прогноз погоды и все, что касается жизни в тайге. Наверняка часто говорят о людоеде. Возможно, услышите, что он убит. Если нужна будет помощь, найдете нас в районе Прыгающей Белки. Я отведу тебя к шаману, и он скажет тебе, как ты спаслась. Я ей уже предлагал, — увидев, что Савелий собирается что-то сказать, кивнул Таягу, — но она не захотела. Если людоед будет убит, обязательно приходи, хотя я не уверен, что вы останетесь живы.

— Он вернется с вами, — Ирина посмотрела на Савелия, — а я останусь у...

— И думать об этом забудь! — перебил Савелий. — Ты из меня вообще хрен знает кого делаешь. Денов и тот не бросил, а я, значит, оставлю, помахаю лапкой и привет?

— Но деньги вы получите. А здесь могут...

— Спасибо, — поклонился Савелий, — сестренка! А вы катите. Если что, мы найдем вас.

— Удачи вам, — пожелал старый якут. Сделав несколько шагов к саням, он остановился. — Я должен вам все показать.

Выселки

— Слушай, — сказал Григорий, — а может, попробовать как-то забрать иконы? Предложить им обмен — мы им Лешку, а они...

— Как только мы появимся у Деновых, Афанасий сразу нас убьет, — перебила его Наталья. — Может, ты все-таки объяснишь так, чтоб я поняла, зачем тебе нужны иконы?

— Продадим. Они больших бабок стоят. Сейчас мы уезжаем, а вот вернемся или нет, непонятно. Если честно, не очень-то я желаю сюда возвращаться. Сейчас здесь менты и солдаты. И Афанасий своим мужикам приказал меня не трогать. А если Ваньку убьют, меня хлопнут тут же. Ты же видела, как на нас смотрят. Купить кого-нибудь из людей Денова нельзя? Я неплохие деньги дам, помогу отсюда выбраться. Неужели все в этой глухомани по доброй воле живут? Хуже, чем в тюрьме. Вроде и волен, а в то же время...

— Если кому-то денег предложишь, для начала могут морду набить, а потом ноги переломают и бросят где-нибудь. Орать будешь, на помощь звать — никто не подойдет. Ну если только солдаты услышат. Но виновного все равно не найдут, у него алиби будет и свидетелей куча, что он в то время, когда тебя били...

— Хорош. Ты мне вот что лучше скажи: чем всех так старый Денов держит? Почему у него такой вес? Ведь он просто...

— Да непросто. Здесь его отец был старостой поселка. От деда передавалось. К тому же Деновы и в тюрьме сидели, и, бывало, приезжих грабили, но всегда староверов поддерживали. А ты уж, наверное, должен знать, что в этих местах власть мало что решает. Да, и участковый есть, и поссовет, но в основном все от других зависит. Деновы крепко на ногах стоят. Им тут больше половины людей должны. Но они вроде и не собирают долгов. А Тамара Васильевна? Она же и детей до четвертого класса учит, и врач на все случаи. Сколько родов приняла! Так что Деновы здесь очень в почете. Тебя и меня не тронули только потому, что Афанасий Семенович запретил. Иначе бы давно прибили или сожгли. А...

— Погоди, — остановил ее Григорий. — Вот ты говоришь, что, мол, староверы правят. Но не похожи они на них.

— Да здесь своя вера какая-то. Так же крестятся двумя пальцами, но не староверы они в полном смысле этого слова. У староверов табак, например, в запрете, а они все дымят. Я видела однажды помазанника божьего, или посланца, как его называют, он приезжал к Деновым.

— Зачем?

— Не знаю. Они ушли в зимовку — так называют домик отдельный, вроде времянки на материке — и там о чем-то долго говорили. Видимо, поссорились. Этот помазанник вышел злой и сразу уехал. Кстати, с ним были двое молодых мужчин с оружием.

— А где и кого ты видела в этих краях без оружия? Только в больших поселках, где менты часто бывают. И там у каждого наверняка что-то есть. Значит, у Денова был помазанник? И часто он его навещает?

— Я видела два раза. Кстати, я уже говорила тебе об этом. И знаешь, у меня появилось ощущение, что ты только из-за этого и стал со мной...

— Если честно, и из-за этого тоже. Да, мне надо было выйти на Деновых, но чтоб при этом не оказалось Ваньки. Убить его, понятное дело, не взялся никто, потому его и столкнули с Торовыми. А потом я понял, что ты нужна мне как баба. И как женщина ты меня устраиваешь.

— Какая разница между бабой и женщиной?

— Баба — в постели, женщина — на виду, ну, что-то вроде жены. Ты красивая, умная, так что вполне подходишь. И в постели ты хороша, мне это очень нравится. Но упустить иконы я тоже не могу, они дорого стоят. Но как их взять? Ничего в голову не приходит. Обворовать не получится, там две собаки, порвут на мелкие куски, а что останется, мужики дядьки Афанасия дорвут. А иконы нужны, это большие деньги, и я не намерен их терять.

— Как же ты заберешь иконы?

— Есть идейка. Но пока подождать надо. Как только все выясню, нужна будет твоя помощь. А сначала вот что скажи: ради внука на что готов дядька Афанасий?

— Ты хочешь похитить Лешку и потребовать за него иконы?

— Я не дурак. Можно сделать все гораздо проще, — усмехнулся он. — И как только я все обдумаю, тебе скажу.

— Ты что такой мрачный? — спросила вошедшего мужа Тамара Васильевна. — С Ваней...

— Да не с Ванькой. Не получается у нас внука забрать. — Сняв шапку, старик выбил ее об колено и бросил на вешалку. Жена помогла ему снять тулуп. — Мне Василь Торов пообещал адвокатов найти, чтоб Лешку нам по закону отдали, значит. Только не выходит ничего, матерь Лешкина опять супротив, а надобно ее согласие. Я к ней идти опасаюсь — увижу гадину и не сдюжу с нервами, пришибу кукушку хренову.

— Но ведь она его больного бросила! — всплеснула руками жена.

— Говорит, сама больная была, и боится, что Ванька ее убьет. И что делать, не знаю. Может, денег предложить заразе?

— Не возьмет она денег, я уже предлагала ей. Все, говорю, бери, только отдай внука! — Тамара Васильевна заплакала.

— Прибить надо было и ее, и хахаля сразу, и вся недолга. Да я опасался, что Ваньку тянуть начнут и выбивать, кто это мог сделать. Значит, деньги ей не нужны? Но ради чего ее Гришка-то прихватил? У него же баб ой как много. А тут прилип, не отклеишь. Ну, ежели Ванька дойдет сюда, он вам любовь обломает! Не понимаю я, почему нам Лешку не дают? Вона по телевизору только и твердят: усыновляйте, дети вас дожидаются в приютах. А тут, ядрена горечь, внука единокровного не отдают! Что же делать-то. Хорошо еще, ты не поехала, а то бы точно там и свалилась. Ее судить надо, ведь сына больного бросила, а тут приболела она, оказывается. Мы, выходит, чужие внуку нашему. Чует мое сердце — правду мужики баяли, специально тогда Ивана к Гришке заманили, чтоб в тюрьму посадить. Надо было ему в тот раз и прибить эту кукушку.

— Так ведь тогда бы его на пожизненное посадили.

— А он на него сейчас идет, вернее, уже пришел. Шестерых армейцев положил Ванька-то. Умка ему помощь в этом деле оказал и себя в больнице зарезал, чтоб ментам не даться. Ивана убьют при аресте, солдатня сейчас зла на него. Я уж прошу у защитника нашего небесного, — он перекрестился на старую икону в углу, — чтоб дал Ваньке до этой кукушки добраться. А уж потом пускай делает с ним все, что захочет.

— Да что ты такое говоришь? Ванька же сын наш, а ты ему смерти желаешь! Ты его таким сделал, Афанасий, ты научил его...

— Убивать армейцев я никогда его не учил, у них тоже отцы и матери имеются. Сбег, чтобы бабу свою прибить с хахалем и ментов, которые тебя усадили, так иди и убей. Но не трогай тех, кто тебя ловит. Сделают все, чтоб и тебя убили. Шансов, что он доберется до кукушки, очень мало.

— Какой же ты!.. — Жена всхлипнула и ушла в другую комнату.

— Да уж такой, — проворчал Афанасий.

Поселок Белка

— Да могут они забрать пацаненка, — кивнул Михаил. — И делать ничего не надо.

— А я сказал им, что нет, — возразил Василий Демьянович. — Ванька угробил бородачей моих, егерей. А без них помощь оказывать Афанасию я не стану. Мне иконы нужны. И с Лукой не договориться теперь. Белый Медведь, Умкин, все-таки спас Ваньку, а обещал мне подмочь его прихватить. И себя кончил, гнида. Вот где теперича...

— Ивана баба ищет, — вмешался рослый парень. — Я слышал, как участковый с кем-то по телефону говорил, и ему приказали, если встретит, оказать ей помощь.

— Точно слыхал? — спросил Антон.

— Ей-богу, — перекрестился парень двумя пальцами. — Я ж был у него.

— Пошли к менту, Мишка, — кивнул брату Антон, — и все узнаем.

— Я этого мусора, — процедил Василий Демьянович, — к муравейнику привяжу. Хотя до лета ждать не стану, по-якутски на мороз выброшу и мизинцы на ногах отрублю для запаха, чтоб замерзнуть не успел до того, как росомаха или волки не откушают. Так ему и сообщите мое решение.

— Значит, поохотились? — усмехнулся участковый. — Видок у вас, конечно, тот еще! — коснувшись фотографий убитых, хохотнул он. — Хорошо, меня туда не посылают. Демьяныч, наверное, злится, но уйти не могу, приказано постоянно быть на связи. Баба еще эта, сучка московская... И что за нее так волнуются? Отпустили, а теперь пережи-вают. Может, думают, она их на Ваньку выведет? — Он рас-смеялся.

— Весело живешь, — услышал он голос Михаила и, по-вернувшись, увидел обоих братьев.

— Я сказал Тишке, — быстро начал участковый, — что...

— А почему сразу сам не доложил? — подошел к нему Антон.

— Так я постоянно должен у рации быть. Домой и то не ходил уже почти...

— Если так, — перебил Михаил, — живи. Но не зли батю. Что о Денове слышно?

— На линии поисковиков ничего нового. Но я тут вышел на белочников, их пытались ограбить. Правда, они сумели бандитов взять. И еще о Денове говорили. Какая-то баба его ищет. А белочники оставили ее у реки Оленёк, у скал.

— Дальше, — потребовал Михаил.

— Значит, Денов там появится. Но за бабой этой обе-щали присмотреть охотники на волков. Они в том районе какую-то стаю добивали. А тут появились поисковики, вол-ки и ушли. Поисковики вроде как и на них рассчитывают. Денов ведь шестерых уже угробил...

268

— Понятно, — кивнул Михаил. — В общем, слушай, Толик, узнаешь что-нибудь, сразу к нам пулей, понял?

— Да не могу я, вы лучше оставьте кого, хотя тоже нельзя, вдруг кто-то зайдет, а у меня посторонний. Сотовый, — сообразил он. — Как что узнаю, сразу вам позвоню.

— Годится, — согласился Михаил. — Только если, не дай Бог, не позвонишь — хана тебе сразу же!

Тикси

— Конечно, — кивнул врач.

— Нам нужен адрес его матери, — сказал мужчина средних лет.

— Сейчас вам его дадут. Я слышал о центрах, где такие операции делают бесплатно, но говорят, там очереди большущие. Значит...

— Адрес, пожалуйста, — перебил его мужчина.

— Вот! — Девушка в белом халате протянула листок.

— Бывает, врачи не знают адреса. А у вас, значит, под рукой. Спасибо и до свидания. — Мужчина вышел.

— Кто это, Илья Павлович? — удивленно спросила девушка.

— Из Москвы. Странно, почему интересуются именно этим?

— А почему он спросил адрес?

— Просто проверял, знаем ли мы, где его родители.

— Адрес верный, — сказал по телефону мужчина. — Везите ее сюда.

— Как ты там, Алик? — спросил женский голос. — Не нашел еще себе пассию?

— Работа на первом месте. Я остановился в гостинице «Северный полюс», но прием на удивление теплый, — рассмеялся он. — Сегодня сделаю и остальное. Надеюсь, там тоже проблем не будет.

* * *

— Она не звонила? — тихо спросил Андрей Васильевич.

— Нет, — ответила Нина. — Знаете я, конечно, понимаю, насколько это опасно, но Ирина, пожалуй, правильно решила. Ведь она все равно не сможет с этим жить. А если она узнает...

— Нина, — перебил ее Войцевский, — ну зачем вы так говорите? Если бы я не понял, что вы пытаетесь успокоить меня, перестал бы с вами разговаривать.

— Извините, Андрей Васильевич, но я просто не знаю, что сказать.

— Со мной все будет хорошо. Сейчас я не имею права болеть, а тем более умирать. Маша останется одна, Лиза в больнице, и если со мной что-то случится, она не выживет. А Маше всего семнадцать. Конечно, я уверен, что вы поможете ей, но у вас своя жизнь. Спасибо, что не оставили меня, помогли Ире, поддерживаете Машеньку. Спасибо. Когда я узнал, что она выжила, я боялся, — всхлипнул он, — очень боялся увидеть дочь. А когда увидел, то... — Андрей Васильевич заплакал.

— А ведь я предупреждал, что надо отправлять его в Якутск, — сказал начальник СИЗО. — Гатова били во всех камерах. Перевели его к мужикам, которые по мелочи попались. А оказалось, у одного дочь с маленьким сыном в том вертолете были. Придушил он Гатова. Вот так... — Подполковник повернулся к окну.

— Значит, на этом все и кончилось, — недовольно проговорил Калугин. — Воротникова убита, Гатов тоже. А ведь за ними кто-то стоял, потому что Воротникова где-то пряталась. Это факт. Где Камень? Сама она выйти на него не могла. Почему пытались убрать Пузырева и убили двух женщин? Гораздо легче было убрать Гатова. Но это вопросы уже не к нам. Прокуратура будет решать.

270

— А что там с Деновым? — спросил начальник СИЗО.

— Пока ничего существенного, — покачал головой Калугин. — И это крайне неприятно, поскольку мы расписываемся в своей слабости. Можно винить погоду, но ссылаться на то, что Денов отлично знает тайгу, уже перебор. Хотя по большому счету все так, и погода позволяет ему скрываться. А за то, что привлекли к поиску местных, кое-кому очень не поздоровится. Умкин помог Денову и... — Не договорив, он выругался.

Медвежий Угол

— Все складывается как нельзя лучше, — довольно улыбаясь, сказал по телефону Цыган. — Гатов убит в камере папашкой, потерявшим дочь и внука при аварии вертолета. Так что...

— А Воротникова? — перебил его женский голос.

— Она покоится с миром. Правда, на похоронах не соблюдали святого правила — о покойниках или хорошо, или ничего, крыли ее на все лады. К сожалению, из наших планов ничего не вышло, но хорошо, что так обошлось. А как у тебя?

— Могло быть и лучше, — усмехнулась женщина. — Но чему бывать, того не миновать. Меха готовы?

— Отправлю первую партию через неделю.

— Блин, — проворчал Картечь, — никогда не мыслил, что такое может случиться. Два раза с обрезом брали, и ни хрена мне не сделали.

— Все-таки больше не таскай с собой артиллерию, — наливая в стаканы водку, посоветовал Пузырь, — а то ведь запросто можешь попасть. Менты хорошее быстро забывают.

— А чего менты? — усмехнулся Десантник. — Они его посадить должны были. Ну спас он нас, уложил бандитов, но ведь обрез — и изготовление, и хранение. Выходит, не все менты паскуды, вот и подфартило. Давайте, мужики, за фарт и врежем.

— Говорят, баба эта, которую Денов вывел к метеоточке, — сказал Картечь, — в сопки ушла его искать. Тут базар идет, что Денов ее кормил мясом ее хахаля. Во, блин, дела! И каково теперь бабе?..

— Да чепуха это! — уверенно проговорил Пузырь. — На кой хрен Ваньке свидетель нужен? А ты меньше базарь, не то...

— Хорош, мужики! — остановил его Десантник. — Давайте выпьем. А то глотка пересохла.

Поселок Топь

— Господи, — перекрестилась пожилая женщина, — никак беда в дом Быковых пришла. Отмаялся, видать, Мишка-то. — Она снова перекрестилась.

— Да ты, Авдотья, чего мелешь-то? — недовольно пробурчал старик. — Откуда ты взяла, что он помер? Если б помер, вертолет бы не прислали, чай, не миллионеры Савелий с Варькой, нефтью и газом не заправляют.

— Так Варька-то вона, — кивнула женщина на идущую к вертолету Варвару. Ее держал под руку молодой мужчина, с ними шла женщина в дубленке. — В горе вся и плачет. Значит, сынок ихний преставился. Сколь мучился махонький!..

— Знаешь, Авдотья, что я тебе скажу, — проворчал старик, — вы живете не как люди и даже креститесь по старинке. А за это боярыню Морозову к ответу еще в царское время привлекли. Может, Варька от счастья плачет. А забирают ее потому, что Мишутка на поправку пошел.

272

— Варвара! — крикнула женщина из собравшейся на околице толпы. — Куда ты и кто это?!

Варвара молча махнула рукой. Мужчина помог ей и женщине в дубленке подняться в вертолет. Вертолет начал подниматься.

— Помер Мишка! — заголосила Авдотья. — Мир ему на...

— Да не голоси, Авдотья, — усмехнулся крепкий мужчина лет сорока. — Варвара прибегла и сказала моей Маринке, что не будет ее с месяц, пусть за домом приглядит да протопить не забывает. Сына ихнего в больницу в Москву забрали. Операция будет. Это, видать, баба та, которую Савелий повел, похлопотала.

— Грехи замолить хочет, — усмехнулся плотный мужик в тулупе. — Все же своего...

От сильного удара в ухо он свалился на снег.

— Ты сначала думай, что говорить-то хочешь! — предупредил его бородач. — За это ведь и прибить можно, и закон ничего не сделает.

— Сам-то вон какое пузо наел! — закричала какая-то женщина. — И не смей полоскать чужую душу, коли своей нетути!

На плотного посыпались оскорбления и угрозы. Поднявшись, он что есть силы побежал к домам.

— Нажалуется он на тебя, Ленька, — сказал кто-то.

— Пусть, — равнодушно отмахнулся бородач, — нечего языком-то лязгать.

Берег реки Оленёк

— Не озябла? — спросил Савелий.

— Нет, — ответила Ирина. — Савелий, ты просил не говорить об этом, но ответь — ела я...

— Я тебе вот что скажу. Кто-то тебя успокаивает, говорит, что нет. Кто-то наоборот. Таких сволочей сейчас ой как много развелося. А ты ответ в себе ищи. Ты была в полузабытьи, почти ничего не помнишь. А вот что помнишь? Что ты ела?

— Это помню отрывками. Мясную кашу, кажется. Жидкая мясная масса. Запах отвратительный и вкус. Я не пробовала такого никогда. В себя полностью пришла в какой-то пещерке, там он варил куропаток. Ловил их, лунки делал...

— Это я знаю. Ну а удивительного не видела ничего?

— Нет. Хотя тогда для меня все было удивительно. Конечно, когда он сказал, что сбежал из лагеря, я испугалась. Потом он обмолвился, что с отцом дважды ел человечину. Я не поверила сначала, а потом вспомнила Петра мертвого и подумала, что он... — Не договорив, Ирина тяжело вздохнула. — Ой, я ошиблась, куропаток он ловил в заимке. Туда он меня тащил и кормил чем-то... Да, так и было. Он меня тащил до своей заимки.

— Понятно. Но главное, ты жива и должна благодарить Денова. Не думай об этом, а то запросто можешь головой тронуться...

— Ты же знаешь, я не могу видеть мяса, сразу вспоминаю мертвого Петра и чувствую тот вкус. Понимаешь?! — Она зарыдала.

— Да все я понимаю. Но ты на себя это нагрузила и тащишь. Может, и зря. Я давно понял простую истину: если ты твердо уверен в чем-то, то плевать на то, что говорят другие. Главное, ты жива и никому ничего не должна объяснять. Что остальные думают, это их дело. Ну а насчет мяса, то есть люди, которые его вообще никогда не пробовали и живут в полном здравии и удовольствии. Конечно, тварей много, кто-то может ткнуть в твою рану душевную. Но неужели о тебе никогда ничего лишнего не болтали? Ты самостоятельная баба, и...

— Говорили, конечно. Но я всегда знала, что правда, а что нет. А сейчас я не знаю. И согласись, когда говорят, что я имею богатого любовника из Франции, — это одно. А когда будут говорить, что я выжила потому, что ела Сопова... Ужас! В больнице одна медсестра раза три как бы сочувственно заговаривала со мной. Знаешь, мне хотелось убить ее! Я научилась жить, так сказать, в центре внимания окружающих. Да, меня многие не любят потому, что я сумела без мужа с ребенком выжить и жить. У меня свое дело, которое приносит неплохой доход. Прекрасные родители, чудесная дочь. Все в моей жизни было отлично. Но сейчас я не знаю ответа на этот страшный вопрос. Поэтому я и пошла в тайгу. Здесь мне стало легче. Никто не сочувствует, не напоминает о том, что произошло. Знаешь, Савелий, я очень надеюсь, что встречу Денова. Пусть он скажет мне страшное, но так нужно. Я хочу, я должна знать правду, какой бы она ни была! Понимаешь?

— Да. И ты правильно решила. Но подготовь себя к тому, что правда может оказаться той, которой ты боишься.

— Я готова и хочу знать правду, какой бы она ни была. Конечно, я очень надеюсь, что все мои страхи окажутся напрасными...

— А вот я бы на это как раз и не надеялся. Денов — бандит-людоед. И вполне может нарочно сказать, что ты ела этого Петра. Учитывай и это, ведь не поверишь ты всему, что он скажет...

— Нет, я поверю. Мне кажется, что он врать не станет.

— Да не выйдет у тебя с ним разговора. Сама подумай: на нем сейчас шесть жизней. Он идет, чтобы убить жену, а ты надеешься, что он будет говорить с тобой. Если не убьет сразу, то возьмет в заложницы и, прикрываясь тобой, пойдет к жене. Вполне может быть, что он тебя для этого и тащил.

— А почему тогда довел до метеорологов?

275

— Тоже ради своего плана. Он знал, что ты расскажешь все, что знаешь, и менты тебе поверят. Да так ведь и получилось, не вышли же они на него. Я бы на твоем месте пошел к шаману, как старик якут предлагал. Я в них, правда, не особо верю, но сила у них есть. Усыпляют, сам видел. И лечат.

— Я должна найти Денова. Возможно, он ничего не скажет, но я увижу его глаза и, надеюсь, все пойму. Я помню его слова: ты этого не делала. Чего я не делала? Не ела?

— Ну вот ты и знаешь ответ. И чего же ты...

— Это не ответ. Мало ли что он имел в виду? Ведь мне даже говорили, что я переспала с ним и что была его любовницей раньше и чуть ли не помогла ему бежать.

— Да слышал я такое. И какая бл...

— Давай без этого, — попросила Ирина. — Хотя знаешь, иногда очень хотелось отматерить доброжелателей. Мол, какая разница, что ела, — вспомнила она чьи-то слова, — главное — живая. Вот ты говорил примерно так же, но я не чувствовала насмешки или упрека. Ты говорил то, что думаешь... Ладно, хватит. А что делать, если мы его не найдем?

— Если честно, нет у меня желания искать его. А делать будем вот что: пойдем к долине Правды, там шаман живет. Вот он и скажет тебе то, что есть. На твоем месте я бы не стал...

— Хорошо, — не дала договорить ему Ирина. — Но сначала я хочу увидеть Денова. И очень прошу тебя, не вмешивайся, что бы ни случилось, ладно?

— Как ты себе представляешь потом мою житуху? Привел, бросил и смылся. Вот ты даже не знаешь, ела ты этого Петьку или нет, а мучаешься. А каково мне будет, если Ванька тебя хлопнет? Как я жить-то буду, что Варьке скажу, сыну? Я узнавал, за операцию нужно заплатить двенадцать тысяч евро. Ты деньги дашь, и дома немного есть, да продадим что-нибудь...

276

— С Мишкой все будет хорошо, — уверенно проговорила Ирина. — Деньги, если ты вдруг не вернешься, получит Варя. Надеюсь, ты не будешь против этого. Ведь так вполне может случиться...

— Да я и сам хотел тебе сказать, но ты могла подумать: вот хоронит себя, а значит, и меня.

— Все будет хорошо. Не знаю почему, но я уверена в этом. И со мной все решится, я буду знать, что делать, в любом случае.

— Но Денов может тебя убить.

— Я об этом не думаю. Так, как я жила в больнице, и что мне предстоит вынести потом... даже лучше, если меня убьют. Надеюсь, после моей смерти эти разговоры прекратятся.

— А о дочери ты думаешь?

— О ней я и думаю.

Скалы

— Надо как-то выбираться отсюда, — пробормотал Иван. — Еще дня три, и все, стану слабеть. И так уже начинаю мерзнуть, а развести костер боюсь. Ем куропаток сырыми. Кругом посты, я чуть было не нарвался. Хорошо, что ночью попробовал, но там неумехи были, курили. А когда погода восстановится, собак привезут, и все. Значит, они уверены, что я в этом районе. — Иван стал грызть замерзшую ножку куропатки.

Якутск

— Его еще не нашли, — сказал полковник ВВ. — Даже на след выйти не удалось. Хотя сейчас все очень желают...

— А выходит, раньше не очень желали? — насмешливо спросил полковник ФСБ Толин.

— Он где-то в этом квадрате, — полковник ВВ подошел к карте, — здесь он засел. И очень надеюсь, что скоро вылезет. Денов прекрасно осознает, что время работает против него. Сейчас у него наверняка минимум продуктов. Есть оружие, но воспользоваться им для охоты он не может. Ножом бить птицу тоже не удастся. Он затаился. Если раньше Денов находился там, где мог двигаться и выбирать направление, то сейчас этой возможности он лишен. Выйти из квадрата он не мог. Там сейчас работают группы спецназа, но район они знают только по карте. Местных помощников всех отправили назад, хватило Умкина. Еще погода. Вот если закружит, он попытается выйти. На столкновение не пойдет, посты постарается обойти. Стоит ему выбраться к Озеркам, и он уйдет. Мы не меняли людей уже неделю, погодные условия не позволяют. Сколько средств, сил вложено в поиск, а он убивает троих егерей. Мы теряем шесть человек, и Денов исчезает. Умкин наверняка мог дать направление, куда он ушел, но, как всегда, мы перестраховались, обложили больницу. Зачем?! Чтобы Умкин увидел, что его вот-вот возьмут? Кстати, вот еще что, — он оглядел сидящих за столом офицеров милиции, — бандиты свободно передвигаются по третьему квадрату и совершают нападение на белочников. Может, объясните, как такое возможно? Простых охотников, значит, возвращают по домам, а банда из пяти человек спокойно вошла в квадрат, в который никто не должен был попасть. По окончании операции этим займется отдел собственной безопасности. Виновные, кто бы они ни были, понесут наказание, я на этом буду настаивать. Что касается вас, Семен Аркадьевич, то, как ни печально признавать, ваш прогноз верен.

— Денов сейчас находится где-то в районе скал при впадении Черного ручья в реку Оленёк. К сожалению, найти его имеющимися в том районе силами практически невоз-

278

можно. И здесь роль играет страх, появившийся у солдат. Ведь там в основном призывники. А тот, кого они должны были взять, убивает их товарищей. Азарт погони сразу пропал. А что это такое, когда человек вооружен, вы наверняка знаете.

— Совершенно верно, — хмуро согласился полковник ВВ. — Солдаты отказываются участвовать в операции по поиску беглого преступника. К сожалению, в Хабаровском крае обнаружена банда Мясника, и наши специальные подразделения участвуют в преследовании и уничтожении этой банды. Начальство как-то смущенно умалчивает о том, что поиск беглого бандита и убийцы результатов не дает и скорее всего не даст. Единственное наше оправдание — погодные условия. Но они не помешали Денову дотащить женщину до метеоточки. У него теперь есть оружие, и он умеет стрелять. Значит, вполне могут быть еще убитые. И начальники прекрасно понимают, что ответственность за это понесут они. Единственное, что можно сейчас сделать, — плотно закрыть четвертый квадрат. Это позволит избежать жертв.

— Сидеть там до следующей зимы? — хмыкнул майор милиции. — С Деновым надо кончать, устроить прочес.

— При условии, что ты пойдешь в первых рядах, — усмехнулся фээсбэшник. — Семен Аркадьевич прав. Нужно обложить квадрат. Максимум неделя, и Денова можно будет взять. Сделать все надо незамедлительно, потому как Денов тоже понимает это. То, что он еще не выбрался оттуда, очевидно. У него три направления — Озерки, Медвежья балка и река Оленёк. По реке он не пойдет, видимость там как на ладони, а он прекрасно знает: след, даже если ему удастся пройти через посты, будет замечен.

— Вполне вероятно и то, — вмешался Семен Аркадьевич, — что Денов тоже так думает.

— Значит, надо ожидать, что он попытается прорваться в ближайшие сутки, — сделал вывод прокурор.

— Денов — не окруженный в Чечне Басаев, — усмехнулся Толин. — Ему надо дойти до Выселок, чтобы убить свою супругу и ее любовника. Вот после этого он может пойти, как вы говорите, на прорыв. Сейчас он будет пытаться выйти тихо.

— И все-таки скорее всего он пойдет по реке, — высказался Семен Аркадьевич.

Выселки

— Что случилось? — крикнул прапорщик ВВ и, схватив автомат, выскочил из дома. За ним выбежали четверо солдат.

— Да успокойтесь вы, — усмехнулся куривший у калитки старик, — там речку вскрывают. Это каждый год делают, чтоб поселок водой по весне не затопляло. Лед утаскивают бульдозерами вниз. Снега большого вроде уже не будет, вот и рвут лед. Правда, накладно для природы выходит — рыбу глушат. Ее и так малехо осталося, а тут еще взрывают, как на войне. Но человек, понятное дело, важнее рыбы. Командир ваш знает про это, — он махнул в сторону реки, — разрешение сам давал. А ты мне вот что ответь, — подошел он к прапорщику, — правду бают, что Ванька Денов побил ваших с десяток али поболее?

— Иди отсюда, старый хрен, — недоброжелатльно отозвался тот.

— Значит, и взаправду побил, — пробормотал старик.

— Начали, значит? — усмехнулся Афанасий Семенович. — Молодцы! Главное, по времени угадали.

— Да хреново взорвали, Афанасий Семенович, — проговорил Толик. — У берега шибануло неслабо и посередке. А остальное все...

— Это уж их вопрос, — остановил его Афанасий. — Как там Торовы?

280

— Сидят у дядьки Луки безвылазно. А этот пес Гришка постоянно с ружьецом ходит, все требует, чтоб охрану усилили. У него и так четверо с автоматами сидят. А сучка эта и носа из избы не кажет.

— Чуют смерть, заразы!

— Да, дядя Афанасий, здесь разговор ходит, от белочников вроде молва пошла, от якутов, что баба, которую Иван до метеорологов довел, вроде как в тайге его ищет.

— Так этого и следовало ожидать. Небось мозги бабе загрязнили тем, что раз с людоедом была, сама теперича людоедка. А посмотреть на нее я желание имею. Может, и сюда надумает прийти.

— А тетка Тамара где?

— Приболела она. Нам внука не отдают, и Ваньку, того и гляди, придется выпрашивать, чтоб в гробу здесь похоронить. Он же скольких ухлопал и еще ухлопать могет. Зазря, конечно, но так уж судьбина повернулась. Хорошо еще Умка влез, а то бы хана Ваньке. Мужиков, конечно, жаль, Рябова и Латышева. Но родня про них уже и забыла. Вон Галка Латышева с каким-то охотником намедни в магазин хаживала под ручку. Детей, правда, не обидела, зазря говорить не стану. Только вот Васька, мне кажется, голову нам морочит. Не могут не отдать внука живым деду и бабке. Неуж его в детский дом пихнут, а мы, выходит, так, сбоку припеку? Вот как с Ванькой все решится, поеду в Якутск и буду челом высокому начальству бить. Ну ладно, сын бандит и убийца. А внук-то что, не родной, выходит, нам? Все равно добьюсь, будет его бабка растить. Я, понятное дело, по таежному делу тоже понатаскаю, но только по жизни в сопках. Такого учителя, как у Ваньки был, ему не надобно.

— А лихо Ванька солдат войне научил! — усмехнулся парень и получил увесистую затрещину. Прижав руку к затылку, он тряхнул головой. — Ты что, дядя Афанасий? Ведь чуток мозги не стряс.

— У тебя и стрясывать нечего, — проворчал старик. — Запомни, Толька: бьют — отвечай. Ежели тебя убить кто желает — убей первым. Но не смей оружие на представителя власти поднимать. Это, считай, ты на себе крест ставишь. Государство рано али поздно достанет, и хана придет. Усек?

— Понял, — кивнул парень.

— Ванька, конечно, дурня свалял, но и выхода у него не было. Руки подымать для него тоже не выход. Зазря он с Рябым и Латышом пошел. Это они его на мысль навели под егерей подстроиться. Латыш на такие дела мастер был. Сейчас обложили Ваньку, как медведя в берлоге, правда, не могут они его берлогу-то нащупать. Но долго он там не сдюжит, жратвы скоро не будет, а не поохотишься. И птицы, и звери в тех местах сейчас людьми пуганы, на бросок ножа не подойдут. Ежели он за три-четыре дня не выберется оттоль, хана мужику, можно заупокой ставить. Для него тогда единственный выход — нож в сердце. Ежели в атаку на ура пойдет, только кровь лишнюю прольет, сам сгинет и память о себе очень хреновую оставит. Только в лагерях и будут его вспоминать по-хорошему. Да и там не все. В общем, сыну такая память ни к чему. Первых можно на Умку списать. Он же их сзади охаживал. Да и Латыш с Рябым там были. А ежели и сейчас кого убьет, недобрым словом его поминать станут. А нам сейчас это ни к чему, за внука борьбу вести будем.

Метеостанция

— Ну спасибо, хозяева, — кивнул один из омоновцев. — Уходим мы. Надоели, наверное, вам. Но не забудьте, если что, сразу сигнал давайте. И здесь уже минут через пять будут наши.

— Мы и сами с усами, — усмехнулся Михаил. — Да и не сунется сюда Денов.

282

— Кто его знает, — сказал старший группы.

— Удачи вам, — пожелал Михаил.

— Вам тоже не болеть, — улыбнулся старший.

— Вы с собой возьмите что-нибудь поесть, — предложила Татьяна.

— Мы вам свое оставляем, — засмеялся старший. — Лишний груз бойцу ни к чему. Нас всем необходимым снабдят. Да, может, наконец и замену пришлют.

— Внимание группам! — прозвучал голос из рации — Всем на оцепление четвертого квадрата. Мобильным группам ОМОНа и группе капитана Журина проводить поисковую операцию в четвертом квадрате. В случае обнаружения преступника огонь на поражение.

Долина Убитой Росомахи

— Всем по сто грамм, — усмехнулся Журин. — А нам на потом оставили. Денова кастрирую, прежде чем пристрелю! — зло пообещал он. — Положили парней командиры наши. Надо было около Выселок Денова ждать. А то начали игру в казаков-разбойников и положили молодняк. Набрали помощников! Троих Денов с приятелями утешил, а один засланным казачком оказался. Ладно, работаем, мужики! Как окажется Денов на прицеле, бьем сразу по ногам и плечам.

Берег реки Оленёк

— Ну вот, кажется, обложили его, — сказал Савелий.

— Почему ты так решил? — удивилась Ирина.

— А вот послушай, волну поисковиков поймал.

Ирина прижала наушники к ушам и нахмурилась:

— И как это надо понимать?

— Запрут Денова намертво. Но метеоточку свободной оставили. Это его шанс. Хотя что он может? Если только заложниками метеорологов взять. Чуть только они начнут вертолет вызывать, наверняка поймут, что Денов там. Да и Мишка Пестов мужик серьезный, десантник бывший. И жена его, Танька, из винтовки белку в глаз бьет, белочники рассказывали. Но иного хода для Денова нет.

— Вертолет, — прошептала Ирина. — А в каких случаях высылают вертолет?

— В случае пожара, в случае преступления, и медики обычно на вертушке. Здесь район глухой, летом на машине и то запаришься ехать. Вертушка обычно из Медвежьего Угла или Нагорного прилетает. Там площадки имеются. Еще из Тикси, но это редко. Да тут недалеко берлога, не дай Бог, косолапого подняли. Вот тогда хуже Денова будет. Шатуны людоедами становятся. А поднять его можно близкой стрельбой. Хотя обычно мишка под снегом спит, но если около берлоги пострелять, проснется, и тогда караул тому, кто поблизости окажется.

— Но ведь не стреляли.

— Да в том-то и дело, что как раз недалеко стреляли там, где солдат убили. Берлога метрах в ста выше, запросто мог проснуться. И сообщить сейчас некому, не до медведя армейцам. Конечно, если наткнется кто, сразу шум поднимут. Может, уже и есть съеденные, но пока с Деновым не покончат, оглашать не будут.

Ирина подошла к выходу из пещеры и вздохнула.

— Вертолет, — услышал Савелий ее голос.

— Что ты заладила про вертолет?

— Да просто так. Там солдаты.

— Ложись! — Савелий ухватил ее за ноги и дернул к себе. Едва она упала, длинной очередью ударил автомат. Потом еще два раза.

— Это мы тут! — прижимая Ирину к обледенелой нише пещеры, закричал Савелий.

284

— Руки за головы! Шевельнетесь — пристрелим!

— Да лежим мы! — ответил Савелий. — Здесь, между прочим, Войцевская!

— Не дергаться! — В проеме появился автоматчик. Следом впрыгнули еще трое. Ирина почувствовала болезненный тычок в спину. Ее руки вывернули за спину, она вскрикнула. Савелию тоже нацепили наручники.

— Сдурели?! — заорал он. — Это Войцевская! Ее Денов к метеорологам привел!

— Разберемся, — буркнул старший сержант. Оставшийся у пещеры солдат вызывал по рации начальство. Савелия выволокли из пещеры. Потом вытащили Ирину.

— Влипли вы, солдатики, — сказал Савелий.

— Закрой пасть! — Рослый ефрейтор ткнул его стволом в живот. С двух сторон к реке бежали вооруженные автоматами люди.

— Ништяк, — кивнул Иван. Пригнувшись, чтобы не задеть снег вверху, он вышел из пещеры. Лапой стланика замел след, быстро поднялся по склону и лег в глубокий снег. Через несколько секунд мимо него к реке спустились четверо автоматчиков.

Метеостанция

— Вызывай солдат! — передернув затвор охотничьего карабина, крикнул жене Михаил.

— Да это мы! — послышался накомый голос. — Приказали вас одних не оставлять. Так что двое побудут здесь еще, — сообщил омоновец.

— А мы уже соскучиться успели, — язвительно заметил Михаил. — Там вроде автомат бил? Или показалось?

— Бил, — кивнул командир группы. — Там баба с мужиком. Войцевская...

— Ирина? — удивилась Татьяна. — Что она там делает?

— Надеюсь, вы их не тронули?! — спросил голос из передатчика.

— Ну так, — виновато ответил старший сержант, — мы же...

— Немедленно извинитесь, сопроводите до метеостанции и вызывайте вертолет. Впрочем, пусть Войцевская к рации подойдет.

— Вас на связь просят, — сказал Ирине старший сержант.

— Ох и будет вам, солдатики! — растирая кисти, усмехнулся Савелий. — Я-то привычный к вашим ласкам, а ее на кой хрен зацокали?

Солдаты смущенно молчали.

— Нагнал на вас жути Денов, — покачал головой Савелий. — Хотя вы правильно поступаете. Но вот женщину зря сковали.

— Я никуда не полечу, — твердо заявила Ирина.

— Но на что вы надеетесь? Неужели думаете...

— Думаю. Если меня попытаются силой посадить в вертолет, я подам на вас в суд.

— Да черт с вами! — послышался после паузы ответ.

— Я оставила письмо, где вину за все, что может со мной случится, беру на себя. И если что-то произойдет, разумеется, не по вашей вине, письмо поступит в областную прокуратуру.

— Спасибо и на этом. А вы не сообщите нам, как вы собираетесь найти Денова? И что будет, если найдете его, вы подумали?

— Я — да.

— Вот что, жалуйтесь куда хотите, но вас...

Ирина, отскочив, приставила ствол мелкокалиберного карабина к подбородку.

— Уйдите все! — крикнула она. — Если кто-то попытается меня схватить, я убью себя!

Солдаты в замешательстве уставились на нее.

— Не поняли, что ли, мужики? — шагнул к ним Савелий. — Она же убьет себя, и вы крайними будете. А она того, с головой не дружит.

— Восьмерка! — закричали в передатчике. — Почему молчите?! Что там у вас?!

— Слышь, командир! — Савелий подошел к передатчику. — Войцевская ствол к подбородку прижала и, если, говорит, попытаются ее увести, пульнет в себя. Может, и выживет, но уродиной сто процентов останется.

— Кто говорит?

— Савелий Быков, охотник из Топи. Я с ней уже несколько дней.

— Ирина Андреевна! — громко проговорил голос. — Надеюсь, вы...

— Уходите! — приказала она солдатам. — Или я убью себя.

— Бегом, мужики! — кивнул Савелий.

— Ты тоже, — посмотрела она на него.

— Да ты чего, совсем умом тронулась?

— Заберите его, — сказала солдатам Ира.

— Бегом, мужик, — усмехнулся старший сержант, — а то поможем!

Савелий вылез из пещеры.

— Что тут у вас? — К ним спустились четверо на лыжах.

— Доложите, старший сержант, — приказал капитан ВВ.

— Опа, мишка проснулся. Сюрприз для вас, менты! — Иван усмехнулся и дотронулся до глубокого медвежьего следа. — Ночью прошел, вверх направился. Да он ранен. — Встав, Денов осторожно приподнял ветку. На ней отчетливо виднелся кровавый мазок. Иван огляделся. — Раненый зарычит, когда подомнет, — пробормотал он. — Сейчас где-то залег. Это похуже ментов будет.

— Наблюдать за ней издали, — приказал Журин. — Бабу понять можно, такого натерпелась, да и доброжелателей, наверное, полно.

— А может, ей снова мяса человеческого захотелось? — усмехнулся капитан милиции. Резкий удар в подбородок бросил его в снег.

— Отправьте эту падаль первой же вертушкой! — рявкнул Журин.

— А охотника куда? — спросил его старший лейтенант.

— Тоже вертушкой, — кивнул капитан.

— Товарищ капитан, — подошел к нему спецназовец на лыжах, — у Оленьей долины подняли раненого косолапого. Видно, когда вчера вэвээшники стреляли по-пьяному делу, попали в берлогу. Ранен медведь, — вздохнул он. — Троих солдатиков утром вертушка забрала.

— Но выстрелов не было слышно, — вмешался старший лейтенант, — хотя я...

— Они из снайперской лупили, — перебил его спецназовец. — В общем, надо всем сообщить. Повезло вам, капитан, два хищника, оба людоеды, и какой опаснее — неизвестно.

— Обоих уничтожить. Один другого стоит. Но опаснее тот, кто умнее.

— Это вы про которого? — поинтересовался спецназовец.

— Я тебя, Дубов, лишу увольнительных, — пообещал Журин, — сразу поймешь который. Где Войцевская?

— Там... — Спецназовец кивнул направо. — Я о ней ничего плохого сказать не хочу, но она ходит и зовет...

— Денов! — послышался едва донесшийся до них женский крик.

— Неужели думает, что отзовется?

— Знаешь, — вздохнул Журин, — не хотел бы я оказаться на ее месте. Представляешь, что ей пришлось перенести? Слышал, что этот боров ляпнул? А ее наверняка многие сочувствующие спрашивали. Да ну их на хрен! Держать ее в поле зрения. Если он ее возьмет в заложницы, шкуру с тебя спущу, Дубов. Усек?

— Не терпится тебе, командир, мою шкуру над кроватью повесить! — засмеялся тот. — Хораев, Бусин, за мной!

— Капитан, — подошел к нему Савелий, — разреши, я за ней пойду. Она же со мной пришла.

— Ты слышал, что она говорила? — усмехнулся Журин. — Так что отдыхай. А есть желание, пройдись с моими по верхушкам. Может, что и увидишь.

— Денов! — приложив сложенные рупором ладони ко рту, крикнула Ирина. — Выйди! Денов! Убей меня или дай ответ!

— Дура баба! — усмехнулся Иван. — Хотя понять тебя можно. Раз назад в сопки пришла, значит, достали тебя доброжелатели. А убить я тебя не могу, я тебя жиром растирал, чтоб не поморозилась, кормил, отпаивал отваром, который для себя с зоны нес. Дура ты, баба! — Он присел. — Спецназ называется! Кто ж так по сопкам-то ходит? Хотя вы сейчас, может, нарочно подшумливаете, чтоб я ее не захватил. Скорее всего так оно и есть. А захватить, наверное, придется. — Снизу ударили три выстрела, и в воздух взмыла красная ракета. — Стоянку нашли. Вовремя я ушел оттуда. Вопрос, где они меня искать будут? Хорошо, если подумают, что к Озеркам пошел во время суматохи с бабой. А кто это с ней был? Небось купила кого или просто доброволец нашелся. Увидеть бы этого придурка! — Иван начал осторожно продвигаться вверх, к двум большим камням на вершине. Он бывал в этих местах раньше и знал, зачем идет туда.

Распадок

Худой медведь со свалявшейся шерстью зализывал огнестрельную рану под правой передней лапой. Пуля прошла вскользь, вспорола кожу. Зверь проснулся от выстрелов раньше. Испуганно сжавшись, прислушивался. Все стихло довольно быстро. Зверь закрыл глаза и сунул лапу в пасть. И вдруг его правый бок под лапой обожгло сильной болью. Рванувшись вперед и разметав сучья, придавленные снегом, он выскочил из берлоги и не разбирая дороги бросился вверх по склону, но быстро устал. Усевшись, выместил злобу на молодых деревцах. Потом спустился в распадок и случайно наткнулся на замерзшую оленью тушу, изрядно обглоданную росомахой. Рявкнул, оповещая обитателей этого участка, что хозяин здесь он, и начал грызть замерзшее мясо. Повернул морду вправо. Ноздри затрепетали. Медведь чувствовал аромат мяса и пытался понять, от кого исходит этот дразнящий запах. На сопки опускалась темнота. В небе появились светлячки звезд. Медведь двинулся вверх по склону высокой сопки на запах дыма.

Дремавшая у костра Ирина испуганно вздрогнула. Схватила карабин и прижала приклад к плечу. Почти невидимое в темноте лицо было бледным. Послышался шум ломящегося через заросли крупного зверя. Ирина очень устала, замерзла и хотела есть. Ломая спички озябшими пальцами, она долго не могла разжечь костер. Плакала и снова пыталась поджечь тонкие ветки, подложенные под сучья потолще. Наконец ей это удалось. Место она выбрала удачное — неглубокую яму, которую с трех сторон закрывал стланик. Попив из термоса чай с куском хлеба, Ирина не знала, что ей теперь делать. Она решила идти к метеорологам и возвращаться в Тикси. Найдет там тетю Пашу, через нее выйдет на Савелия и уговорит его отвести ее к шаману.

Она около трех часов бродила по сопкам, чуть не сломала лыжи.

«Почему я не послушалась Савелия и сразу не пошла к шаману?» — думала она. Ветер стих, и очень скоро, прижавшись плечом к стволу, Ирина задремала.

Метеоточка

Иван, осторожно приподнявшись, смотрел на дом метеорологов. Темнота над сопками сгущалась.

«У них наверняка кто-то в засаде, — думал он. — Сколько их там? Метеорологов двое, ментов наверняка много. — Ветер короткими порывами взметал снежную крошку. Это было ему на руку. Он занял позицию у приборов, а ветер дул со стороны жилья. Собака не могла его учуять. — Утром кто-то должен выйти и просмотреть приборы. Это мой шанс. Менты искать здесь не будут. Я выветрил в сопках почти весь запах, собака меня вряд ли почует на таком расстоянии, даже если ветер подует в ее сторону. Хотя кто знает... Не хотелось бы перемещаться, позиция для нападения удобная. — Он посмотрел вниз по склону. — Где же та дурища? Видно, досталось ей от людишек, меня бросилась искать. Пропадет баба...»

Якутск

— Савельев вылетел в Тикси, — доложил генерал-лейтенанту милиции полковник. — Федоров хотел отправиться в Выселки, но не смог. Имеется информация о попытке вывоза по трассе алмазов. Федоров возглавил...

— О Денове что-то есть? — прервал его генерал.

— Никак нет. Район оцепили.

— Черт бы его подрал! — проворчал генерал. — А что с Войцевской?

— В том районе она искала Денова. Ее пытались...

— Нельзя лишать ее шанса узнать правду. Хотя Денов вряд ли ей скажет. Но он ее и не убьет.

Поселок Белка

— Ну пока, батя! — Антон пожал руку Василию Демьяновичу. Отец похлопал его по плечам и повернулся к Михаилу:

— Не забывайте старика. И мать вон изводится. Почаще приезжайте. Ну а ежели что прознаю насчет того, как можно иконы забрать, свяжусь с вами.

Выселки

— Как только выяснится что-то о Ваньке, — сказал Афанасий Семенович, — отправимся в Тикси. Хотя нет, в Якутск поедем и будем там слезно начальника высшего умолять внука нам отдать. И ты будешь воспитывать его как хочешь.

Тамара Васильевна, сидя у печки, плакала.

— Отдадут нам его, — вздохнул старик. — Иначе не будет мне покоя ни на этом, ни на том свете. Отдадут.

— Да не выходит ничего, — сказал по телефону Григорий. — Сейчас и не выскочишь отсюда. Кругом солдатня да менты. Как только закончится, сразу уеду. И она со мной. Вернемся и что-нибудь придумаем, нельзя такое оставлять. Но сначала выбраться надо. Сейчас сплю не с Наткой, а с карабином. Да и ей не до этого, тоже с оружием не расстается.

292

Сопка метеостанции

Иван тряхнул головой, прогоняя сон, снял рукавицу и протер лицо снегом. Приподнявшись, вскинул карабин. Усмехнулся и опустил.

Ирина, вздохнув, села на бревно у протоптанной тропинки.

«Сейчас отдохну и пойду к ним, — подумала она. — Вымоюсь, напьюсь горячего чая и высплюсь. Но еще рано, они спят. Подожду, пока не выйдет кто-нибудь. Скорее бы просыпались...» Она зябко передернула плечами.

Медведь-шатун подошел к высокой железной изгороди площадки метеоприборов. Втянул пахнущий мясом воздух. Услышал скрип открывшейся двери. Из дома, потягиваясь, вышел человек. Медведь утробно прорычал. Инстинкт голодного хищника заставил его ожидать приближающуюся жертву.

Михаил посмотрел на пустую собачью конуру и грустно вздохнул:

— Приболел Дружок. Ни с того ни с сего что-то захандрил. Ладно, время давать прогноз. — Повесив на плечо ремень карабина, проваливаясь до половины унтов в снег, он пошел к огороженным сеткой приборам. Ирина, вздрогнув, вскочила. Она услышала рычание и короткий вскрик и бросилась вперед. Лыжи разъехались, и она упала в сугроб.

Михаил с разорванным острыми когтями правым плечом пытался отползти от идущего на него на задних лапах медведя. Его спасло то, что он, поскользнувшись, упал, и лапа прошла мимо головы, распоров полушубок, свитер, рубашку и изрядно поранив плечо. Медведь, приблизившись большим прыжком, снова встал на задние лапы. Михаил хотел крикнуть, но помешал набившийся в рот снег. Медведь взмахнул лапами.

— Стой, гад! — отчаянно крикнула Ирина. В рану медведя влетела пуля из мелкокалиберного карабина. Поворачиваясь, он все-таки достал лапой голову пытавшегося отпрянуть метеоролога. Ирина лихорадочно жала на курок, но выстрела не было. Медведь пошел на нее. Ему в горло уперлась рогатина. Рявкнув, ударом лапы он переломил ее и навалился на Михаила. От дома простучала автоматная очередь. И тут же ударил второй автомат.

— Миша! — закричала бежавшая от домика Таня.

— Пикнешь, — прошептал закрывший Ирине рот Иван, — убью всех. Будешь молчать — останетесь живы.

Пытаясь вырваться, она отбила его руку. Он вскинул обрез.

— Не надо, — вздохнула Ирина.

— Тогда молчи.

Омоновцы несли Михаила в домик.

— Вызывай медицину! — крикнул один. — Он ему скальп с головы снял вместе с шапкой. И плечо разорвано! Да не визжи ты! — рявкнул он на плачущую Таню. — Вертушку вызывай!

Она бросилась к рации. Из лежащего на подоконнике передатчика доносился голос Журина:

— Что там у вас? Какого хрена молчите?!

— Все нормально, капитан! — крикнул один из омоновцев. — Хозяина шатун порвал, вертушку мы вызвали. А шатуну каюк.

— Помощь нужна?

— Нет, — в один голос ответили омоновцы.

* * *

— Ответь мне, только честно, — умоляюще прошептала Ирина, — что я ела? Ответь, пожалуйста! — По ее щекам текли слезы.

— Что бы я тебе ни сказал, один хрен не поверишь. Спроси у якутов, охотников на волков. Ответ твой там. А сейчас вот что... — Она почувствовала укол чего-то острого в горло. — Пикнешь — прирежу. Не будешь орать, и все останутся живы. Не совсем здоровые, но живые будут. Помешаешь — убью всех!

— Скажи, что я тогда ела?

— Ответ у волкодавов.

— Вертушка, капитан, — сообщил Журину спецназовец.

— Ну и досталось метеорологу, — проворчал он. — Всем постам внимание! Денов может попытаться выскользнуть!

Вертолет завис над площадкой и начал медленно опускаться.

— Хорошо, что успели расчистить! — Омоновец воткнул в сугроб лопату и помчался к дому. Второй бросился за ним. Вертолет сел на расчищенную площадку. Открылся люк, оттуда спрыгнули двое с сумками и побежали к домику.

— Давай вперед! — Иван подтолкнул Ирину.

Они подбежали к вертолету.

— Лезь, — кивнул он. Ирина быстро поднялась в кабину.

— А пострадавший где? — спросил вертолетчик.

— Сейчас принесут, — ответил Иван и подошел к нему. — А почему ты один? — усаживаясь на место второго пилота, спросил он.

— Да это... — растерялся вертолетчик. — Мы, собственно...

— Теперь слушай, — увидев вынесших из домика Михаила омоновцев и идущих рядом женщин, перебил его

Иван. — Молчи, и все будут живы. Просто немного поменяем маршрут. Жить хочешь?

— Я буду молчать, — прохрипел вертолетчик.

— Ты тоже это понимаешь? — Иван посмотрел на Ирину. Она молча кивнула.

— Отодвинься, чтоб менты не увидели, — посоветовал ей Иван. — Не хочу я никого убивать.

— В хвост уйди, — быстро проговорил вертолетчик, — там не заметят.

— За кого ты меня держишь, дядя? — усмехнулся Иван и набросил на себя полушубок. — Пикнешь — все трупы!

Омоновцы подносили Михаила к вертолету.

— Помоги, летун! — крикнул один.

— У него спина больная, — сказала одна из женщин. — Мы сами.

— Я не могу лететь, — плача, говорила Татьяна. — Не могу оставить станцию...

— Мы сразу, как только сядем, свяжемся с вами, — пообещала ей врач. Другая женщина, медсестра, помогала омоновцам уложить Михаила на специальное кресло в вертолете.

— Как думаете, доктор? — спросил врача один из омоновцев. — Жить будет?

— Сделаем все возможное, — ответила она.

Вертолет начал подниматься.

— Ты что, Степанов?! — закричала врач. — Люк не закрыт, я чуть не выпала!

— Но не выпала же, — услышала она насмешливый голос и увидела поднявшегося Ивана.

— А вы кто такой? — удивленно спросила женщина.

— Это Денов, — хрипло сообщил ей Степанов. — А там барышня какая-то, — кивнул он назад.

— Она в таком же положении, как и вы, — усмехнулся Иван. Программа такова: мы чуток изменим маршрут. Я сойду, а вы полетите дальше. Сейчас свяжите руки. Начните с нее, — показал он на подошедшую Ирину. — А ты без вопросов! — угрожающе посоветовал он.

— Как связать руки? — возмутилась врач. — Надо делать уколы и...

— Тогда вот что, привяжите себя к креслам. И не пытайтесь сопротивляться, мне не нужны ваши жизни.

— Куда летим? — покосился на него вертолетчик.

— Откуда вы? — спросил Иван.

— Из Медвежьего Угла.

— Пока по маршруту, — сказал Денов.

— Все нормально, командир, — услышал Журин. — Правда, башке здорово досталось. Кожу вместе с волосами с черепа снял. На коже лба держится. Плечо сильно вспорото. Что с медведем делать?

— Пока ничего. Не расслабляйтесь. Денов может в любой момент появиться. Для него метеоточка, пожалуй, единственное место для захвата заложников. — Капитан проводил взглядом вертолет. — На Медвежий Угол пошел. — Он облегченно вздохнул.

— Вы Ирина Войцевская? — спросила врач. Ира молча кивнула. — Слышала про вас. Алла Сергеевна, — представилась женщина. — Ему можно верить?

— Я не знаю, — Ирина покачала головой. — Но не советую пытаться что-то предпринять. «А я так и не узнала правды», — подумала она.

Молоденькая медсестра плакала.

— Куда нам? — спросил у Ивана Степанов.

— Выселки, — ответил тот.

Савелий смотрел на удалявшийся вертолет.

— Надеюсь, ты все сделала правильно, — прошептал он.

— Где Войцевская? — послышался злой голос Журина. — Черт бы вас побрал! Если с ней что-то произойдет, я вас

пристрелю. Найти! — приказал он и взглянул на Савелия.
— Тебя это тоже касается.

— Есть, начальник! — Усмехнувшись, Савелий сунул ноги в лыжи.

Тикси

— Куда, Семен Аркадьевич? — спросил сидящий за рулем «девятки» старший лейтенант милиции.
— Туда, куда и хотел, — проворчал тот.

— Как вы себя чувствуете? — входя в палату, спросила Нина. За ней вошел Антон.
— Да кажется, полегче стало, — ответил Андрей Васильевич. — Маша часто звонит, а я не знаю, что ей говорить. Вы ничего об Ире не слышали?
— Нет, — ответила Нина.
— Слышали, — буркнул Антон. — Ее в сопках видели, там, где ее людоед этот оставил у метеорологов. Она его ищет. Ее отправить оттуда хотели, так она заявила, что застрелит себя, если ее попытаются силой увезти. Это мне знакомый из милиции рассказал.
— Наверное, правильно делает Ира, — пробормотал Войцевский.
— Она должна знать правду, — твердо произнес Антон. — Иринка правильно поступила. Только надо было мне сказать, я бы уговорил своих помочь ей.
— Значит, она там не одна? — удивился Войцевский.
— С ней какой-то охотник, — ответила Нина.
— Машу ваша соседка спрашивала, — вздохнул Антон, — правда ли, что Ирина человеческое мясо ела? Она мне сказала и просила тебе не говорить. — Он виновато посмотрел на жену.

298

— Что за люди такие?! Господи! — Нина всхлипнула. — Как же жить-то теперь будут Ирина и Маша? А если Денов скажет...

— Хрен с ними со всеми! — отрезал Антон. — Переедет сюда. Если какая-то падла только заикнется...

— Здесь дело не только в вопросах окружающих, — вздохнул Андрей Васильевич, — а в самой Ире. Вот теперь и Маша знает. Представляю, каково ей. Значит, я должен лететь в Москву. Лиза слаба, эта новость может ее убить.

— Маша прилетит сюда завтра, — сообщила Нина. — Елизавета Антоновна отправила ее к нам. И это правильно. Маше сейчас лучше быть здесь.

Вертолет

— Спустись, — сказал пилоту Иван.

— Но я здесь не сяду, — ответил Степанов. — Снег рыхлый и...

— Зависни, — приказал Иван.

Внизу показались яранги, три костра и люди возле одного из них.

— Все, — сказал Ивану Степанов. — На месте...

Иван открыл люк и посмотрел на Ирину.

— Иди сюда, — кивнул он. — Здесь ты узнаешь правду.

— Где? — Она выглянула. Он подтолкнул ее. Ирина, вскрикнув, выпала из люка и по пояс упала в снег. Иван закрыл люк.

— Нам надо в больницу, — сказала врач, — мы можем потерять его.

— Скоро полетите, — отозвался Иван. — Сначала в Выселки.

Ирина с трудом выбралась из снега, ее подхватили двое бородачей.

— Кто вы? — испуганно спросила она.

— Люди-человеки, — улыбнулся здоровенный бородач. — А ты Войцевская?

— Откуда вы знаете? — удивилась она.

— Здесь, милая, тайга, — добродушно проговорил седобородый старик. — И все друг о друге знают. Чайку ей сделай, Данила, — кивнул он здоровяку и пристально посмотрел на Ирину. — Но сначала отведи ее к доктору, пусть полечит, — подмигнул он здоровяку.

— Понял, Сергей Анатольевич, — улыбнулся здоровяк.

— Что вы подмигиваете? — рассердилась Ирина. — Меня ваш дружок выбросил из вертолета, чтоб я была у вас заложницей?

— Да Господь с тобой, милая! — покачал головой Сергей Анатольевич. — Мы волкодавы, то есть охотники на волков. Тебя признали, потому что только Денов мог так молодку с вертолета столкнуть. И знаем зачем. Тебя ведь мучает кое-что. Говорить нечего, ты сейчас любым словам не поверишь. Поэтому погости чуток, оттай душой и мыслями, а там, глядишь, кое-что и вызнаешь.

— Я и так уже все знаю, — прошептала Ирина.

— Все человек знать не может, — мягко произнес старик. — Такое никому не дано. В жизни завсегда и горечь есть, и радость. Иначе и жизни бы не было. Иди за Данилой, он тебя нашему доктору покажет. Все ж ты промерзла, страх испытала, и душа у тебя раненая. Иди, милая, тут тебе никто худого слова не скажет.

Вертолет

— Где вы, Воробей? Почему молчите? — спрашивал голос из рации.

— Да связи не было, — виновато ответил Степанов. — И сбился я чуток. Лечу в Нагорный. Иначе в сопках сяду. Не рассчитали техники с горючкой.

— У вас точно все нормально? — уточнил диспетчер.

— Да, все в ажуре.

— Зачем вы вытолкнули ее? — спросила у Ивана Алла Сергеевна.

— Чтоб освежилась, — усмехнулся он и посмотрел в окошко. — Знакомые места начались... — Он вздохнул и, повернувшись, взглянул на метеоролога. — Как он?

— Плохо, — сердито ответила врач. — Ему нужна срочная операция. Вы понимаете...

— Успеете, — кивнул Иван, — мне тоже нужна срочная операция.

Берег реки Оленёк

— Что ты сказал? — ухватив Савелия за грудки, прошипел Журин.

— То, что слышал! Видишь, — Савелий кивнул на мелкокалиберный карабин, — ее ружьецо. И Денов там был. Я след видел. Медведь бы добил метеоролога, если б Ирина не пульнула в него из карабинчика. А потом Денов с рогатиной влез, старая она, сломалась, а тут и твои бойцы выскочили. Денов, видно, пока они с врачом перевязывали метеоролога, Ирину в вертолет усадил и сам забрался. Не заметили его твои бойцы, когда раненого грузили. Да и мысли у них такой не было. В вертолете он... и Ирина там.

— А что же ты раньше не сказал?

— Уверенности не было. А когда туда поднялся, все понял. Не сказал потому, что сейчас лучше не вмешиваться. Тогда не все погибнут... А я тебе уже говорил — мне Ирину тетка моя доверила. Сначала вроде из-за денег пошел, а потом думаю: ни копейки не возьму. Ей правда нужна, пойми ты это, капитан. — Журин, сжав челюсти посмотрел на часы. — Ну сообщишь ты, и что дальше? Ваньке снова помешают, и он кончит всех или вертолет уронит на тот дом. А этой сучки, из-за которой вся бодяга и началась, в доме не будет, выведут ее. И сколько ты невинных душ загубишь? Ты хоть раз в жизни не ментом будь, а мужиком.

— У тебя выпить есть? — сев на рюкзак, спросил капитан.

— Нет. Когда твои брали, фляжку так и не вернули.

— Сейчас найдем. — Журин снова посмотрел на часы. — Снимай посты, — приказал он прапорщику, — пусть готовятся уходить.

— С чего вдруг? — удивился тот.

— Все потом узнаешь. Просто кончилась моя служба, — Журин усмехнулся. — Кто взял фляжку у охотника? — громко спросил он. — Три минуты, чтоб вернуть! — Он посмотрел на удивленного прапорщика. — Тебе этого знать пока не надо, потом решишь, правильно я поступил или нет.

— Вот фляжка, товарищ капитан! — Солдат поднес ему литровую флягу в чехле из волчьей шкуры. Капитан протянул ее Савелию.

— Наливай. И знаешь что? Если Денов всех вместе с вертолетом угробит, я тебя пристрелю, а уж потом и сам застрелюсь.

— Годится, — кивнул Савелий. Открыв фляжку, он налил до половины две эмалированные кружки.

— Лей полные, — усмехнулся капитан, — стреляться лучше пьяным.

— Так ты же меня обещал кончить, — доливая, сказал Савелий.

— О чем это вы? — подсел прапорщик. — Меня что, краем пускаете?

— Напросился, — пробурчал Журин.

Стойбище волкодавов

— Ура! Ура! — закричала выскочившая из яранги Ирина. Вскинув руки, она стала кружиться на снегу. Охотники, добродушно улыбаясь, смотрели на нее. Из яранги высунулся якут.

— Тронулась баба, — вздохнул он. — Подскочила, расцеловала и вон какие кренделя выписывает.

— Это москвичка, — кивнул на хохотавшую Ирину Данила.

— А-а-а, — протянул якут. — Тогда понятно. Тебя не целовала? — улыбнулся он.

— Чмокнула разок.

— Урааа! — кричала упавшая в снег Ирина.

Вертолет

— Вот и Выселки, — махнул рукой вперед Степанов. — И что дальше?

— Заходи справа вон на тот дом, — указал Иван, — с красной крышей. Видишь?

— Конечно, вижу, — вздохнул Степанов. — Мы его таранить будем? — испуганно спросил он.

— Медицина прилетела, — сказал старший сержант. — Вызывал кто, что ли?

— Без понятия, — ответил солдат со снайперской винтовкой.

— Что еще за дела? — Из дома вышел Лебедев. — Медики? — Он увидел красный крест на вертолете. — Видно, до больницы не дотягивают и сядут тут.

— Товарищ старший лейтенант! — крикнул кто-то. — Там не одна вертушка.

— Что-то многовато их в последнее время... К этой вертушке бегом! — скомандовал Лебедев. — Запроси, кто такие, — кивнул он связисту. — Не ответят — бьем. Гранатомет сюда!

— Что он делает? — выглядывая в окно, спросил снайпер сержанта.

— Сесть вроде хочет, — удивленно отозвался тот.

— Наверное, за нами, — сказал находившемуся в доме солдату Григорий, — Тонька прислала. Соскучилась по братику, — усмехнулся он.

— Надо вещи собрать, — засуетилась Наталья.

— Ничего не надо. Документы не забудь. Позже вернемся. Пошли! — Григорий шагнул к двери. Наталья поспешила за ним.

— Вот и все! — Открывая люк, Иван посмотрел на Аллу Сергеевну. — Если до Нагорного, то лету двадцать с небольшим минут. Пока, врачиха! — Повернувшись, он подмигнул Степанову. — Передай, что Войцевская у волкодавов.

Открыв люк, с карабином в правой и обрезом в левой руке он спрыгнул на крышу дома. Еще не коснувшись ногами крыши, выстрелил. Солдат в окне противоположного дома получил пулю в плечо. Ударил выстрел из обреза. Выскочивший из дома сержант закричал, пуля пробила ему ляжку, и упал на землю. Иван скатился с крыши, оттолкнулся ногами, выбил телом стекло и влетел в комнату. Солдат вскинул автомат. Иван достал его ногу стволом карабина. Падая, тот нажал на курок, пуля попала в потолок. Иван, передернув затвор карабина, выстрелил. Выбежавший на улицу Григорий рухнул вниз лицом. Денов, бросив карабин, передернул затвор обреза и выпрыгнул назад в разбитое окно, сбив с ног вскинувшую пистолет Наталью.

— Не надо! — взвизгнула она.

— Ты не имеешь права жить! — ухватив ее за горло, процедил Иван. Поднявшись, он заставил встать и ее.

— Отпусти ее, Денов! — крикнул кто-то сзади.

Встав за спиной Натальи, он приставил ствол карабина ей под подбородок.

— Там Иван! — вбежал в дом Толик. — Он...

— Господи! — Тамара Васильевна бросилась к двери. Афанасий Семенович поспешил за ней.

Второй армейский вертолет сел на расчищенной мальчишками хоккейной площадке. К нему бежали трое солдат.

* * *

— Отпусти ее, Денов! — кричал кто-то из медленно идущих метрах в пяти от пятившегося назад, держа рыдающую Наталью, Ивана.

— Вот что, — заявил Иван, — если кто-то приблизится — шлепну сразу. Мы давно с женушкой не гуляли, все некогда было, то на охоте, то в тюрьме сидел. И вот встретились. Нагуляемся вдоволь.

— Товарищ подполковник! — вытянулся перед Зиминым Лебедев. — Денов в поселке.

— Понял, — кивнул Зимин.

Семен Аркадьевич Савельев шел рядом с ним.

— Как же он умудрился, сволочь? — зло спросил подполковник.

— Этого я от Денова не ожидал, — сказал Семен Аркадьевич. — На редкость мудро. Но главное, он отпустил медиков. А жену он убьет.

— Что теперь делать? — спросил Лебедев.

— То же, что и сейчас, — ответил подполковник. — Что мы еще можем? Если только...

— Нет, — не дал договорить ему Савельев. — Этого делать нельзя, он убьет ее и себя. Но стрелять ни в коем случае нельзя, иначе виноваты в смерти Деновой будете вы, Лебедев. Хотя здесь сейчас есть кое-кто чином повыше, — кивнул он на Зимина. — Знаешь, Павел, — вздохнул Семен Аркадьевич, — вот из-за этого я и оставил службу. Помнишь, в Усть-Нере Лапа захватил двух женщин? Одной из заложниц была его жена. Он и шел за ее жизнью. Он убил ее и сам застрелился. Было много комиссий, разбирательств, внутреннего расследования, а я ушел сразу, потому что не хотел быть без вины виноватым. Денов пришел за жизнью жены, все это знают. А мы ничего не можем сделать. Убить его? Он успеет ее прикончить. И тот,

305

кто отдаст приказ о выстреле, окажется виноват. И каково будет снайперу, когда он поймет, что из-за его выстрела погибла женщина? А Денов убьет ее. Но куда он ее тащит? Почему тянет время? Он не будет выдвигать никаких условий, потому что пришел, чтобы забрать ее жизнь и закончить свою. Но куда они идут?

— К реке, — ответил Лебедев.

— Значит, решил утопиться вместе с ней! Вот ситуация! — Савельев посмотрел на Зимина. — Главное, чтоб никто ничего не видел. — Повернувшись, он взглянул на вертолет.

— Не увидит, — вздохнул Зимин.

— Ваня! — раздался отчаянный женский крик. Солдаты с трудом удерживали рвущуюся к Ивану Тамару Васильевну.

— Мать, — вздохнул Лебедев.

— Неужели? — усмехнулся Савельев. — А вот и глава семейства...

Афанасий Семенович стоял метрах в трех от пытающейся прорваться к сыну жены.

— Батя! — заорал Иван. — Уведи мать! Уведи!

Афанасий Семенович шагнул вперед.

— Ваня! — закричала мать. — Сынок! Прости меня, сынок!

— Уберите мать или буду стрелять по всему, что движется! — крикнул Иван.

— Уведите ее! — приказал Зимин. Рыдающую женщину осторожно взяли за руки и усадили в «уазик». Машина уехала. Играя желваками, Афанасий Семенович стоял неподвижно, по его щекам текли слезы.

— Поздно плакать начал, ирод, — тихо проговорила какая-то женщина в толпе. — Он его таким вырастил.

— А ты чего же хотела-то?! — зло спросил один из мужиков. — Чтоб когда баба с другим трахается и ребенка больного бросает, ее по головке гладили, да еще и цветы дарили?

— На могилу цветы такой, и то западло, — усмехнулся другой.

— Прости меня, Ванечка! — закричала Наталья. — Прости, милый мой! Я же люблю тебя!

— Заткнись или сейчас башку отрежу! — прошипел ей на ухо Иван.

— Денов! — Зимин сделал шаг вперед. — Чего ты хочешь? Скажи!

— Отдайте Лешку старикам! — крикнул Иван. — Матери! Батя, охотника из него делай, а не зверя! Прошу тебя, батя! Если отдадут, пусть мама воспитывает!

— Слово даю перед всеми! — громко отозвался Афанасий Семенович. — Прости, сын! — Опустив голову, он медленно пошел назад. Народ, расступившись перед ним, молчал.

— Хоть что-то полезное в этой ситуации, — пробормотал Савельев.

Иван, прикрываясь женой и держа ствол обреза у ее горла и лезвие ножа справа на шее, медленно начал спускаться к разбитому взрывом льду.

— Как по заказу сделали, — пробормотал Савельев. — Выясни, по чьей подсказке взорвали лед, — приказал он Лебедеву.

— Есть! — кивнул тот и побежал назад.

— Думаешь, не случайно? — тихо спросил Зимин.

— Выясним, — ответил Семен Аркадьевич.

— Помогите! — пытаясь вырваться, закричала Наталья. — Он утопит меня! Помогите!..

— Еще слово, и башку отрежу! — предупредил Иван. — Я же люблю тебя, Натка. Просто в ледяной купели смоем грех, и все.

— Не обманешь?

— Когда я тебя обманывал? — спросил он, пятясь к покрытой тонкой коркой льда большой полынье.

— Никогда. Ты правда не убьешь меня, Ванечка?

— Если б хотел, уже убил бы.

— Финита ля комедия, — кивнул Савельев. — Водолазов вызывать бесполезно, глубоко и течение быстрое. По весне всплывут где-то у Ручейников.

Иван, почувствовав, что вот-вот войдет в воду, остановился.

— Я никогда тебя не обманывал, — вздохнул он. — И не убью тебя, но ты утонешь.

Наталья изо всех сил пыталась вырваться. Иван дернулся назад и вместе с женой рухнул в воду. Их тела проломили тонкий лед, и оба почти сразу пошли ко дну. К полынье подбежали солдаты. Толпа молчала. Савельев повернулся и пошел к вертолету.

— Что делать, товарищ подполковник? — беспомощно обратился к Зимину старший сержант.

— Никого не подпускать! — отрезал тот.

— Идут, сучары!.. — процедил кто-то.

К берегу медленно, насмешливо улыбаясь, шли Торовы.

— Не достал он их, — негромко проговорил кто-то.

— А Гришка жив? — спросила женщина.

— Готов, паскудина! — усмехнулся мужчина.

— Жаль, этих не достал, — заметил кто-то басом.

— Кому там неймется? — Олег оглядел толпу. Все молчали. — Как моська тявкает, а показаться боится.

— Так, господа Торовы, — подошел к ним Зимин, — я за вами.

— А в чем дело, товарищ подполковник? — испуганно спросил Василий.

— Нас оклеветали, — тут же забормотал Олег. — Мы...

— Ведите их в вертолет, — кивнул двум солдатам Зимин.

Дядя Лука, предусмотрительно отступив от племянников, быстро пошел назад.

— И этого скоро заберут! — засмеялся кто-то в толпе.

Поселение волкодавов

— Как мне с вами расплатиться? — спросила Ирина.

— Да у нас все есть, молодка, — улыбнулся старик. — Ничего нам не надо.

— Вот только бы таких, как ты, в жены, — высказался кто-то.

— Спасибо вам! — поклонилась Ирина. — Я вас никогда не забуду. А подарок за мной.

— Лучший наш подарочек — это ты, — хохотнул кто-то из охотников. Помахав рукой, Ирина поднялась в вертолет.

Берег реки Оленёк

— Да плевал я на службу! — махнул рукой Журин. — В телохранители пойду, какую-нибудь бизнесвумен охранять.

— Не советую! — усмехнулся Савелий. — Они ж толстенные, собой не загородишь, все одно пулю поймает. Знаешь, капитан, если такие, как ты, будут из армии уходить, значит, армия у нас неправильная. Верно, Дубов? — посмотрел он на прапорщика.

— Абсолютно верно. К нам какие могут быть претензии? Ну сумел Денов в вертолет залезть, проглядели его парни. А если б заметили? Трупов была бы куча. А так все целы и здоровы. Даже с Мишкой, метеорологом, все в порядке. А что Денов эту тварь утопил, так правильно сделал. Я бы на его месте...

— Дубов, — покачал головой Журин, — ответ ведь нам держать придется. Но ты ничего не...

— Командир, — усмехнулся прапорщик, — я все знал и не откажусь от этого. Кстати, проверять вертолет должен был я с парнями.

— Хорош, мужики, — вмешался Савелий. — Давайте по последней на сегодня. Ни хрена вам серьезного не сделают, не имеет права государство такими солдатами раскидываться. А если вы по обиде в криминал полезете? Хана! Так что служите Родине, и дай Бог, чтоб такие, как Денов, больше вам не попадались.

— Еще и хлеще есть, — усмехнулся Журин. — Денов поступил по-мужски. Он мог много крови пролить. В поселке только ранил солдат, а мог уложить. Но неприятности у нас, конечно, будут. — Он протянул руку Савелию. — Пора тебе. Я к тебе как-нибудь обязательно заскочу.

— Если что, пускай и меня вызывают, — сказал Савелий.

Тикси

— Тетя Паша! — раздался громкий крик.

Санитарка, развернувшись, выронила швабру.

— Ирка! — воскликнула она.

— Ирина, что ли? — встрепенулась сидевшая на кровати Войцевского Нина.

Антон выглянул из палаты.

— Ирка! — заорал он, бросаясь к обнимавшимся санитарке и Войцевской.

— Наконец-то! — Нина выскочила из палаты.

— У папы все нормально? — спросила Ирина.

— Более-менее, — ответила тетя Паша. — Савелий звонил. Злой на тебя, страсть Господня. И спасибо тебе, милая! — Опустившись на колени, она схватила руку Ирины.

— Да вы что, — закричала Ирина, — с ума сошли?! Если еще раз так сделаете, я вас больше знать не желаю!

Нинка! — посмотрела она на плачущую подругу. — Мяса мне принеси, ужасно мяса хочу! — И быстро пошла к палате отца.

Выселки

— Здравствуйте! — войдя в дом, кивнул Зимин.

Откуда-то издалека доносился безутешный плач Тамары Васильевны. За столом перед бутылкой самогона сидел Афанасий Семенович. В комнату вошел Семен Аркадьевич.

— Савельев? — изумился Денов. — Вот так встреча! Томка! — крикнул он. — Иди-ка глянь, кто явился. Помнишь, я тебе о капитане говорил, который меня не пристрелил, хотя ранен был мной. Вот и явился он по мою душу. Значит, ты этим делом руководил? А Ванька вам, один хрен, не дался!

— Вот что, День-Ночь, — назвал его кличку Савельев, — я тут кое-кого привез. Помнишь слово, данное Ивану?

— И что? — Афанасий налил себе самогона. — Нет более Ваньки, нет сына...

— Зато внук есть! — Отступив, Савельев вывел вперед маленького мальчика. За руку его держала женщина в шубе, из-под которой был виден белый халат.

— Лешка! — ахнул Денов и, выронив стакан, тряхнул головой. — Томка! — позвал он. — Тут внук наш.

В комнате все стихло.

— Что? — пробормотала Тамара Васильевна.

— Лешка у нас! — закричал Денов.

— Бабушка! — позвал малыш. Из комнаты выскочила Тамара Васильевна и бросилась к внуку.

— Мой он, — выдохнула она, — никому не отдам!..

— Ваш, — кивнул Савельев. — Но помни, День-Ночь, что ты сыну обещал. — Он вышел.

— Как думаешь, Семен, — обратился к нему Зимин, — что с Журиным будет?

— Ничего. Да, прозевал вертолет. Но это и позволило избежать множества жертв. Согласись, парни были вымотаны этим поиском. Хуже нет искать черную кошку в темной комнате. А тайга как раз и есть темная комната для черного кота Денова. Конечно, начальство поорет, погрозит, но не более. Парней выбросили в тайгу на сутки, а они там пробыли почти две недели. И кстати, начальству самому надо думать, как оправдаться. Убийство Умкиным шести армейцев на их совести остается. А я вот что думаю — если бы не Войцевская, наверное, все было бы гораздо страшнее. И в вертолете он ее пожалел. Говорят, она сейчас просто светится от счастья. Но публикация в какой-то газетенке уже была, и настроение ей еще попортят.

Топь

— И хрен на нее! — недовольно отмахнулся Савелий. — Деньги заплатила, и знать я ее больше не желаю. Дура...

— Да ты тоже дурак! — кивнула тетя Паша. — Я специально прилетела, чтоб твою злость успокоить и тебе это сказать.

— Спасибочки! — поклонился он. — Ты мне вот что лучше скажи, Мишутка жив еще или нет? Ведь просто так вертолетами...

— А ты позвони-ка! — Тетя Паша вытащила из сумочки сотовый телефон и протянула ему.

— А я из него и звонить-то не умею.

— Сейчас сделаем. — Она нажала вызов.

— Да? — ответила Варя.

— Тут папка ваш водкой заливается, — спокойно проговорила тетя Паша.

— Варька! — выхватив из ее руки сотовый, закричал Савелий. — Как там...

— Папа, — послышался в ответ голос мальчика — Я скоро приеду. Папа!

Савелий очумело смотрел на тетку. Пряча слезы, та отвернулась.

— Кто это? — сумел выдавить из себя Савелий.

— Папа! — закричал малыш. — Это я, Миша! Папа!

Савелий, вытаращив глаза, сжал пальцами трубку.

— Мишутка, — прошептал он.

— Операцию сыну твоему сделали, — сказала тетя Паша. — Ирка обо всем договорилась и отправила Мишутку в Москву. И слышишь, как он уже говорит-то?..

— Вот это да! — пробормотал Савелий и громко сказал: — Маму позови. — Он шумно выдохнул. — Да я за Иринку теперь любому кишки выпущу! Да и денег мне не надо.

— Только не вздумай это Ирине сказать, — предупредила тетя Паша, — а то обидится. Она очень тебе благодарна. Считает, что ты ей помог все узнать. Я ее в гости звала, так обещала приехать.

— А где она сейчас? — спросил Савелий.

— Они в Москву, домой улетели. Дочь ее сюда хотела ехать, но теперича матерь там ждет.

Москва

— Мама! — пронзительно закричала девушка, подбегая к выходившим из самолета Тикси — Москва пассажирам.

— Машенька! — бросилась ей навстречу Ирина.

Мать и дочь обнялись. К ним подошел Андрей Васильевич.

— Как бабушка? — спросила Ирина.

— Дома ждет, — ответила Маша сквозь слезы.

— А деда почему не целуешь? — с улыбкой спросил Войцевский.

***

— Не приезжай, — сказала в сотовый Варвара. — Мы скоро сами приедем. Ирина звонила, обещала навестить. А что там у вас?

— Когда приедет, — послышался ответ, — скажи ей, что труп Ванькин не нашли, да пока и не искали. Журин ей привет передает. Все нормально у него, конечно, трохи перепало, но перемелется. С Мишкой-метеорологом тоже все хорошо будет. Шрамы, понятное дело, останутся, но здоровье в порядке. Волкодавы ей отдельное спасибо передают за телевизор, баньку и сауну с маленькой электростанцией. Когда их привезли, там все обалдели. Братков этих, за которых Ванька Денов сидел, с работы вышибли, уголовное дело вроде завели, но за недоказанностью прекратили. А бабу, которая ее дочке звонила, нашли или нет? Ведь дочка Иркина была у тебя, она что-нибудь говорила?

— Звонила какая-то баба из Санкт-Петербурга, любовница Иркиного мужика. Он попросил сообщить. Вот и все. Знаешь, соседки Машенькины интересовались, действительно ли ее мама человека ела. Так сегодня Ирина их в гости позовет! — Варя рассмеялась.

— Здравствуйте, Андрей Васильевич, — входя одна за другой, поздоровались с Войцевским три женщины.

— Проходите, гости дорогие, — пряча усмешку, сказал он.

— Мам, — сморщилась Маша, — а запах-то какой!.. Что это?

— Подожди немного, — улыбнулась Ирина, — сейчас все поставим на свои места.

— Иринка, — попыталась обнять Иру вошедшая первой молодая женщина, — а мы так переживали!..

— Я ночью прямо плакала, тебя вспоминая, — вздохнула вторая, рыжеволосая дама.

314

— А что ты в тайге, Иринушка, ела-то? — сразу перешла к делу третья, полнотелая блондинка.

— Знаете, в гостиную мы не пойдем, — улыбнулась Ирина. — А вы сейчас попробуете то, что мне жизнь спасло.

— Господи! — отпрянула к двери блондинка. — Неужели ты приготовила нам кусок че...

— Попробуйте! — Открыв кастрюлю, Ирина положила на тарелки что-то похожее на кашу.

— Фуу!.. — закрывая носы платками, отпрянули дамы. — Что это за гадость такая?

— Очень полезно, между прочим, — спокойно проговорила Ирина и начала есть. Маша поморщилась, но тоже попробовала мамино угощение. С трудом проглотив, девушка смущенно улыбнулась:

— Я только что пообедала.

— Да что это? — в один голос спросили дамы.

Ирина открыла сумку-холодильник и достала три волчьи лапы.

— Огнем обжигаете шерсть, — сунув в руки растерявшимся соседкам по лапе, сказала она, — варите, потом мелко режете и снова варите, добавив кору стланика. И в почти готовое блюдо добавляете хвою того же стланика. Получается замечательное блюдо. Благодаря ему я и выжила. Наверное, вы разочарованы? — насмешливо спросила она. — Но зато сейчас можно говорить правду. О том, что Ирка Войцевская ест волчьи лапы. А теперь пошли вон и забудьте мое имя и номер квартиры!

— Но, Ирина, — забормотала блондинка, — ты все не так поняла...

— Собаку вам показать? — заглянул в кухню Андрей Васильевич. — Из Якутии привез. Помесь лайки и волка. Сейчас увидите.

Женщины дружно рванулись к выходу.

— Какая собака, папа? — удивилась Ирина.

— Да это я придумал, чтоб поторопить их. А как ты обо всем узнала?

— Охотники послали меня к доктору. Я вошла и сразу остолбенела: запах! Я очень хорошо его запомнила. Бросилась к якуту, доктором его зовут, спрашиваю — что это такое? Он и показал мне, как это готовить. Я попробовала! — Ирина засмеялась. — И знаете, ничего более вкусного я никогда не ела. Тогда я поняла, чем кормил меня Денов. И ни капельки этого не стесняюсь. Хотя сейчас запах действительно ужасный. Но главное — я жива, здорова и мы все вместе. Правильно?

— Конечно, мама! — засмеялась Маша.

ИЗДАТЕЛЬСКАЯ ГРУППА **АСТ**
КАЖДАЯ **ПЯТАЯ** КНИГА РОССИИ

ПРИОБРЕТАЙТЕ КНИГИ ПО ИЗДАТЕЛЬСКИМ ЦЕНАМ
В СЕТИ КНИЖНЫХ МАГАЗИНОВ БУКВА

МОСКВА:

- м. «Алексеевская», Звездный б-р, 21, стр. 1, т. 232-19-05
- м. «Алексеевская», пр. Мира, 176, стр. 2 (Му-Му), т. 687-45-86
- м. «Бибирево», ул. Пришвина, 22, ТЦ «Александр Ленд», этаж 0.
- м. «Варшавская», Чонгарский б-р, 18а, т. 110-89-55
- м. «ВДНХ», проспект Мира, владение 117
- м. «Домодедовская», ТК «Твой Дом», 23-й км МКАД, т. 727-16-15
- м. «Крылатское», Осенний б-р, 18, корп. 1, т. 413-24-34, доб. 31
- м. «Кузьминки», Волгоградский пр., 132, т. 172-18-97
- м. «Медведково», XL ТЦ Мытиши, Мытиши, ул. Коммунистическая, 1
- м. «Новослободская», 26, т. 973-38-02
- м. «Новые Черемушки», ТК «Черемушки», ул. Профсоюзная, 56, 4-й этаж, пав. 4а-09, т. 739-63-52
- м. «Павелецкая», ул. Татарская, 14, т. 959-20-95
- м. «Парк культуры», Зубовский б-р, 17, стр. 1, т. 246-99-76
- м. «Перово», ул. 2-я Владимирская, 52/2, т. 306-18-91
- м. «Петровско-Разумовская», ТК «XL», Дмитровское ш., 89, т. 783-97-08
- м. «Сокол», ТК «Метромаркет», Ленинградский пр., 76, корп. 1, 3-й этаж, т. 781-40-76
- м. «Сокольники», ул. Стромынка, 14/1, т. 268-14-55
- м. «Сходненская», Химкинский б-р, 16/1, т. 497-32-49
- м. «Таганская», Б. Факельный пер., 3, стр. 2, т. 911-21-07
- м. «Тимирязевская», Дмитровское ш., 15, корп. 1, т. 977-74-44
- м. «Царицыно», ул. Луганская, 7, корп. 1, т. 322-28-22
- м. «Бауманская», ул. Спартаковская, 10/12, стр. 1
- м. «Преображенская площадь», Большая Черкизовская, 2, корп. 1, т. 161-43-11

Заказывайте книги почтой в любом уголке России
107140, Москва, а/я 140, тел. (495) 744-29-17

ВЫСЫЛАЕТСЯ БЕСПЛАТНЫЙ КАТАЛОГ

Звонок для всех регионов бесплатный
тел. 8-800-200-30-20

Приобретайте в Интернете на сайте www.ozon.ru
Издательская группа АСТ
129085, Москва, Звездный бульвар, д. 21, 7-й этаж

Книги АСТ на территории Европейского союза у нашего
представителя: «Express Kurier GmbH» Tel. 00499233-4000

Справки по телефону: (495) 615-01-01, факс 615-51-10
E-mail: astpub@aha.ru http://www.ast.ru

РЕГИОНЫ:

- Архангельск, 103-й квартал, ул. Садовая, 18, т. (8182) 65-44-26
- Белгород, пр. Хмельницкого, 132а, т. (0722) 31-48-39
- Волгоград, ул. Мира, 11, т. (8442) 33-13-19
- Екатеринбург, ул. Малышева, 42, т. (3433) 76-68-39
- Калининград, пл. Калинина, 17/21, т. (0112) 65-60-95
- Киев, ул. Льва Толстого, 11/61, т. (8-10-38-044) 230-25-74
- Красноярск, «ТК», ул. Телевизорная, 1, стр. 4, т. (3912) 45-87-22
- Курган, ул. Гоголя, 55, т. (3522) 43-39-29
- Курск, ул. Ленина, 11, т. (07122) 2-42-34
- Курск, ул. Радищева, 86, т. (07122) 56-70-74
- Липецк, ул. Первомайская, 57, т. (0742) 22-27-16
- Н. Новгород, ТЦ «Шоколад», ул. Белинского, 124, т. (8312) 78-77-93
- Ростов-на-Дону, пр. Космонавтов, 15, т. (8632) 35-95-99
- Рязань, ул. Почтовая, 62, т. (0912) 20-55-81
- Самара, пр. Ленина, 2, т. (8462) 37-06-79
- Санкт-Петербург, Невский пр., 140
- Санкт-Петербург, ул. Савушкина, 141, ТЦ «Меркурий», т. (812) 333-32-64
- Тверь, ул. Советская, 7, т. (0822) 34-53-11
- Тула, пр. Ленина, 18, т. (0872) 36-29-22
- Тула, ул. Первомайская, 12, т. (0872) 31-09-55
- Челябинск, пр. Ленина, 52, т. (3512) 63-46-43, 63-00-82
- Челябинск, ул. Кирова, 7, т. (3512) 91-84-86
- Череповец, Советский пр., 88а, т. (8202) 53-61-22
- Новороссийск, сквер им. Чайковского, т. (8617) 67-61-52
- Краснодар, ул. Красная, 29, т. (8612) 62-75-38
- Пенза, ул. Б. Московская, 64
- Ярославль, ул. Свободы, 12, т. (0862) 72-86-61

Заказывайте книги почтой в любом уголке России
107140, Москва, а/я 140, тел. (495) 744-29-17

ВЫСЫЛАЕТСЯ БЕСПЛАТНЫЙ КАТАЛОГ

Звонок для всех регионов бесплатный
тел. 8-800-200-30-20

Приобретайте в Интернете на сайте www.ozon.ru
Издательская группа АСТ
129085, Москва, Звездный бульвар, д. 21, 7-й этаж

Справки по телефону:
(495) 615-01-01, факс 615-51-10
E-mail: astpub@aha.ru http://www.ast.ru

Издательская группа АСТ

Издательская группа АСТ, включающая в себя около **50 издательств** и редакционно-издательских объединений, предлагает вашему вниманию **более 20 000 названий книг** самых разных видов и жанров.
Мы выпускаем классические произведения и книги современных авторов.
В наших каталогах — интеллектуальная проза, детективы, фантастика, любовные романы, книги для детей и подростков, учебники, справочники, энциклопедии, альбомы по искусству, научно-познавательные и прикладные издания, а также широкий выбор канцтоваров.

В числе наших авторов мировые знаменитости:

Сидни Шелдон, Стивен Кинг, Даниэла Стил, Джудит Макнот, Бертрис Смолл, Джоанна Линдсей, Сандра Браун, создатели российских бестселлеров Борис Акунин, братья Вайнеры, Андрей Воронин, Полина Дашкова, Сергей Лукьяненко, братья Стругацкие, Фридрих Незнанский, Виктор Суворов, Виктория Токарева, Эдуард Тополь, Владимир Шитов, Марина Юденич, Виктория Платова, Чингиз Абдуллаев; видные ученые деятели академик Мирзакарим Норбеков, психолог Александр Свияш, авторы книг из серии «Откровения ангелов-хранителей» Любовь Панова и Ренат Гарифзянов, а также любимые детские писатели Самуил Маршак, Сергей Михалков, Григорий Остер, Владимир Сутеев, Корней Чуковский.

Издательская группа АСТ

129085, Москва, Звездный бульвар, д. 21, 7-й этаж
Справки по телефону: (495) 615-01-01, факс 615-51-10

E-mail: astpub@aha.ru   http://www.ast.ru

Книги издательской группы АСТ вы сможете заказать и получить по почте в любом уголке России. Пишите:

107140, Москва, а/я 140

Звоните: (495) 744-29-17

ВЫСЫЛАЕТСЯ БЕСПЛАТНЫЙ КАТАЛОГ

Звонок для всех регионов бесплатный
тел. 8-800-200-30-20

Любое использование материала данной книги,
полностью или частично, без разрешения
правообладателя запрещается.

Литературно-художественное издание

Бабкин Борис Николаевич

Убить людоеда

Роман

Художественный редактор *О.Н. Адаскина*
Компьютерная верстка *О.С. Попова*
Технический редактор *О.В. Панкрашина*
Младший редактор *Н.В. Дмитриева*

Подписано в печать 08.04.08.
Формат 84х108 ^{1}/$_{32}$. Усл. печ. л. 16,8.
С.: с/ с Бабкин. Тираж 5000 экз. Заказ № 1236.
С.: Рус. хит. Тираж 3000 экз. Заказ № 1237.

Общероссийский классификатор продукции
ОК-005-93, том 2; 953000 — книги, брошюры

Санитарно-эпидемиологическое заключение
№ 77.99.60.953.Д.007027.06.07 от 20.06.07 г.

ООО «Издательство АСТ»

141100, Россия, Московская обл., г. Щелково, ул. Заречная, д. 96
Наши электронные адреса: WWW.AST.RU E-mail: astpub@aha.ru

ООО Издательство «АСТ МОСКВА»

129085, г. Москва, Звездный б-р, д. 21, стр. 1

Отпечатано с готовых диапозитивов в типографии ООО «Полиграфиздат»
144003, г. Электросталь, Московская область, ул. Тевосяна, д. 25

WS ✓ JUN 0 4 2010